文春文庫

最終講義

生き延びるための七講

内田樹

文庫版のためのまえがき

みなさん、こんにちは。内田樹です。

『最終講義』の文庫版お買い上げありがとうございます。本書は二〇一一年に技術評論社から刊行されたものの文庫化です。単行本収録の六つの講演にボーナストラックとして新しいものを一編追加しました。

単行本のあとがきにもありますように、僕は講演のときにはほとんど原稿を用意しないで、その場で思いついたことを話します。実は事前にはかなり詳細なメモを作って壇上に上がるのですが、ほとんど使いません。そういうメモがあると、「もしも話に詰まったらメモを使えばいいや」と思っているので、安心して脱線できるのです。これには原体験があります。それは一五年くらい前に最初に講演をしたときのことです。その話をします。

『ためらいの倫理学』という最初の評論集（のようなもの）を京都の冬弓舎という小さ

な出版社から出した後に兵庫県の高砂市から大学の研究室に電話がありました。市民から「ウチダタツルという人を文化講座の講師に呼んで欲しい」というリクエストがあったのだが、来てくれるかというお訊ねでした。講演依頼なんかそれまで一度も受けたことがなかったので、ちょっとびっくりして「はい」とご返事しました。あとから思うと「市民」と言っても、一人か二人くらいだったんじゃないかと思います。それでも、文化講座の講師リクエストが市民から寄せられることなんかふだんはないので、講師の選定に頭を悩ましていた市の担当者は「渡りに船」で大学の電話番号を調べた、と。

とにかくはじめての市民対象の講演ですから、勢い込んで高砂に行きました。僕は電子ガジェットが大好きなので、そのときも新しい手のひらサイズの小型コンピュータを買ったばかりでした。行きの電車の中で、そのコンピュータにぱしぱしと講演用のメモを打ち込みました。壇上でコンピュータを取り出してデスクに置き、ディスプレイを見ながら講演をするという「先端的なスタイルの学者」としての講師デビューを夢想していたのです。でも、会場に着いて、講師紹介があり、数十名の聴衆の前で壇上に上がって演壇の上にコンピュータを置いて、ご挨拶をしたあとにおもむろに「かちり」とディスプレイを開いて覗き込んだら、「電池残量がありません」という表示が出て、しばらくすると画面がブラックアウトしてしまいました。そのあと九〇分ほど、いったいどんな話をしたのか記憶は定かではないのですが、とにかく必死にしゃべったことだけ覚えています。

それが僕のはじめての公開講演だったので、『ためらいの倫理学』を読んだ方の中にはずいぶん遠方から高砂まで足を運んでくれた人がいました。そのうちの何人かはそのあと僕の大学院の授業の聴講生になったり、合気道の弟子になったりしましたから、「なんだ、この程度の男だったのか……」と失望させるような内容の講演ではなかったのではないかと思います（何話したのか覚えてないんですけど）。

それが「成功体験」として記憶されたせいか、その後も「準備したメモが使えない（使わない）」という条件の方が講演の出来がいいということが体質化してしまいました。出来がいいときはいいんですけれど、出来が悪いときはとりとめのない、支離滅裂な、まことに惨憺たる講演になります。リスクは高いのだが、一度始めたことは止められない。

僕が大学のシラバスというものに懐疑的なのはそのせいもあります。あらかじめ自分が何を話すか決めておいて、その予定表通りに授業することにいったい何の意味があるのか、僕にはさっぱりわかりません。というのは、たとえ教壇からの一方向的な授業であっても、学生たちのわずかな反応で話す内容は大きく変化するからです。

こんな心理学の実験をしたことがあるそうです。教師には内緒で、学生たちにあらかじめ「教師が教壇の右半分で何か言ったら、にこやかに頷き、つまらないジョークでも爆笑してみせる。逆に左半分に来たら、頷きも、笑いもしない」というルールを課しておきました。すると、授業が始まって一五分くらいで教師は教壇の左半分には近寄らずに授業するようになったそうです。学生はそういうふうに無言のままでも教師をコントロールすることができるんです。

実際の授業や講演でもそれに類することはいくらでもあります。頷いたり、笑ったり、メモをとったり、目を「きらり」と光らせたりという無言のシグナルを演壇に向かって学生や聴衆は活発に送って来ます。そして、それによってこちらが話す内容はどんどん変わってくる。あるトピックを振ったけれど、誰も頷きも笑いもしなかったら、「ああ、これはしくじったな」と思う。違う話に切り替えることもありますし、受けない話をぼそぼそと続けることもあります。

前にある大学で講演したときに、学生たちが表情を変えずに、黙って聴いているということがありました。まるで壁に向かって話をしているようで、がっくり落ち込んで控え室に戻ったら、呼んでくれた先生がしばらくして戻って来て「いや、学生たちが『こんな面白い話は聴いたことがない』と感激していました」と笑顔で伝えてくれました。面白いと思ったら、頷くとか笑うとか、表に出してくれよ。

もう一つ思い出しました。前に大学の教務関係者たちを集めたセミナーで講演したときに、ひとしきり文科省の悪口を言っていたら、真っ赤な顔をして僕の話を聴いていた男性が、いきなり立ち上がってドアをあけて部屋を出て行ってしまったことがありました。よほど僕の暴論が腹に据えかねたのかしらと思って、あとで主宰者に謝ったら、笑って「あ、あの方は内田先生のファンの方で、尿意を催したのをぎりぎりまで我慢してお話を聴いていたのですが、ついに限界に達して話の途中でトイレに駆け込まれたのです」と教えてくれました。

あと、これは講師の側の話ですけれど、九〇分も講演していると、途中で便意を催すということがあるんですね。想像していただければわかると思いますけれど、あれはほんとうに進退窮まります。僕はかなり危機的な状況に遭遇したことがこれまで二度ありました。二度とも、誰かが席を立ったり、私語が聞こえたりしたときに起きました。「あ、受けてない……」と思うと、自分がなんだかぜんぜん意味のないことをしているような不安な気分になる。そういうときにいきなり下腹部に差し込むような便意が訪れるんです。これはきびしいですよ。一度は実際に「ちょっとすみません。トイレに行っていいですか」とお断りして降壇しました。でも、神経性のものですから、トイレに行っても何も出ない。もう一度、これはもうダメか……と思うところまで追い詰められたことがありましたが、これもそのときにたまたま振った話が受けて、聴衆が爆笑したら一瞬で便意は去りました。不思議なものですね。

というわけで、講演というのはいろいろアクシデントがつきものなのであって、自宅の書斎でこりこりと原稿を書くようにはいかないのが、面白くもあり、苦しくもある、そういうことです。だから、なかなか止められないのかも知れません。

本書に収録された六講を撰してくださったのは、今は晶文社にいる編集者の安藤聡さんです。安藤さんの音源収集、文字起こしのご尽力にこの場を借りてお礼申し上げます。また今回の文庫化に際しては文藝春秋の山本浩貴さんにお世話になりました。彼と相談して、単行本のまま文庫化するのは曲がないということで、「ボーナストラック」として二〇一四年の一一月に部落解放研究兵庫県集会というところで行った「共生する作法」という講演録を付けることにしました。

最後になりましたが、講演の機会を提供してくれた主宰者の方々、暖かい声援を送って下さった聴衆のみなさんのご厚意にこの場を借りてお礼申し上げます。ありがとうございました。

内田　樹

二〇一五年四月

最終講義　生き延びるための七講　目次

文庫版のためのまえがき　3

Ⅰ
最終講義　15
神戸女学院大学　二〇一一年一月二二日

Ⅱ
日本の人文科学に明日はあるか（あるといいけど）　49
京都大学大学院文学研究科講演　二〇一一年一月一九日

Ⅲ
日本はこれからどうなるのか？　107
――〝右肩下がり社会〟の明日
神戸女学院教育文化振興めぐみ会 講演会　二〇一〇年六月九日

Ⅳ
ミッションスクールのミッション　163
大谷大学開学記念式典記念講演　二〇一〇年一〇月一三日

Ⅴ 教育に等価交換はいらない 207
守口市教職員組合講演会 二〇〇八年一月二六日
Ⅵ 日本人はなぜユダヤ人に関心をもつのか 257
日本ユダヤ学会講演会 二〇一〇年五月二九日
文庫版付録 共生する作法 309
部落解放研究第三五回兵庫県集会 記念講演
二〇一四年一一月二二日
あとがき 381
解説 一人でいても複数形――内田樹という「場」の秘密 赤坂真理 389

最終講義

生き延びるための七講

Ⅰ　最終講義

神戸女学院大学　二〇一一年一月二二日

神戸女学院大学の教育の成果として

この壇上で話をするのもこれで最後になりました。一九九〇年から二一年間勤め上げてこられたことを本当に嬉しく思います。二一年間で大過なく、いくつか小過や中過はありましたが（笑）、無事定年を迎えることができたのは、本当に多くの方々に支えていただいたおかげだと思っています。お礼申し上げます。

正直申し上げて、着任当時は、たぶん定年まではいられないだろうと思っていました。きっと何か問題を起こして、始末書とか譴責《けんせき》とか減給とか懲戒とか、そういうことがいつかあるんだろうなと漠然と思っておりました。いちばん気がかりだったのは、傷害事件を起こすことでした。

こちらに来る前、八九年くらいまではときどき街頭で殴ったり殴られたりということがまだありまして（笑）、そんなことをしたら、大学教員という立場上困ったことになる。かといって私も武道家のはしくれですから、目の周りに青あざを作って登校するわけには参らない。降りかかる火の粉は払わねば、私を師表とするお弟子のみなさんに顔向けができない。

さて、困った、ということでどうしたかと言いますと、家から出なかったのですね（笑）。

私のプライベートをご存知の方は先刻ご承知のことですが、私は用事がない限りまず家から出ません。これは合気道の師匠である多田宏先生のお教えでもありますけれど、「武士は用事のないところには出かけない」ということを座右の銘として、学校と家と道場を三点移動するだけの生活を長く送っておりました。

ですから、関西に在住して二一年ですが、梅田にも三宮にも月に一度くらいしか参りません。京都にも奈良にもほとんど行ったことがない。清水寺には二〇年前に一度ゆきましたが、金閣寺も銀閣寺も御所も二条城にも行ったことがない（笑）。

ですから、電車に乗らない。本学は教職員の自動車通勤を禁止しておりますが、私はそのルールを守らずに、毎度総務課からお叱りを受けながら、自動車通勤をしておりました。最初のころは、途中で買い物をして、家に帰って子どもの晩御飯の支度をするという父子家庭ならではの切ない事情もあったわけですが、実はほんとうの理由は「人通りのあるところを歩かない」ということをめざしていたからであります。

そのような配慮があったとはいえ、私のような圭角のある人間が、一つとして問題を起こさずに二一年間来られたのですから、この職場がどれほど寛容な場所であったか、みなさんにもご想像がつくと思います。ほんとうに問題どころか、口論一つしたことがない。いや、ちょっとはしましたが（笑）。

とにかく、二一年間この学校に籍を置かせていただいたおかげで、すっかり人格が温和になってしまいました。よく「神戸女学院大学の教育の成果は」と聞かれるんですけれども、今にして思えば、私そのものが神戸女学院大学の教育のひとつの成果だと申し上げてよろしいかと思います。

生き馬の目を抜くせわしさから秘密の花園の穏やかさへ

東京から赴任して間もない頃は東京的なマナーが抜けなかったもので、私はたいへん早口だったようです。早口で、攻撃的な口調ですから、学生たちからはいつも怒っているように見えたらしい。

ある日、フランス文学の授業が終わったあとに、ひとりの学生が私のところに来まして、「先生、何を怒ってらっしゃるんですか」と訊きました。「何も怒ってないよ」（笑）、というその口調がもう怒っているわけですが、それから意識的にゆっくり話すようになりました。これでゆっくりなんですから、二一年前にはどれほどだったかご想像がつくと思います。

一年目の前期の終わりごろに、当時のゼミ生三人がやってきて、先生に言いたいことがある、と言うのです。こちらもちょっと構えて、何だろうと思ったら、四月から七月まで黙って先生の授業を聞いてきたが、実は何をおっしゃっているのか、一言も理解できないと告白されました（笑）。

「フランス現代思想」のゼミだったので、ずいぶん気合いを入れて授業の準備をしていたのです。最新のフランス現代思想の資料を配って、「デリダいわく」とか「フーコーによれば」とかやっていたわけです。でも、学生たちはそういう人がいったい何者なのか、ぜんぜん知らなかった（笑）。それでも、みんな一生懸命ノートをとっていた。気の毒なことをしました。それを三ヵ月も黙って耐えていたんですね。それで深く反省致しまして、学生たちをよく見て、いったいどういう授業をすればいいのか、考えるようになりました。

ご存じのとおり、八〇年代の東京の学術的環境はニューアカの時代ですから、まさに生き馬の目を抜くようなせわしさでありました。現代思想研究なんかしている人間はもう人が話している隙間に割り込むとか、最新の学術用語を羅列して煙に巻くとか、そういうことばかりしていたわけです。そういう語り方がふつうだと思っていた人間が、この秘密の花園のような穏やかな大学にやってきたわけです。ここでは誰も僕の話を遮らないし、割り込みもしない。黙っていれば、こちらが口を開くまで、黙って待っていてくれる。

僕は「ユダヤ教思想と反ユダヤ主義」という、かなり特殊な分野を専門にしていたわけですけれど、その研究がいかに先端的なものであるかというようなことを必死にアピールする必要がない。同僚のみなさんは、それぞれに好きな研究をされていて、お前の研究にどんな意味があるのか、というような恫喝をかけてくる人はどこにもいない。いくら好きなことを研究していても誰からも何も言われない。まことに平穏な、理想的な研究環境に投じられたわけでした。

赴任してから最初の五年間は、私は小学生の子どもを育てながら学校に来ていた関係で、しばしば教授会を途中で抜け出しておりました。今から子どもの晩ご飯を作らないといけないので失礼しますというような言い訳を、同僚のみなさんはにこやかに受け容れて下さって、「早く帰りなさい」と送り出してくれました。「内田くんは父子家庭で大変なんだろうから、しばらくはのんびりしていていいよ。そのうちいずれ、年回りがきたら、いろいろと仕事をしてもらうから」といつも言って頂きました。私はもともと反抗的な性情で、年長の人たちから認められて、気遣ってもらうというような経験がまったくありませんでしたので、本学で優しい諸先輩方に出会えたことは思いがけない喜びでありました。

これから行われるであろう「よきこと」を信じて

そんな諸先輩のご配慮について、いくつか断片的な思い出があります。

僕の採用の面接に当たったのは五人の先生方だったのですが、その中にひとり、不機嫌そうな顔をした先生がおられました。口頭試問のときに、怖そうな顔で、くぐもった声で、私の研究論文を要約された後、何を言うのかとどきどきしていたら、「あなたのこういう研究態度がね、僕は、好きなんだ」と言っていただいた（笑）。それがたいへん嬉しかったことを覚えています。言ってくださったのはアメリカ史の清水忠重先生でした。

最初に入学式に出た時、式がキリスト教の礼拝の形式で行われ、まず讃美歌を歌うところから始まったことにびっくりしました。式の最後に、茂洋《しげるひろし》チャプレンの祝禱《しゅくとう》がありました。そのとき、生まれてはじめて祝福の言葉の宛先に僕自身も含まれていることを感じました。それまで、誰かに祝福されたという経験がノンクリスチャンの僕にはなかったのです。大きく広げた茂先生の祝禱の手の中に、僕もまた包み込まれるような感じがして、そのときに、「この学校にメンバーとして僕は受け入れられた」ということを実感しました。

茂先生は神戸女学院大学のエートスを人格的に体現されたような方でしたが、先生を通じて、僕はこの大学で働くためのマナーのいくつかを学んだように思います。ひとつエピソードを紹介させてください。これは本当は公言しちゃいけない話なのですが、もう時効なのでいいでしょう（笑）。

赴任直後に、茂先生にはゼミ生の卒業の件でお世話になったことがあります。ゼミの学生が四年生の卒業間際に必修のキリスト教学の単位を落として留年になりそうだと研究室にべそをかいて駆け込んできました。「私は茂先生のクラスなんだけれども間違って扇田先生の試験を受けてしまった。君の名前は名簿にないよと言われてやっと気づいたんです。茂先生の試験はもう終わっているし……私は留年確定でしょうか」と言うのです。むろん学生が悪いんですけど、「では、茂先生に頼んでみようか」と斜め向かいの茂先生の研究室に学生をつれてうかがってみました。「これこれこういう事情でして、本人は先生の授業に何度か出ていたと言うのですが、なんとかなりませんか」と頼んでみました。もちろん、たぶんだめだろうとは思っていたんです。だって、担任の先生の顔を知らなかったというのは、この学生、試験の日まで授業に一度も出てなかったということですからね（笑）。ところが意外にも、茂先生は「ほかならぬ内田さんの頼みならば仕方ない」とおっしゃって下さった。「かわりにティリッヒのこの本を読んで要約をするように」という課題を出して、単位を認めて下さることになりました。

そのときにこの大学の闊達さに触れたように思いました。たしかに厳密なルールを適用して、学生にルールを守らせるというのも一つの教育のあり方です。けれども、そうではない教育もある。学生の犯した過誤についてペナルティを科すのではなく、これから行うであろう「よきこと」を支援するという教育もある。評価というのはふつう過去のことについてなされますが、そうではなく、もう一度チャンスを与え未来に何を達成するかを見る。そういう教育がありうるということをそのときに茂先生から教えて頂きました。そういう寛容さは、僕がそれまで見てきた大学にはなかったものでした。もちろんどの大学にも評価にルーズな先生はいました。答案をろくに見ないで全員に合格点を付ける先生も当時はおりましたから。でも、茂先生の温情はそれとは違う、もっと教育的なもののように僕には思われました。

そういった体験もありまして、僕は以後、茂先生のひそみに倣って、許してはいけないことを次々と許し、本来は本学の学位をもらう資格のない多くの学生を世に送り出してしまいました（笑）。そのことをここでカミングアウト致します。

いちばんひどかったのは、卒論の提出の日に「先生、全然書けませんでした」と泣きついて来た学生の話です。ちょうどそこには今卒論を出し終わったばかりの学生が五、六人居合わせました。そして、「何でもいいから、書いて出しちゃえばいいのよ」と言って、僕がいるまん前で、研究室の書棚にある本を適当に抜き出して、手分けしながら、原稿用紙にどんどんそれを書き写していったんです。まるで別の本をですよ。どんどん原稿用紙のます目を埋めて、適当な厚さになったところで、それを綴じて教務課に持っていってしまった（笑）。教務課では枚数のチェックはしますけれど、まさか五人がかりになっていろいろな本を適当につぎはぎしたものだとは思いませんよね。もちろんその後に、成績評価の日までに、ちゃんとしたものを書いて提出させましたが、それにしてもですね。卒論を期限までに書けなかった学生に、涙を飲んで留年の決定を下した先生もいらっしゃるわけですから、私のしたことがアンフェアだとお怒りになられて当然だと思います。でも、やめていく人間がこの場で過去にそういう罪を犯したことをここに懺悔致したわけですので、どうぞご海容願いたいと思います（笑）。

ヴォーリズの建物は生き物だった

そういう先輩方を僕はひそかに「おじさんたち」と呼んでおりました。後年『「おじさん」的思考』という本を書くことになりましたが、そのとき僕が「おじさん」という語に託していたのは、この諸先輩のような戦後民主主義の担い手であった良質なリベラル知識人のことでありました。この世代の「おじさんたち」にはほんとうに優しくしていただきました。おかげで着任一年目、二年目は本当にのんびりした生活でした。一年目などは、授業があるのは月・火だけ。火曜日の午後に授業が終わると週末という夢のような時間割でした。大学の教師って、なんていい仕事なんだろう、と思いました。

でも、それも束の間、九五年に震災が起こります。そのときに自分はこれまで五年間好き放題にさせてもらったのだから、それは「こういうときに働いて恩返しをしろ」ということなんだなと思い、震災の後の復興作業のときは必死で肉体労働に従事しました。

この復興事業のときにもまた、さまざまな同僚のふだんは知られない側面を見ることができました。僕は山本義和先生や中井哲夫施設課長に率いられた「レスキュー隊」のメンバーとして、学校のいろいろなところの瓦礫除去活動に従事したわけですが、そのときに僕が感じたのは、ヴォーリズ*の建物というのは生き物のようなものだということでした。震災の前までは、そんなふうに感じたことはありませんでしたが、そういう感じがした。喩えるなら、巨大な哺乳類がある日、深い傷を負って、血を流している、そんな印象でした。そんな感じがしたのはヴォーリズの建物だけでした。デフォレスト館とかには、それが生き物だという感じはしなかった。ヴォーリズの校舎だけは巨大な生

*ウィリアム・メレル・ヴォーリズ……アメリカ生まれの建築家。英語教師として来日、その後日本で多くの建築物を手がける。代表的な建築物として、神戸女学院大学、関西学院大学、明治学院大学礼拝堂、同志社大学啓明館などが有名。

き物が深手《ふかで》を負ってうめき声をあげているという印象がしました。ですから、瓦礫撤去作業をしているというよりも、生き物の傷口に赤チンをぬったり、包帯を巻いたりしているような、そんな気分だったように思います。それは、その当時作業にあたっていた全員が無言のうちに感じていたことだと思います。自分たちを黙って抱きしめてくれていた建物が傷ついたときに、それが実は生々しい生き物であったことに初めて気がついた。

知的イノベーションにおいて死活的に重要なこと

僕がこの大学で学んだ大きな教訓は二つあります。一つ目はキリスト教精神。そして二つ目は、このヴォーリズの建物です。

今日初めてヴォーリズの建物に入られた方もここには大勢いらっしゃると思いますが、ヴォーリズの建築にはいくつか特徴があります。

まず、声の通りが良いということです。これは学校の教室としてはきわめて重要な条件だと僕は思っています。小さい声で話していても、後ろまではっきりと聞こえる。そして、不快な残響がしない。しゃべった言葉がハウリングすると、けっこう不愉快なんですよね。自分のしゃべった音が時間差を伴って聞こえてくるとき、残響時間の長短によって、「バカみたい」に聞こえるときと、「賢そうに」聞こえるときがある。わずかな違いなんですけれど、しゃべっている内容にだんだん影響を与えるようになる。

ヴォーリズの教室は気持ちのよいリバーブがかかる。ここで授業をしていると、自分が何か深みのあることを語っているような気持ちになります。学生も同じで、ゼミをやっていると、他の教室で話すときよりも、ヴォーリズの建物の方がみんながよく発言する。小さな声で話してもよく通るからです。何か思いついて、それを口にすると、その言葉につられるように次々とあとの言葉が紡がれてくる。センテンスを言い終わる前に、次のセンテンスがうまく繋がる。それは自分の発している言葉の持つ音楽性というか、物質性というか、そういうかすかな手がかりがとらえられるからできることなんです。自分の声が聞き取れないような騒音の中で創造的なアイディアが口を衝いて出るということはありません。声が気持ちよく響くという音声環境は学校教育にとっては大切な条件なんです。そういう空間にいると、言葉は自然な理路をたどって、心地よい音韻を拾って進んで行く。アイディアの尻尾をつかまえたときに、それをたどっていけるかどうかは知的なイノベーションにおいて死活的に重要なことですが、それにはその場が声の響きがよいかどうかが深くかかわっています。長期的に統計をとればわかると思うんです。音声の悪い教室とよい教室ではそこで営まれる知的営みの質に決定的な差が出てくる。

でも、いろいろな建築家が学校建築を手がけていますが、教室の音声環境を優先的に配慮して設計しているという建築家は多くありません。新しい校舎を造ろうという話が出るたびに、必ず僕は建築家に「音響についてはどういう工夫をしていますか」と訊くわけですが、ほとんどの人がそれを遮音のことだと思っている。だから、外の音は入ってきませんと答える。でも、僕が問題にしているのは、そのことじゃなくて、建物の中で、教師と生徒が話す音の響きはどうなんでしょうということなんです。それを訊ねると、変なことを訊く人だなという顔をして、「普通です」と答えるんですね。教室の中で音がどのように響くのかということよりも、採光や防音や動線といったことが配慮されている。でも、校舎はオフィスじゃないんです。その違いがわからない人がほとんどです。

ヴォーリズの建築のもう一つの特徴は「けっこう暗い」ということです。この講堂も暗いですよね。ヴォーリズの建物は暗いんです。普通の学校はもっと明るい。ガラス張りで開放的な校舎はたくさん見ました。それに比べると、ここは本当に暗いです。そのかわりにドアを開けて明るいところに出るとき、その明暗の差に軽い目眩《めまい》のようなものを感じることがあります。浮遊感と言ってもいい。たぶんそれに近いものがあるとすれば、出生の瞬間でしょう。産道を通ってきて、外に出た瞬間の感覚のまぶしさ。建築家はもしかしたらそういうことを考えていたのではないか。

というのは、高等教育に求められる最も大切なものは知的な生成ということだからです。イノベーション、ブレークスルー、パラダイムシフト、言葉はいろいろですが、要するにそれまでとはまったく違った世界が見えることです。世界の眺望が一変する。明るく広々とした風景の前に立つ。その開放感をヴォーリズの校舎は繰り返し擬似的に経験させてくれます。暗がりから抜けて、思いがけず明るいところに踏み出すときの目眩のような感じを身体的実感として繰り返し経験させることが学びの場に不可欠だということを、ヴォーリズは直感的に理解していたのだと思います。

市場原理主義者たちには理解できないこと

それから、ヴォーリズ建築の「仕掛け」についてもお話しさせてください。これは何度も話していることですが、何度でも話します（笑）。

本学で九三年に、「財政再建」が喫緊の課題になったことがありました。そのとき某シンクタンクに再建案を依頼しました。前年に私は組合の執行委員長だったので、従業員の立場から調査員たちのヒアリングを受けました。ごく形式的なものだったんですが、雑談のあいまに調査員の一人が「地価の高いうちに岡田山キャンパスを売り払って、三田あたりに移転すればいいのに」と言ったことに驚愕しました。さらに「築六〇年の建物なんて無価値です。維持費に金がかかるだけで、こんな建物を持っているのはドブにお金を捨てるようなことです」とまで言いました。僕はまだ赴任して三年目くらいのことでしたが、なぜこんな素晴らしいキャンパスを売り払わなければならないのか、なぜこの校舎が無価値だと判断するのか、その意味がぜんぜんわかりませんでした。キャンパスや校舎の価値を彼らは地価や耐用年数といった数値で評価する。この空間で日々授業をしたり、物を書いたり、読んだりしている人間の身体感覚がどういうものかということはまったく考えていない。この建物の中にいると気持ちが落ち着くとか、話がしやすいとか、知的な高揚感を覚えるとか、そういったそこに生きている人間にとっては自明な身体実感は数値化することができません。だから、この調査員の価値基準ではゼロ査定されてしまう。

そのときに僕は「市場原理主義はダメだ」ということを深く実感したように思います。ビジネスマンは何もわかっていない。こいつらに教育を語らせてはいけないんだ、と。でも、そのときの僕は彼らに反論しようとしたけれども、ではこの建物のどこにどんな価値があるのかということを説得力のある言葉で彼らに説明することはできませんでした。そのときの悔しさを今でも覚えています。それから、無言で自分を抱きしめてくれるような、この建物の素晴らしさを、ヴォーリズ建築を知らない人に対しても説明できるような言葉を見つけ出そうと思うようになりました。

そして、それが言葉になったのは震災後の復旧工事のときでした。そのときはじめて、この校舎に隠された巧妙な「仕掛け」に気がついたからです。

研究室のあった図書館本館と文学館のいくつかの教室にはそれまでも入ったことがありましたが、理学館や総務館に足を踏み入れたことはほとんどありませんでした。でも、復旧作業の必要上、ヴォーリズ設計の建物を一部屋一部屋全部回ることになった。そのときに初めて、理学館に「隠し三階」があって、さらに六甲を一望にする「隠し屋上」があることを知りました。すべての部屋のつくりが一つずつ違っていることもそのとき知りました。外から見ると同じ部屋が並んでいるように見えても、実際には間取りも違うし、広さも違う。一階と二階ではすべて設計が違う。トイレの場所なんかは、ふつう水回りはまとめるという設計上の常識がありますけれど、ヴォーリズの建物では、一階のここにトイレがあるからと言って、二階の同じ場所にあるわけではない。つまり、建物の一部分だけを見て全部を見た気になることが許されないのです。隠し廊下があり、隠し階段があり、隠し扉がある。建物全体がある種の迷路のようになっている。扉の先に何があるか、廊下の先に何があるかは実際に自分で歩いて、扉のドアノブを回して、中に入らないと、わからない。だから、ヴォーリズの仕掛けを知らないままに卒業する学生もたくさんいるわけです。卒業生は何万人もいますが、理学館の三階や屋上を知っているのはおそらく全体の数パーセントくらいでしょう。

自らの手でドアノブを回した者に贈り物は届けられる

先日、学生たちから「ヴォーリズ建築の魅力について」の取材に協力してほしいという依頼がありました。そのとき、先生の好きな学内のヴォーリズ建築を三ヵ所教えてほしいというので、図書館本館のギャラリー、理学館の三階と屋上、そして総務館の「隠しトイレ」の三つを挙げました。彼女たちはギャラリーしか知りませんでした。順番に案内しながらも改めて感じたのは、自ら好奇心をもってヴォーリズ建築の暗い廊下を進み、暗い階段を上って、扉のドアノブを回したものがそこに見つけるのは、「思いがけない眺望」と「思いがけない出口」だということでした。ヴォーリズは「校舎が人をつくる」と言いましたが、学びの比喩としてこれほど素晴らしいものはないと思います。好奇心をもって自ら扉を押し開けたものに報奨として与えられるものが「広々とした風景」、それも「それ以外のどの場所からも観ることのできない眺望」なのです。

たとえば、総務館の理事室の後ろにある「隠しトイレ」は、暗い階段を上り、細い廊下を進んだ奥にあります。でも、それがこの大学でいちばん風景のいいトイレなんです。北に大きな窓があって、用を足しながら藤棚や銀杏の木の向こうに甲山《かぶとやま》を望むことができる。わかりにくい場所にありますから、学生たちはよほどの偶然に恵まれないと、このトイレにはたどり着けません。ですから、このトイレをみつけた学生は「これは遠い昔の建築家から私宛の、時代を超えてのパーソナルな贈り物だ」という感慨を持つはずなんです。

もうおわかりでしょうが、ヴォーリズ建築の「仕掛け」というのはそのことなんです。「扉を開けなければ、その向こうに何があるかわからない」。そして、好奇心の報酬として「それ以外のどこからも観ることのできない眺望」が与えられる。それも遠い昔に没した建築家から学生への個人的な贈り物というかたちで。

素晴らしいと思いませんか。校舎の建築思想として、これほどすぐれたものは見出し難いと僕は思います。校舎そのものが学びの比喩になっている。でも、建築家はこの仕掛けの意図を説明することなく、ただ建物だけを遺しました。建築家からのメッセージはそこを使う人が自分で発見してください。これは死んだ建築家から後世の人々への贈り物だと思います。

実際に自分の身体を運んでそこに行き、自分自身の生身の身体を投じることによって、はじめて建築家のメッセージが賦活される。エマニュエル・レヴィナスは「タルムード」は、等身大の自分をねじり込むことによって初めてその隠された意味を語り始める」と書いています。テクストの意味は読み手が自身の実存をそこにねじ込むことによって初めて開示される。身銭を切ったものだけが、切った身銭の分を、あるいはそれ以上を、テクストから取り出すことができる。同じように、ヴォーリズの校舎の扉の前に立つとき、扉の向こうに何があるか、廊下の先に何があるか、学生たちには事前には何も開示されていません。決意を持って自分の手でドアノブを回したものだけに、報奨が贈られる。扉の前に立っているだけで一覧的な情報を請求しても、ダメなんです。自分の手でノブを回したものだけにしか扉の向こうは開示されない。

そういうものだと思うのです。私たちの学びへの意欲がもっとも亢進するのは、これから学ぶことへの意味や価値がよくわからないけれども、それにもかかわらず何かに強く惹きつけられる状況においてです。かすかなシグナルに反応して、何かわからないけれども自分を強く惹きつけるものに対して、自分の身体を使って、自分の時間を使って、自分の感覚を信じて、身体を投じた人にだけ、個人的な贈り物が届けられる。おわかりでしょうが、これは「学びの比喩」であると同時に、「信仰の比喩」でもあるのです。

レヴィナスは「懇請」という言葉でそのような状況を語ったことがあります。強く願うものの前で、テクストは重い口を開いて語り始める。「テクストの中にあっていまだ語られざること」が開示されるのは、読み手がそこに生身の身体を介在させたときだけである、と。自分の住む街に、自分の日々の仕事に、自分のかたわらにいる家族や友人を深く気遣うものが、それと同じ配慮をテクストに向けるとき、テクストは語り始める。これは、本学のリベラルアーツの思想にそのままつながっていると僕は思います。

一般にこの言葉は人文科学、社会科学、自然科学に等しく目配りをする総合的な教養を指しています。その本義は学ぶものが学びを通じて自分自身を開放していく、自分自身の生きる知恵と力とを高めていくことだと僕は理解しています。

「存在しないもの」からのシグナルを聴き取る

西洋では「リベラルアーツ」と呼ぶものを東洋では「六芸《りくげい》」と呼びます。孔子が君子の学ぶべきものにあげた六つの技芸です。つまり礼・楽・御・射・書・数です。礼とは死者を祀《まつ》ること、楽は音楽、御は馬を操ること、射は弓を射ること、書は字を書くこと、数は計算することです。

第一位に来るのは礼です。儀礼のことです。死者を祀る、あるいは鬼神を祀る。「死者」というのは「もう存在しない」ものです。しかし「存在するとは別の仕方」で生きている者たちに生々しく触れてくる。「生物と無生物のあいだ」にわだかまっているもの、それが死者です。死者はもう存在しません。でも、実際には、私たちは絶えず死者に呼びかけ、死者に問いかけ、かえって来るはずのない死者からの返答に耳を澄まします。死者は私のこのふるまいをどう見るだろう。どう評価するだろう。このような判断を是とするだろうか非とするだろうか。そういうことを僕たちはいつも考慮しながら日々の選択を下しています。死者はそこに存在しないにもかかわらず、むしろ存在しないがゆえに、生きているものたちの判断や行動の規矩《きく》となっている。「存在するとは別の仕方で」生きている私たちに影響を与え続けるもの、それが死者です。死者に問いかけ、死者からのメッセージを聞き取ること、それが礼の本義だと僕は理解しています。

でも、別にそれほど特殊な話をしている訳ではありません。「存在しないもの」からのシグナルを聴き取ろうと身をよじること、これは学術の最先端にいる人がつねにしていることです。従来の仮説では説明できない現象を説明する、より包括的な仮説を作ろうとしている人たちは何をしているのかというと、既存の計測機器では数値的には捕捉されないようなシグナルに耳を澄ましているのです。身をよじるようにして、シグナルのパターンや法則性を聴き取ろうとする。それが最先端の科学者の仕事です。

手持ちの計測機器では計量されないものは「存在しない」と断言する人たちは、その語のほんとうの意味での科学者ではありません。「何かがあるような気がする」という直感を手がかりに、かすかな「ざわめき」を聴き取ろうとする人たちこそが自然科学の領域におけるフロントランナーたちなんです。ですから、自然科学の先端で仕事をしている人たちは、因習的な意味では「いまだ存在しないもの」に対して心身のセンサーを最高度まであげて何かを感じ取ろうとしている。「存在しないもの」からのシグナルを聴き取ろうとすることは、私たちの世界経験にとって少しも例外的なことではありません。むしろ、私たちの世界を構築しているのは「存在しないもの」なんです。

音楽もそうです。音楽とは、「もう聴こえない音」がまだ聴こえていて、「まだ聴こえない音」がもう聴かれているという経験のことです。過去と未来に自分の感覚射程を拡げていくことなしには、音楽は存立しえない。ある単独の時間における単独の楽音というものは存在しないからです。メロディーもリズムも、もう聴こえなくなった過去の空気の振動がまだ現在も響き続け、まだ聴こえていないはずの未来の空気振動が先駆的に先取りされている、そういう「過去と未来」の両方に手を伸ばしていける人間だけが聴き取ることができるものです。ですから、楽も、礼と同じく、「存在しないもの」にかかわる技芸だということになります。

言葉もそうです。ある単独の点的な時間では言葉というのは存立しえない。当たり前のことですけれど、いま僕がしゃべっていることを皆さんが理解できるのは、僕が発語し終えて空気中に消えてしまった音声がまだ皆さんの耳には残っていて、このあとしゃべりそうな言葉を、たぶんこういうセンテンスがくるだろうと皆さんが予測しているからです。もう存在しない過去の空気振動と、まだ存在しない未来の空気振動の両方に触手を伸ばしているからこそ、皆さんは言葉を理解できる。今しゃべったこの「言葉」という言葉も次の瞬間にはもう消えている。でも、まだ聞こえているでしょう？

僕たちはいつだって実はもう「存在しないもの」とかかわっているわけです。人がすでに言い終わった言葉を聞き、人がまだしゃべっていない言葉を聞くのが、話を聞くということなんです。

思考するというのも同じことです。思考するというのは「自分が語ること」を聞くということですから、「存在しないもの」とのかかわりなしには、僕たちは思考することさえできない。「もう存在しないもの」を現在のうちに持ちこたえ、「まだ存在しないもの」を先取りする。そのふたつの仕事を同時に遂行することなしには、僕たちは対話することも思考することもできない。「存在しないもの」とのかかわりなしに、我々は人間であることができないのです。ですから、人間的な学の始点が「存在しないもの」とのかかわりについての技芸であるのは論理的には自明のことなのです。

「書数」のみで「礼楽御射」が欠けている今の学校教育

六芸の次に来る「御」は乗馬の技術のことです。人語を介さない異類とのコミュニケーション、言葉が通じないものと言葉を交わす技能。これは僕たちのまわりにいくらでも実例を見ることができます。できる人にはそういうことができる。

そして「射」。弓を射るというのは武道の基本です。日本語でも武道のことを「弓馬の道」と言います。御と射が武道の基本であるということになっている。刀や槍を振り回すことが武道ではないのです。

なぜ射かというと、「的は襲ってこない」からです。矢を放つまで的は何時間でも何日でも待ってくれる。では、射手は矢を放つまで何をしているのかというと、自分の身体をつま先から頭のてっぺんまで精密にモニターしているわけです。強ばりがないか、詰まりがないか、痛みがないか、無駄な緊張がないか、弛緩がないか、それをチェックする。自分の身体が完全に自然な状態にあるかどうか、自分がつがえている弓と矢を含めて完全な調和のうちにあるかどうか。それを無限の時間をかけてモニターする。

『弓と禅』の著者、オイゲン・ヘリゲルは「射というのはあなたが射るのではない、『それ』が射るのです」という阿波研造師範の言葉を伝えています。射る主体は人間ではなく、「それ」である。

近代的な二元論の枠組みで考えると、運動の主体は「意識」や「精神」や「心」であり、それが骨格や筋肉に運動指令を出しているというふうにとらえます。でも、射はそうではありません。射の主体は「自分自身の身体すべて」であり、「自分を含む周りの空間」すべてであり、「自分のつながっているもの」のすべてである。射においては的までが射の主体に含まれて、それを構成している。だから、完全な調和に達した射の主体においては、的を射るというのは、自分の右手と左手を合わせて拍手するくらいに当然のことになる。そのような境位をめざして射の修業はあるわけです。

僕の稽古している武道の場合でしたら、相手を含めて、あるいは剣や杖を含めて、どこにもこわばりも詰まりもなく、全体が静かな安定を達成している状態を主体の自然と考える。自分の意識によって身体や武具を操作するといった狭隘《きょうあい》な主体意識を捨てないと、武道的に身体は使えない。「射」とは自分の身体や武具を意識的に操作し、統御しようとする賢《さか》しらを捨てることです。

本来学校教育ではこの礼楽御射の四つがメインになるべきだと僕は思います。でも、現実には多くの学校では「書」と「数」だけしか教えられていない。さいわい本学では「礼」に当たるものとして宗教教育があり、「楽」としては音楽教育がある。「御」は山本先生が魚を育てたり、中井さんが花を育てたりしているかたちで補われていた。「射」の部分は不肖内田が武道教育を担当しておりました。いささか手不足ではありますけれど、孔子的基準からすれば、本学のリベラルアーツはそれなりの条件を満たしていたように思われます。

文学研究は「存在しないもの」とかかわるもっとも有効な方法

「コミュニケーション能力」というと、目の前にいる人が発する言葉を誤らずに聴き取るとか、自分の伝えたいことを簡明に伝わるようにすることだとふつうは思います。でも、僕はそれは違うと思う。コミュニケーションというのはもっと広い。目の前にいる人だけでなく、もっと遠く、「存在しないもの」とのコミュニケーション能力もそこに含まれなければならない。

先日、京都大学で「日本の人文科学に明日はあるか」というテーマで講演をする機会がありました。講演のあとの質疑応答で、経済学部の学生が立ち上がって、「大学で文学研究をすることに意味があるんですか?」という質問をしました。前の方に座っていた仏文科の先生方は顔をひきつらせておりましたが(笑)、僕はこれはいい質問だと思いました。というのは、文学研究者である限り、「文学研究は何のためにあるのか」ということを常に自ら問うべきだと思うからです。大学にそういう学部があり、現に便覧に科目名が存在するという事実に安住してはならない。研究者は自分の研究の意味について、つねに自分自身に向けて問い続けなければならない。学生に「文学研究に何の意味があるんですか?」と問いかけられたときに、制度に安住して、その問いを自分自身の必至の問いとして引き受けたことのない学者は絶句してしまいます。自分自身の研究の存在意義を基礎づけるために自分自身の手持ちリソースを惜しまず投じる人間のことを、「学者」と言うんではないでしょうか。

私は「人文科学に明日はあるか」という講演テーマの問いには「今のままでは、ない」と答えました。

私はかつて仏文学会の学会誌の編集委員を四年つとめて、若い研究者たちの学会発表をたくさん聴き、論文をいくつも読みました。そのつど困惑したのは、彼らがいったい誰のために研究しているのかがよくわからないことでした。

どうやらそれらの論文は査読者に向けて、査読者の評価を求めて書かれているらしい。でも、それなら査読で高い評点を得て、数値換算された瞬間に、研究はその存在意義を失ってしまうことにはならないでしょうか。もし、研究者が一〇年後、二〇年後も読み継がれることを願い、遠い外国の、言語も文化も宗教も生活習慣も違う読者にとってもリーダブルな文章を書くことをめざしているなら、絶対にこんな書き方はしないという書き方で若い研究者たちは論文を書いていました。自分の論文が長く読み継がれることも、広く読まれることも期待しないでなされる研究にどんな意味があるのか。それがわからなくなって僕は学会を辞めてしまいました。という話を枕にふって講演したのですが、二時間話した最後に、司会の吉川一義先生——僕を呼んでくださったのはその吉川先生なのですが——が「内田さんはご存知なかったようですが、僕が今仏文学会の会長なんです」と（笑）。僕の話をずっとにこにこ笑って聞いてくださっていたんですね。まことに失礼なことを申し上げてしまいましたが、というようなことがあった後に、さきほどの質問が出たわけです。

でも、「文学研究に意味があるのか」という質問をその学生は別に自分で考えたわけではないんだと思うんです。彼の周りにいる経済学部の先輩や教授がふだんから「文学部なんて要らない」と言うのを聞いていて、その口ぶりを真似て「こういう質問をしたら内田は壇上で困惑するのではないか」と期待して言ったんでしょうけれども、僕がそんな質問で絶句するわけないじゃないですか（笑）。

僕はこうお答えしました。今の大学で「存在しないもの」とかかわることを主務としているのは文学部ばかりです。世界内部的に存在しないものとかかわるもっとも有効な方法の一つが「文学研究」です。もしかするとあなたは自分がされている経済学というものがあたかも実体的なものを対象にしているかのように思っているかもしれないけれども、それはたいへんな勘違いです。だって、「市場」とか「需要」とか「消費動向」とか「欲望」のどこに、実体があるんです。「欲望」なんて全然実体ないですよ。「存在しないもの」の最たるものです。欠如とか不足というのは事実としてあるかもしれないけれども、「ない」から「欲しい」までの間には文字通り「千里の逕庭《けいてい》」があります。フェラーリが欲しいとか、エルメスのバッグが欲しいとか、ｉＰａｄが欲しいなんていう心的状態にはいかなる実体的根拠もありません。

「貨幣」だって、そうでしょう。貨幣の存在根拠は「それがすでに貨幣として通用している」という事実以外にはありません。そして貨幣が通用するのは、それが「未来永劫に貨幣として通用し続ける」という幻想をみんな信じているからです。でも、国民国家なんかいくらも潰れるし、中央銀行の信用なんか簡単に地に落ちる。でも、そういう歴史的事実を無視しないと、貨幣は成立しない。実は貨幣を貨幣たらしめているのは思い込みなんです。

経済学だって、実は幻想と物語を資料にして学問をしている点では文学研究と選ぶところがない。あなたは経済学部は「存在するもの」を扱っていて、文学部は「存在しないもの」を扱っていると思っているかもしれないけれど、経済学も文学も結局は人間の紡ぎ出す幻想という「存在しないもの」を研究対象にしているという点では一緒なんですよ。

文学研究者は「存在しないもの」を専一的に「存在しないもの」として扱っている。その点では他の人文科学や社会科学よりはだいぶ「正気」の程度が高い。

どんなふうに人間は欲望を覚えるか、どうやって絶望するのか、どうやってそこから立ち直るのか、どうやって愛し合うのか……そういうことを研究するのが文学研究です。だから、文学研究が学問の基本であり、それがすべての学術の真ん中に存在していなければいけない。僕はそう思っています。

「愛神愛隣」の言葉が教えるもの

さてもうだいぶ予定時間が過ぎてしまいましたけれども（笑）、最後に本学の標語「愛神愛隣」についてひとことだけ話させてください。これは僕のたいへん好きな言葉です。キリスト教の発生以前からユダヤ教のラビたちが口伝してきた太古的な英知の言葉であるということを、以前に飯謙《いいけん》先生から教えて頂きました。

神を愛し、隣人を愛する。僕自身が政治的な活動の結論として二〇代なかばに実感したものとそれは意外に近いものだったように思います。自身の貧しい政治的経験から僕が得た結論というのは、人間は「自分の生身の身体を通じて実現できる範囲を超えた政治的理想を語ってはならない」ということでした。その頃、政治活動から召還するときに、「自分の拳に託せないような思想は語るな」という言葉を僕たちは繰り返し口にしました。背丈に合わない理想を語ることは自制しなければならない。でも理想を語ることはやめたくない。とすれば自分の力を高めるしかない、自分の生身が届く射程を拡げるしかない。

この大学に迎えられて、神を愛することと隣人を愛することとは、どちらか一方だけでは成り立たないと教えられたとき、思いがけなく僕自身のわずかな政治的経験から得た知見に通じるものをそこに感じました。「神を愛すること」、世界に慈愛と正義をもたらしきたすこと。それは非常に総称的で、一般的なことです。今ここですぐに実現できることではない。でも、一方の「隣人を愛する」というのは今ここで、目の前で行うことができる。「隣人を愛する」というのは、隣人に自分の口からパンを与え、自分の服を脱いで着せかけ、自分の家の扉を開いて自分の寝台を提供する。そういう具体的な営みを意味しています。比喩ではなくて、文字通りにそのようにふるまうことを聖書は求めている。そして、そのような具体的な営みの裏付けがない限り、神を愛するという行いは達成しない。自分自身の今ここでの生身の身体が実現できるところから慈愛と正義をこの世界に積み増してゆく。永遠に実現されないかもしれないはるかな理想と、今ここで実践しなければならない具体的行為は表裏一体のものであり、一方抜きには他方も成り立ちがたいということを「愛神愛隣」という言葉は伝えているのだと僕は思います。

最後に、本学の学院標語「愛神愛隣」の出典である『マタイによる福音書』(二二章三四～四〇節)を読みたいと思います。僕は教務部長として、この講堂で、入学式卒業式に合わせて一六回この聖書奉読のつとめを果たしたのですが、これが最後になります。

〈ファリサイ派の人々は、イエスがサドカイ派の人々を言い込められたと聞いて、一緒に集まった。そのうちの一人、律法の専門家が、イエスを試そうとして尋ねた。「先生、律法の中で、どの掟が最も重要でしょうか。」イエスは言われた。「『心を尽くし、精神を尽くし、思いを尽くして、あなたの神である主を愛しなさい。』これが最も重要な第一の掟である。第二の掟も、これと同じように重要である。『隣人

をあなた自身のように愛しなさい。』律法全体と預言者は、この二つの掟に基づいている。」〉

ご清聴ありがとうございました。

Ⅱ

日本の人文科学に明日はあるか（あるといいけど）

京都大学大学院文学研究科講演　二〇一一年一月一九日

私が仏文学会を辞めた理由

ただいまご紹介いただきました、内田でございます。京都大学でしゃべるのはこれで三回目です。前の二回は、「二十世紀学」研究室の杉本淑彦《よしひこ》先生に呼んでいただいて、集中講義をしました。すごく寒いときと、すごく暑いとき。そのときは確か映画論と身体論をいたしました。今日は「日本の人文科学に明日はあるか」というだいぶ趣向の違う演題でお話しさせていただきます。

今回は文学部仏文科の吉川一義先生にお招きいただいたのでありますが、実は私、ウィキペディアを読んだ方はご存知かと思いますけれども、肩書のところに「元・仏文学者」と書いてございまして、仏文学者としては認定されておりません。誰が書いたのか、なかなか批評性のある人が書いていると思うのですが（笑）、実は本当にそうなのです。仏文学会を何年か前に辞めてしまったのですが、それには理由があります。

以前は結構、真面目に仏文学会には通っておりました。学会が大好きで、吉川先生たちにお会いして一緒に騒ぐのが好きだったのです。九〇年代の終わりから、今世紀はじめにかけて、学会誌の編集委員というのをやりまして、確か任期四年で、春・秋二回の学会に計八回出ました。僕は二〇世紀担当だったので、二〇世紀の分科会を見て若い人たちの発表を聞いて、その評価・査定をするという仕事を承っていたのです。ですが、学会に八回連続して出て、心底疲れ果てまして、これはもう辞めようと思ったんです。申し訳ないのですがこの業界は未来がないと思って、辞めてしまったんです。若いときに強い憧れをもって入ってきた学術の世界なのですが、それが五〇過ぎて、ちょっと足が遠のくというか、かなり深い失望を覚えたのです。

学会を辞めたとはいえ、その後もフランス語の翻訳は出しておりますし、学術論文も書いておりますから、ウィキペディアに「元・仏文学者」と言われる筋合いはないのですが、でもやっぱり「元・仏文学者」と記名されたのは、書いた人は「何か」を感じ取っているんだなと思いました。

学会を辞めた後に、どうして仏文学会はこんなにダメになってしまったのだろうと考えました。博士課程の若い研究者たち、あるいはフランスに行って博士号を取って帰って来た人たちの発表を聞いて、知的な高揚感を覚えるということが全くなかった。さっぱりどきどきしてこない。

どうして、どきどきしてこないのか。たぶんこの人たちは、自分の業績をどんなふうに高く評価してもらうかということを考えて発表しているからだろうと思いました。彼らは査読する人たち、自分の業績に点数をつける人たちに向かって発表しているんです。

受験生が試験官を前にして、自分がどれくらい勉強してきたか、どれくらいものを知っているかを誇示するように。

でも、僕はそれは学問とは違うんじゃないかと思ったんです。学問研究というのは、そういうものではないだろう。

例えば、彼らは僕が名前も知らないようなフランスのマイナーな――マイナーといっても僕が知らないだけであって、実はメジャーかもしれませんけども――作家とか、詩人とか、哲学者について、重箱の隅をつつくような細かい研究発表をされるわけです。それを研究することに、どんな意味があるのか。それを他ならぬ今ここで僕たちに聴かせることにどんな意味があると思って発表しているのか。それがわからない。わかるのは、とりあえず、僕は聴き手には想定されていないということです。だって、「周知のように」と彼は言ってるけれど、僕はそんなこと知らないから。つまり、これは「僕が知らないことを熟知している人たち」向けの内輪のパーティの話であって、僕はそこにそもそも招待されていない。

それどころか、学会発表をフランス語でする人までいたのです。日本人なのに。日本人が、日本人しか聴き手がいない日本の学会の会場で、フランス語で発表する。その意味が僕にはわからなかった。

僕は、ここで正直にカミングアウトしますけど、フランス語全然できないんです

（笑）。話すのも聴くのもまるでダメなんです。だから、「え、フランス語でやるの？やだなぁ」と思って。聞いても、何言っているか全然わからないし。そもそも日本語で聴いてもわからないような話をフランス語でやるんですから、僕にわかるはずがない。でも、編集委員だから評点をつけなきゃいけない。しょうがないから周りにいるフランス語のよくできる方たちにそれとなく聞くわけです。「今のどうよ？」と。すると「ありゃ、だめだよ」とか、「いや、なかなかよく勉強してるね」というようなリアクションが戻ってくる。それをまとめて平均をとって点をつけていたのです（笑）。ですから、編集委員の任期が終わるまで義理で務めましたが、任期満了と同時にそのまま学会も辞めてしまったのでした。

でも本当を言うと、フランス語で発表されてもわかる話なら僕にもわかったと思うんです。その人が生き生きとした研究をしていれば、多少聴き取れないところがあったとしても、その眼の輝きとか、声の張りとかいうものはわかります。おお、何か知らないけど、えらい気合いが入っているなあと思えば、発表の後にずるずるとそばににじり寄って、「いやあ、君の発表すごく面白かったよ。だけど、もう少し詳しく聴きたいんだけど、いいかな？」と自分の方から聞いたはずなんです。僕だって、それくらいのことはします。そばに行く気もしなかったから行かなかったんです。

そういう人たちは、仏文の学部を出たあとにフランスで大学院に行って、そこで博士号をとってきて、論文はフランス語で書く、学会発表もフランス語でやる、と決めているんだと思うんです。国際的な研究活動をする人間になるんだから、それが当然だと思っている。日本語でフランス文学研究するなんて、「内向き」で、ドメスティックなことやっても、意味ないと思っている。ダイレクトに「世界に向けて発信」することが正しいのだと思っている。けれども、僕は日本における人文科学のありようとしては、それはちょっと違うんじゃないかと思うのです。

アカデミシャンは何を背負ってフロントラインに立つか

アカデミックな人というのは、基本的には知的な領域における「フロントランナー」であるわけです。「フロントライン」にいる人間なんです。でも、どこの、誰に対する「フロントライン」なのか、背中に何を背負って「フロントライン」に立っているのか、ちょっとそのことを考えて欲しいと思うんです。

僕が「ちょっとそれは違うんじゃないか」と感じた人たちは、すごく先端的な研究をしているのかも知れません。でも、何も背負ってないんです。自分しか背負っていない。自分自身のアチーブメントを積み重ねて、それによって評価され、それによって自分が大学のポストなり、社会的なプレステージを獲得するということについてはずいぶん一生懸命やってらっしゃる。自己利益の追求については、きわめて意欲的であることは伝わってくる。でも、「誰か」のためにやっているという感じがぜんぜんしない。誰かに向かって、「いいから、オレの話を聴いてくれ。君たちが緊急に理解しなければならない、たいへん大事な話があるんだ」と懇請しているという感じがぜんぜんしない。聴いて欲しい相手は、同業の、同じ専門分野の、大学や学会内の人事や、出版社に影響力を持っている学者たちなんです。その人たちに向かって話している。その人たちから高い評点をもらい、うまくすればテニュア（研究者としての終身雇用資格）のポストを提供されるチャンスを求めて話している。だから、伝えたいのは研究のコンテンツじゃないんです。「僕は他の連中よりもよく勉強してますでしょ？」という自分の努力についてのアピールなんです。「私は頭がいい」というのが最優先のメッセージなんです。

頭がいいことはわかります。こちらが知りたいのは、その生まれついてのよい頭を使って「何を」するのか、ということなんです。でも、彼らはそれを「私は頭がいい」ということを証明するために専一的に利用している。その使い方はなんだか根本的に間違っているような気が僕にはするのです。せっかく人並み優れてよい頭に生まれついたのなら、他に役に立つ使い道があるんじゃないか。僕はそう思うんです。眼がよく生まれついた人は遠くのものがよく見えるという能力を駆使して、「嵐が来るぞ」とか「陸地が見えたぞ」ということを知らせる。鼻がよく生まれついた人は、「何か焦げ臭い」ことに他の人より早く気づいて火事を消し止める。力持ちに生まれついた人は、道路を塞いでいる岩を取り除いて、みんなが通れるようにする。天賦の才能というのは、そういうふうに使うものじゃないんですか。

それと同じで、頭がよく生まれついた人、外国語の習得がとんと苦にならないという人は、その稀有の才能を使って、それがどんなふうに「みんなの役に立つか」を優先的に考えるべきだと僕は思います。僕が若い研究者たちの発表を聴いて、心の底の方が冷え冷えする感じがしたのは、彼らが学術的な活動を通じて、公共的な利益をどう積み増しするかという関心がそこにほとんど感じられなかったからです。

そのときふと、もしかしたら日本の人文科学というのは、かなり特殊なあり方を求められているのじゃないかという気がしたのです。

僕は学問をするのは自己利益のためじゃなくて、「世のため、人のため」ではないかと考えているわけですが、そういう僕の考え方そのものが実はかなり日本ローカルな、民族誌的偏見ではないのかと思ったのです。

そういえば、自分の知能がいかに上等であるかを恥ずかしげもなく披瀝《ひれき》するという傾向はとりわけ欧米で高等教育を受けてきた諸君に強いように思われる。もしかすると、彼らの方がグローバル・スタンダード的には「正常」で、僕の考えるような、自分の才能を自分のために使うのはよろしくないという発想の方がむしろ「病的」なのかも知れない。そう考えると、そんな気がしてきました。

日本の人文学者の原型的スタンス

久しく日本の人文科学研究者は「輸入業者」だと言われてきました。もちろん、よい意味ではありません。海外の先端的な知見を、自分たちが持っている語学や知識を使って取り込み、日本人の読者にも理解できるようなかたちに「嚙み砕く」。それだけしかしていない。オリジナルなものが何もない。知的な資源を原産地から市場まで運んで来るだけの、運搬業者にすぎない、と。

僕もこの点では日本の伝統に忠実であり、それについては同業者からずいぶんきびしい批判を受けました。

「内田くんは vulgarization がうまいね」という言い方をされたことがあります。vulgarization というのは「通俗化」ということです。難しい学術的な概念や仮説を、わかりやすい日常的な譬《たと》え話に落とし込んで説明することがたしかに僕は得意です。この方面では間違いなく才能があると思います。「これって、要するにあれのことだよね」という連想によって、似ても似つかぬものの間に思いがけないパターンの類似性を見出すのは僕の数少ない特技です。でも、それは学術的な能力としてはまったく評価されない。わかりにくい概念を慣れ親しんだ日常的な具体物に置き換えて説明するというやり方は、勉強する側からすればずいぶん手助けになると思うのですが、学術的には「ゼロ査定」に耐えなければならない。これを「啓蒙活動」と呼ぶ学者さえいる。啓蒙というのは「蒙《もう》を啓《ひら》く」です。「愚者に知恵を授けてやる」ということです。たいした思い上がりだとは思いませんか。よほど暇な人間はそういう博愛事業のようなことをしてもよい。だが、一流の学者はシロートなんか相手にしている時間はないんだよ、と。そういう人から見たら、僕は「仏文学者」の看板をおろして、素人相手に小銭を稼いでいるように見えるのかも知れない。だから、「元・仏文学者」と言われるのかも知れない。

ご存じのように、日本の学会ではこういう「啓蒙書」や翻訳は学問的業績としては、ほとんど評価されません。一〇〇〇頁の本を一〇年かけて訳した仕事よりも、文科省的な基準からは、三日で書いた一〇頁のペーパーの方が業績としては高いポイントを与えられる。翻訳にはオリジナリティーがないが、論文はオリジナリティーがあるということになっているからです。

だから、今、日本の仏文学者のなかで、翻訳をされる方は本当に減っていますよね。吉川先生はプルーストを翻訳されて、この間上梓《じようし》されました。でも、そういう地道な仕事にリソースを使う学者はどんどん減っている。仏文では東大の野崎歓さんが一人で次々と名作の新訳を出されていますけれど、若い人でこれに続く人がいることを知りません。英文だって事情はあまり変わらない。論文書く時間があったら翻訳をするというのは柴田元幸さんくらいしかいないでしょう。

でも、幕末から明治維新以来の近代日本の黎明期《れいめい》における人文学者の仕事はひたすら「輸入」することだったわけです。たいへんな速度で西洋の制度文物を取り入れ、これを換骨奪胎《かんこつだったい》して、なんとか自前の近代国家を作り上げた。この時期の人文学者の主たる任務は輸入と翻訳だった。それに尽くされた。オリジナリティーなんてことを言っていた学者はおりません。江戸時代と地続きの日本の人々に向かって、「いいから、ここは一つオレの話を聴いて、日本の近代化に協力しちゃあくれまいか」と掻き口説くのが学者たちの仕事だった。海外に向けては情報入力のセンサーの感度を最高に上げ、国内に対しては情理を尽くして輸入品の意義を説き聴かせる。それが日本の人文学者の原型的なスタンスだった。僕はそう思います。そして、日本の人文学者の、それが正統的な型であり、日本の人文学者はそういう型で構えるときに、いちばんパフォーマンスが上がるようにできている。輸入と翻訳。外に向けてはセンサーの感度を上げ、内に向けては「黙ってオレの話を聞いてくれ」と懇請する。その一対の営みが日本の人文者の基本なんじゃないか。たしかに他の国の学者とはありようがまるで違うでしょう。でも、日本人の学者はそういう「内向き」のときの方が結果的には「いい仕事」をするんじゃないか。そんなふうに思うのです。

国際的な学会で、最先端の概念や仮説を駆使して、国際共通語でじゃんじゃん発表をするのはおおいに結構なことでしょう。現にそうすることが国策的に奨励されている。でも、そういう国際的な水準の学者たちはいったい何を背負っているのか。何に対する「フロント」なのか。それが僕にはわからない。

知的な興奮を覚えるのはすべて理系の学者だった

もし国際的な学者がそれを背負っているせいで「私は国際的である」と言いうるものがあるとすれば、それは「人類」以外にはないでしょう。七〇億の、地上のすべての人間たちを代表して、彼らの利益を増大するために、もっと広くとれば「地球」のために、私は研究しているのだと言い切れる人がいれば、それは国際的なレベルの学者と呼んでいいと思う。でも、そうじゃない。フランス語で論文を書いて、フランス語で学会発表している若者は、そうした方が彼の研究の受益者が増えるからそうしているわけではない。そうした方が他の研究者よりも高い格付けを受けるチャンスがあるからそうしている。たしかに自分の利益しか代表していない人間は国民国家のフロントラインには立っていない。国なんか背負ってない。海外のすぐれた制度文物を輸入して、日本人全体の知的レベルを上げたいという明治時代の学者のようなことはぜんぜん考えてない。でも、それは区々たる国家の枠をはみ出して、人類全体の福利のために学問しているということを意味するわけではありません。明治期よりも「国際的」になったのではなく、もっと「せこく」なったのです。

この場にいる人って文系の人が多いと思うので、申し上げにくいんですが、僕が過去十年間で知り合って、知的な興奮を覚えた学者は全部理系の人なんです。社会科学と人文科学の人で、知り合ってどきどきした人は、申し訳ないが、この十年に限って言えば、一人もいない。文系の人は悪いけど、ほんとうに話してて、つまらないんです。特に社会学者。誰とは言いませんが、あの方とかあの方とか（笑）。よくものをご存じだし、弁舌もさわやかである。でも、会って話しても、少しもどきどきしない。聞いているうちにだんだん情けなくなってくる。だって、彼らにとっては万象すべてが「想定内」だからです。何が起きても、「そうなると思っていました」と、したり顔で引き取る。自然科学ではそういう態度はありえないことでしょう。自然科学では、他の研究者に指摘されるより先に、自分がかつて立てた仮説の誤りを発見して、自分で自分の仮説を書き換えて、ヴァージョンアップすること、それが最優先する。自分の誤謬を誰よりもはやく発見することに知的資源を集中する。他人に言われるより先に「私は間違っていました」とカミングアウトすることは自然科学の世界では知的栄光なんです。でも、日本の文系の学者たちはぜんぜんそうじゃない。「私はかつて一度も間違ったことがない」と言い募ることが自分の知的威信を担保するのだと信じている。そういう人たちと話していて、知的高揚感を覚えるということはありえないです。

「わけのわからない現象」に夢中になれるか

どの分野でも、最先端で仕事をしている人というのは、若い人も年取った人も、マインドセットは似ています。自説に合致する話、自説を補強する事例にはあまり興味がなくて、「うまく説明できないこと」に興味がある。目の前に登場してきた「わけのわからない」現象を貫く法則性を発見しようとするときに、彼らはほんとうにうれしそうな顔をする。手持ちの法則が「あれ」にも「あれ」にも何にでも妥当するという話ではなくて、新しい法則が発見できそうだというときに夢中になる。

自然は「わけのわからない現象」の宝庫です。当たり前のことですが、人間社会の方が自然よりずっと人工的です。ずっと構築的で、ずっと合理的で、だから、「わけがわかる」。ただ、それは脳がこしらえたものに限ります。人間は脳だけじゃない。身体という自然物を持っている。人間の身体を相手にする自然科学は医学です。だから、お医者さんと話をするのは、とても面白い。

最近よくお会いするお医者さんに、神戸大学医学部の岩田健太郎さんという方がいらっしゃいます。感染症の専門家で、一昨年の新型インフルエンザのときに、パンデミックの一番最前線にいた方なんです。彼からずいぶんいろいろな話を聞きましたが、いちばん印象的だったのは彼が「なまもの」を相手にしている商売なので、人間に対する対応がいわゆる知識人とは全然違うことでした。僕がどんな話をしても、「そうですね」と頷くんですよね。絶対否定しない。相当に変なことを言っても「うーん、そうですね」と頷いて、それから考える。決して「おっしゃってることの意味がわかりません」とか「あなたは間違っている」とかは言わないんです。だって、僕が彼の前にいて、現にその言葉を発したという事実がある以上、それには何か意味があるはずだし、僕が間違ったことを言っていたとしても、「間違ったことを言っている男がここに存在する」という事実は否定できない。自然科学者はその意味を考えるわけです。「なぜこの男はこのような意味不明のこと、あるいは明らかに誤りであることを言うのか」というふうに考える。医療のフロントラインに立っている人間としては、たしかにそれが当然なんです。患者がやってきて症状を訴えたときに「何を言っているのかわかりません」とか「あなたは間違っている」とかいう診断はありえないからです。まず症状を一個の自然物としてそのまま受け容れる。そして、その中からとりあえず他の症例との類推が効きそうなパターンを探す。どのような身体現象も否定しない。まずありのままを受け容れる。それから知性を最高速で回転させて無数の仮説を検証してゆく。僕は岩田先生と話していて、これは本当に現場の人だなと思いました。

危機的局面であるほど上機嫌であれ

現にそこに患者がいる。教科書にはこんな症例は出ていなかったという理由で診療拒否することはできない。とにかく診断を下して、治療行為にとりかからなければならない。そのためには自分の知的身体的なパフォーマンスを最高レベルに維持しなければならない。そして、判断力や理解力を最大化するためには方法は一つしかないんです。

それは「上機嫌でいる」ということです。にこやかに微笑んでいる状態が、目の前にある現実をオープンマインドでありのままに受け容れる開放的な状態、それが一番頭の回転がよくなるときなんです。最高度まで頭の回転を上げなければ対処できない危機的局面に遭遇した経験のある人なら、どうすれば自分の知性の機能が向上するか、そのやり方を経験的に知っているはずなんです。悲しんだり、怒ったり、恨んだり、焦ったり、というような精神状態では知的なパフォーマンスは向上しない。いつもと同じくらいまでは頭が働くかも知れないけれど、感情的になっている限り、とくにネガティヴな感情にとらえられている限り、自分の限界を超えて頭が回転するということは起こりません。

真に危機的な状況に投じられ、自分の知的ポテンシャルを総動員しなければ生き延びられないというところまで追い詰められたら、人間はにっこり笑うはずなんです。それが一番頭の回転がよくなる状態だから。上機嫌になる、オープンマインドになるというのは精神論的な教訓じゃないんです。追い詰められた生物が採用する、生き延びるための必死の戦略なんです。

医療の現場は待ったなしです。「最高最適の医療をこれからご用意しますからちょっと待っててください」と言っているうちに患者が死んでしまうということだってある。今そこにある疾病という現実に対して、手持ちの材料で、手持ちの人員、手持ちの情報、手持ちの時間で対処しなければならない。

これをレヴィ＝ストロースは「ブリコラージュ」と呼びました。「ありものの使い回しで急場をしのぐ」ことです。医療とはその意味ではブリコラージュそのものです。だから、焼酎で傷口を消毒し、ホッチキスで傷口を縫合し、ガムテープと棒で副え木を作るというようなことは朝飯前なわけです。手元にある資源は全部使うことをつねに訓練されている。目の前にあるものの潜在可能性をつねに考量している。「これは何に使えるだろう？」ということをいつも考えている。だから岩田先生は僕の話を聴きながら、たぶん「この男はいったい医学的にはどんな潜在有用性があるのだろう？」ということをいつも無意識には考えているはずです。

先端研究には日常生活の基盤を揺り動かす力が

もうひとつ、理系の人たちの話がおもしろいのは、外部資金をとってこなければ研究が続けられないという縛りがあるせいで、非専門家に自分の専門分野のことを説明しなければならないからです。自分のやっている研究がどれほど生産的で有望な分野であるか、それにはどのような限界があり、何が不足しているのか、ということを短い時間でさっと説明しなければならない。だから、先端的な分野の方であればあるほど話がうまい。とにかく、今やっている研究を先に進めたいんですから。あれも欲しい、これも欲しい、こういう機械が欲しい、こういうスタッフが欲しい、あの学会に行きたい、あそこに調査に行きたい……と切実な欲求が目白押しになっている。そのためならなんでもやる。どこにどんなチャンスが転がっているか知れないから、偶然パーティで紹介されただけの人に向かっても、いきなり自分の研究について話し始める。でも、パーティトークでの持ち時間はせいぜい三分間。その三分間で一気に相手の関心をわしづかみにしないと相手は逃げ出してしまう。そりゃ、話がうまくなるはずです。

どの分野でも、先端的な研究というのは、僕たちが因習的になじんでいる世界観や人間観を揺り動かす力を持っています。どれほど特殊な領域の話であっても、どこかにダイレクトに自分の日常生活の基盤をぐらりと揺るがすようなインパクトのある知見を含んでいる。だから、つい話に聞き惚れてしまう。「どきどきしてくる」というのはそういうことです。

近年でどきどきしたのは、その岩田さんから聞いた、新型インフルエンザを特別扱いするのはおかしいというお話。在来型の季節性インフルエンザでも年間一万人の死者が出る年もあるんだそうです。二〇〇九年に大騒ぎした新型インフルエンザは、感染力は強いけれど弱毒性でした。でも、医療の前線は新型対応で上を下への大騒ぎになった。現場の治療者の立場からすれば、問題は何度熱があるのか、吐き気があるのか、発疹が出ているのか、どういう治療で症状が緩和するのかということだけであって、何型のウイルスで感染したかということは副次的なことに過ぎない。そう岩田先生に教えてもらいました。それを新型ウィルス患者だけは発熱外来という別の窓口で受け付けて、医療資源を分散することには何の合理性もない。その話をうかがって、僕はどきどきしたんです。ああ、これは「現場の人」からしか出てこない言葉だなと思いました。これまでの来歴の物語ではなく、視野が未来に向けられているから。「何でこうなったか」よりも、「だから今からどうするのか」の方に身体が前のめりになっている。もちろん、感染経路や疾病歴だって大事な医療情報です。でも、「原因がわかった」ということと「治療する」ということの間には千里の逕庭があるんです。そして、医療者の主務は

「治療すること」なんです。

これは岩田先生じゃなくて、もう一人親しくさせていただいている治療家、三軸修正法の池上六朗先生からうかがった話ですが、池上先生のところにときどき大学病院から「打つ手がなくなった」患者が回されてくるそうです。大学病院でできる医療行為はみんなやってみた。でも、変化がない。そういう患者でも、池上先生は「何となく治せそう」な気がすると受け容れるんです。池上先生にしても、どうしていいかわからないんだけど、何もしないわけにはゆかない。ある時大学病院から、全身が硬直したまま、まったく緩解しない女子高校生が運び込まれたことがありました。池上先生はそのときとりあえず九字《くじ》を切ってみたそうです。「臨兵闘者皆陣列在前《りんぴょうとうしゃかいじんれつざいぜん》」という、あれです。そしたら、その少女の硬直が解けた。どうして九字で治るとわかったんですかと訊いたら、「何かしなきゃいけないんだけど、何も思いつかなかったから」と言われました。「それまで一度もやったことがないことをすれば、何か変化が起きるかも知れないからね」

こういう言葉は「現場の人」からしか出てこないものだと思います。

レヴィナスと合気道が繫がった瞬間

池谷裕二さんという東大の薬学の専門家の方と対談したときも、先端的な研究をしている人独特のオープンマインドと笑顔のさわやかさにちょっと感動しました。池谷さんは僕が会ったなかで「最も頭がいい人」の一人です。喋っていても、ギアが変わると、ブーンという回転音が聞こえる（笑）。室温が一、二度上がったような感じがする。それくらいフィジカルに「頭が回転している」のが実感できる。さきほどの岩田先生もそうだし、茂木健一郎さんも、名越康文先生もそうですね。

そのとき池谷さんと話していたのは、ミラーニューロンという特殊な脳科学分野の話だったんですけど、聞きながらどきどきしました。このアイディアはあれに使える、これに使えると、聴きながら興奮で震えてくるんです。これまで自分がやってきた、あるいは多田宏先生から教わってきた様々な武道の技法や稽古法が、ミラーニューロンの話を聞いた瞬間に、全部が惑星直列のように繋がった。その瞬間に、極端なことを言うと、どうして自分が大学院生の頃からレヴィナスの研究と合気道の稽古を同時にやっていたのか、その理由が全部わかったんです。夕方まで研究室にいてレヴィナスの翻訳をして、六時になるとバイクで家に帰って、自由ヶ丘道場に通って合気道の稽古をする。一週間に五日そういうペースで暮らしていた。その頃よく先生たちから言われたんです。「内田君、寝食を忘れて研究に打ち込んだらどうかね」って。研究会や読書会があっても、六時になったら「すみません、稽古がありますから」と言って、帰っちゃうんですから。どうもそれがよろしくない。当時の指導教官の足立和浩先生からも「内田君、君はそんなに自分の健康が大事なのか」と言われたことがありました（笑）。いや、健康のためにやっているわけじゃないんですと答えはしたんですけれど、それ以上のことはまだ言葉にならなかった。昼間レヴィナスを読んで、夜は合気道を稽古している。同じ人間が何を措《お》いても、どうしてもやりたくてやっている二つのことなんですから、目指しているものは同じものに決まっているんです。でも、それが何だか言えなかった。でも、同じ一つの身体が、レヴィナスの哲学を読むときと、日本の武道を稽古するときと、同じように高揚している。そのワクワク感が同質的なものであることはたしかなんです。でも、何が共通しているのかがわからなかった。

池谷さんと話していてミラーニューロン仮説を知った瞬間に、それが一挙につながった。ああ、そうだったのか。オレはだからレヴィナスを読みながら合気道をやっていたのか。それがわかった。どういうふうに繋がったのかと聞かれても、これはすごく長い話になるので、今日はしませんけれど（笑）、これからゆっくり本に書きながら言葉に落とし込んでゆきますので、それをお待ちください。でも、とにかく池谷さんと会ったときに、池谷さんが『サイエンス』だか『ネイチャー』だかのコピーを取り出して話しているのを聞いていたら、足元が揺れるような興奮を味わったんです。

アカデミック・ハイの感覚

こういう「繋がった感」というのが実際にあります。僕はこれを勝手に「アカデミック・ハイ」と呼んでいるんです。論文を書いているとき、ぶっ続けで同じルーティンで生活をすることがあります。毎朝同じ時間に起きて、同じ時間に机に向かって、本を読んだり、論文を書いたりして、夕方になったらお稽古に行って、ビール飲んで、ご飯食べて……そういう判で押したような生活を二週間くらいすると、ある日、ぐいっと深く「入る」ときが来ます。「ゾーンに入る」というやつですね。この「入る」瞬間は、強烈な恍惚感があるんです。鼻の奥が焦げくさくなって、脳が熱くなって、脳内麻薬物質をどかんと放出するのがわかる。そのときに何が見えるかというと、自分がしていることのすべて、これからするはずのことのすべてが一望俯瞰できるんですね。自分が今書いている論文がこれからどういう展開で、どういう結論に至るかが広々と見通せる。「そうか、こう書けばいいのか」ということが確信できる。でも、そのヴィジョンは瞬間的に消えてしまう。こっちは必死で追いかける。メモを取ろうとするけれど、書くスピードじゃ追いつかない。あとで書いたメモを見ても、意味不明なんです。

でも、自分がこの後しかるべき資料に当たり、必要な論証を整えて、最終的に納得のいく結論に達して、一本書き終わった時の達成感はすでに先取りされている。「この論文は完成する」ということがあらかじめ、僕のなかに確信される。

そんな経験をしたことがこれまでに二、三回あります。実際に「アカデミック・ハイ」の状態で「書き終わった感じ」を先駆的に経験できた場合、論文も本も必ず完成する。自分のなかではかなりクオリティの高いものが書ける。あとで読み返したときに、どうして自分がこんなアイディアを思いついたのか、それがわからない不思議なものが書ける。こういうことは、経験したことのない人にはほんとうに伝えにくいのですけれど、この全能感、達成感というのは、僕たちがそもそも何のために学問をやっているのかという、根本のところにかかわりがあると僕は思います。

さっき僕は、研究者は「何かを背負っている」必要があると申し上げました。「フロントラインに立つ」というのは、自分の背後に何かを感じるということです。それは自分自身の業界内的な格付けを上げるとか、業績を評価されて大学のテニュアを獲得するとか、著書が売れるとか、学会賞をもらうとか、そういう個人的なことじゃないんです。別にそれが倫理的にいけないという意味ではないんです。自己利益を動機にして研究していると、「頭の回転数」がある程度以上は上がらないから、それじゃダメだと言ってるんです。人間は「自分のため」では力が出ないものなんです。「人間は私利私欲を追求するときに潜在能力を最大化する」とほとんどの人が信じている。だから、努力した人間には報償を与え、努力しなかった人間に処罰を与えるというシンプルな賞罰システムを導入すれば、すべての人間は潜在能力を開花させると思っている人がたくさんいます。文科省の役人なんか、ほとんど全員そう信じている。そんなわけないじゃないですか。そういうシンプルな人間観で教育政策を立案してきたから、日本の教育制度はここまで崩壊しちゃったわけですよ。人間というのは自己利益のためにはそんなに努力しないんです。だって、どんなに努力しても、それで喜ぶのが自分ひとりだったら、そもそも努力する張り合いがないじゃないですか。「面倒くさいから努力するの止めよう」と思っても、それで迷惑をこうむるのが自分ひとりだったら、踏ん張る気力が湧かない。そんなこと誰が考えてもわかる。知性のパフォーマンスを向上させようと思ったら、自分以外の「何か」を背負った方が効率的であるに決まっています。自分の成功をともに喜び、自分の失敗でともに苦しむ人たちの人数が多ければ多いほど、人間は努力する。背負うものが多ければ、自分の能力の限界を突破することだって可能になる。

近代日本の知識人たちでしたら、日本の近代化という歴史的責務を背負っていた。先端を行くのは自分たちである、自分たちが海外の先進的な制度・文物を導入して、それを文化的後進国であるわが同胞たちのために嚙み砕いて、口移しに服用させるのだという強烈な使命感が、彼らをドライブしていた。この歴史的な使命感が幕末から明治初期の知識人たちの驚異的な知的パフォーマンスを支えた。僕はそう思います。「国のため」に勉強する人間は、「自分のため」に勉強する人間より、知的達成において優越する。そんなの当たり前です。

最後の拠り所となるのは「知性の身体性」

福沢諭吉の『福翁自伝』には、適塾で蘭学をやっていた時のことが書いてあります。適塾は緒方洪庵がやっていた小さい私塾ですが、そこに何十人という青年たちが寄宿して、狭いところにひしめいて、気が狂ったように勉強していた。福沢諭吉があるとき風邪をひいて、あまりに具合が悪いので、横になって寝ようと思って枕を探したら枕がない。なんで枕がないのか訝《いぶか》しく思ったら、この一年半、一度も枕を使って寝たことがなかったことに気がついた。毎晩勉強しているうちに、気を失って机で突っ伏して寝ていたので、横になったことがなかったんです。

それくらいの勢いで勉強するわけですが、これは別にオランダ語に対して社会的ニーズがあったからではないんです。江戸だと蘭学者はまだ大名とか幕府の官僚として登用される可能性があるけれども、大阪で蘭学者に対する求人なんかゼロなんです。つまり、適塾の塾生たちは非人間的な勉強をしているわけだけれども、それは「就活」のためじゃないんです。何の報酬も示されないままに勉強している。蘭学を修めれば仕官が約束されているとか、金になるとかいう「努力と報酬の間の相関」がない。ないから勉強する。福沢諭吉はこう書いています。

しからば何のために苦学するかといえば、一寸《ちょい》と説明はない。前途自分の身体は如何《どう》なるであろうかと考えたこともなければ、名を求める気もない。名を求めるどころか、蘭学書生といえば世間に悪く言われるばかりで、既《すで》に已に焼けに成っている。ただ昼夜苦しんで六《むつ》かしい原書を読んで面白がっているようなもので、実に訳のわからぬ身の有様とは申しながら、一方を進めて当時の書生の心の底を叩いてみれば、おのずから楽しみがある。これを一言すれば——西洋日進の書を読むことは日本国中の人に出来ないことだ、自分たちの仲間に限って斯様《コン》なことが出来る。貧乏をしても難渋をしても、粗衣粗食、一見看《み》る影もない貧書生でありながら、智力思想の活発高尚なることは王侯貴人も眼下に見下すという気位で、ただ六かしければ面白い、苦中有楽、苦即楽という境遇であったと思われる。たとえば、この薬は何に利くか知らぬけれども、自分たちより外にこんな苦い薬を能《よ》く呑む者はなかろうという見識で、病の在るところも問わずに、ただ苦ければもっと呑んでやるというくらいの血気であったに違いはない。

（『福翁自伝』、岩波文庫、一九七八年、九二〜九三頁）

なんとも勢いのよい話ではありませんか。そして、この書生の狂気じみた勉強のありさまを叙した文章を福沢諭吉はこう結んでいます。

兎《と》に角《かく》に当時緒方の書生は、十中の七、八、目的なしに苦学した者であるが、その目的のなかったのが却《かえ》って仕合《しあわせ》で、江戸の書生よりも能《よ》く勉強が出来たのであろう。ソレカラ考えてみると、今日の書生にしても余り学問を勉強すると同時に始終《しじゅう》我身の行く先ばかり考えているようでは、修業は出来なかろうと思う。さればといって、ただ迂闊《うかつ》に本ばかり見ているのは最も宜しくない。宜しくないとはいいながら、また始終今もいう通り自分の身の行く末のみ考えて、如何《どう》したらば立身が出来るだろうか、如何したらば金が手に這入《はい》るだろうか、立派な家に住むことが出来るだろうか、如何すれば旨い物を食い好い着物を着られるだろうか、というようなことにばかり心を引かれて、齷齪《あくせく》勉強するということでは、決して真の勉強は出来ないだろうと思う。

（同、九四頁）

僕はこれを読んでいて、結構ぐっと来たんです。勉強を動機づけるものが何もないときでも、「こんなに難しいオランダ語読めるのは日本に俺らくらいしかいない」というような「なけなしのモチベーション」にしがみついて猛勉強した。まことに健気《けなげ》だと思う。どうやったら学びのモチベーションを高く維持できるか、そのためには使えるものは全部使う。最終的に彼らが採用したのは、営利栄達でも、知的優越でもなく、自分の脳が高速度で回転しているという事実そのものだったんです。その「アカデミック・ハイ」だけは間違いなく、今ここでたしかに身体的に実感できる。最後に残るのは、この快感だけである。これだけは他のものすべてが消え失せても、消え去ることがない。他のすべてを失っても、自分の知性が最高速で運転しているときの、全身を貫く震えるような快感。これだけは、手元が不如意であろうとも、先行き職がなかろうとも、壮絶な勉強をしたものだけが今ここで経験できる。

僕はこれはほとんど「知性の身体性」と呼んでよいものだと思います。お腹がすいたらご飯を食べる、眠くなったら眠る。それと同じように、何が何でも勉強せずにはいられない、勉強しないと自分が苦しくて耐えられないという精神状態にまでどうやったら自分を追い込めるか。その手立てを具体的に考えるのが「知の現場」にいる人間のいわば「芸」ではないんですか。

知性の存在理由は知性そのもののうちに

学知を駆動するのは、学知以外の目的であってはならない。知性の存在理由は知性そのもののうちに内在している。僕はそう思います。自分の知性の活動が最大化するときの、最高速度で頭脳が回転しているときの、あの火照《ほて》るような体感に「アディクトする」人間がいて、そういう人間が学者になるんです。「あの感じ」を繰り返し経験したくてたまらない。だから、どうやったら自分の知性が最高速度で機能するようになるか、その手立てを必死になって考える。「だから他のことはどうでもよくなる」というのじゃないんです。そんな訳ない。だから、使えるものは全部使うようになるんです。自分の知的なパフォーマンスを高める可能性のあるものは総動員する。それが本当の学者だと僕は思います。

もちろん、立身出世とか、名誉とか威信とか、あるいは金銭とか、そういうものを欲望するときに限って「頭の回転がよくなる」という人もたしかにいるでしょう。現に珠算では読み上げ算のときに「～円なり」と数字に円をつけますね。きっとあれは「単なる数字を数えるときより、金勘定しているときの方が人間は計数能力が上がる」という経験則を踏まえているからそうしているんでしょう。金のことを考えると計数能力が上がるという人はいつも金のことを考えていればいい。僕はそれが「悪い」なんて一言も言ってやしません。でも、それ以外にも頭脳が活性化する方法はいくらでもある。それを忘れてはいけない、と申し上げているんです。

僕の場合だったら、睡眠が足りないともう頭が働かない。ご飯を食べ過ぎても、前の晩に飲み過ぎても、ダメです。お稽古をきちんとやって、規則正しい生活をして、身体的に健康で、人間関係が円滑で、家の中が平穏であれば、そうでない場合よりも、僕は仕事が捗る。だから、「アカデミック・ハイ」がまた経験したいから、僕はとりあえずよく寝て、健康管理に気づかって、同僚と仲良くして、家族をいたわって……という平凡な暮らしを全力で維持しているわけです。僕がルーティン大好き人間であるのは、ルーティンそのものが好きだからじゃないんです。そうじゃなくて、ルーティンを守って暮らしていないと、絶対に「アカデミック・ハイ」は訪れてこないということがわかっているからなんです。

ケーニヒスベルク大学で教えていた頃、イマヌエル・カントは毎日決まった時刻に決まった道筋を散歩していたそうです。あまりに時間が正確なので、散歩の通り道にある家では、カントの姿を見て時計の狂いを直したという逸話が今日に伝えられています。わが身を大哲学者に引き比べるのがまことに僭越至極《せんえつしごく》であることは重々承知しておりますが、僕にはカントの気持ちがわかります。「それ以外の条件をすべて同じにしておく」

というのは、脳内でふっと未聞のアイディアがわき上がってきたときに、それを取り逃さないために必須の心得だからです。天文学者が彗星を探すときに、毎日、同じ時刻に、同じ方位の星座を撮《うつ》した写真を重ねて見るのと同じで、「それ以外の条件がすべて同じ」であるときにだけ、わずかな変化は検出できる。知的な活動においても同じです。昨日は脳内に存在しなかったアイディアをその萌芽状態においてとらえるためには、それ以外の生活条件を全部同じにしておくに如《し》くはない。規則正しい生活をするのが、脳内麻薬物質の大量分泌をもたらすためには、最も効果的なんです。

でも、自分の例えば、筋力とか、心肺能力とかを高めるために、あれこれ工夫する人はいくらもいるのに、自分の知性の性能を向上させるためにどんな手立てがあるかということを、純粋に技術的な視点から考察する人はほとんどいません。驚いたことに。ほとんどの人は「人参と鞭」という単純な手段しか思いつかない。よく勉強した子には「人参」を与え、怠るものには「鞭」を喰わせる。それが人間の知性の性能を高める一番いい方法だと、実に多くの人が信じている。文科省の役人も、教育評論家も、その辺の大学人も、みんなそう信じている。

だから、「いい頭」を持って生まれついた子どもたちは、それをおのれひとりの立身出世や銭儲けのために専一的に用いるようになる。子どもの頃から、親や教師が執拗にそう教唆《きょうさ》しているんだから仕方がない。どうすれば知性はそのつどの限界を超え出るのか、という「知性そのもの」についての問題よりも、他の人たちよりも相対的にすぐれた知的資質を利用してどんなふうに自己利益を増すかという「利益問題」を子どもたちは優先的に考える。

敬意と好奇心を以て知性に遇せよ

学者だってそうです。僕は若い頃からたくさんの研究者を見てきました。中には恐ろしいほど生得的に頭のいい若者がいました。そういうのは足が速いとか、力が強いというのと同じで、生まれつきなんです。不公平な話ですけれど、凡才が必死に努力して追い付けるようなレベルじゃない。そういう桁外れの天賦の素質に恵まれている人っていうのは現にいるんです。でも、そういう諸君がそのあとすばらしい研究業績を残したかというと、必ずしもそうではない。ほとんどの場合、そうではない。若いときにその資質をみごとに発揮して、輝かしい学会デビューを飾り、大家たちに認められ、若くしてテニュアを手に入れた人たちの実に多くが、そこで「ぱたり」と知的活動を止めてしまった。子ども時代のオーラを失って、なんだか薄ぼんやりした、ひからびた中年男になってしまった。そういう例を僕は腐るほど観てきました。

どうして、こんなことになってしまうのか。それはたぶん目標の設定を間違えたからです。持って生まれた頭の良さを使って、威信も名誉も財貨も手に入れた。でも、そこでとりあえずの目標を達成してしまった。「さらに上」を狙うというのもあるけれど、世界的なレベルの学者になって、ノーベル賞候補になるというところまで行けるかどうかを考えると、「ちょっと無理かも」と思う。そういうことはちゃんとわかるんです。頭いいから。だから、やっても無駄なこと、費用対効果の悪そうなことは、しない。まあ、何冊か玄人好みの渋い研究書を出して、国内学会で「ちょっといい顔」くらいのところで手を打つか、ということになる。でも、知性というのは「この辺で手を打つか」というような功利的なマインドを持ってしまった人間にはもう扱えない。知性は、その他の人間的資源と同じで、使ってないと錆び付いちゃうんです。ふだん使わずに放っておいて、たまに入り用になったから、物置から取り出してみるという訳にはゆかないんです。

「先天的に頭のいい子ども」というのはいます。たくさん、います。何の努力もしないのに、人間技とは思えないような知的アクロバシーを演じるので、「神童」と呼ばれたりする。でも、天賦のその知力も、磨かずに放っておくと、いずれ機能を停止する。ぴかぴかに磨き上げて、オイルを差して、消耗品を交換して、いつキーを回しても機嫌よく「ぶるん」とエンジン音を上げてくれるように、細やかな手入れをしておかないとダメなんです。そして、そのためには、「アカデミック・ハイ」にアディクトしていることがどうしたって必要なんです。自分の知性が最高の状態にないことに、空腹や眠気や渇きと同じような激しい欠落感を覚える人間だけが、知性を高いレベルに維持できる。

でも、知性を使って、世俗的な価値を手に入れることを目的とする人たちにとって、彼らの「頭のよさ」は単なる道具に過ぎません。それは一〇〇メートル走の世界記録のせいで、大金を稼ぐアスリートにとっての「足の速さ」に似ています。アスリートだって、自分の足は「金づる」ですからもちろん大事にする。保険もかけるでしょう。でも、それは「自分の足の速さに敬意を抱いている」ということではない。自分の足の速さを「畏れ」たり、その「謎」に惹きつけられたりするということもない。

知性というのは、その持ち主の私物ではない。それはとりあえずは「天賦のもの」なんです。自分で努力して手に入れたものじゃない。生まれつきそこにあったものです。だったら、それはある種の「謎」としてとらえるべきでしょう。感謝と畏怖の念を以て遇するべきでしょう。それを利用して、自己利益を増大させるというような使い方をすべきではない。まして、自分で設定した「目的」を果たしたら、「用済み」にして物置に放り込んでおくというような扱いが許されるはずがない。

知性に対するもっとも正統的なかかわりは、敬意と好奇心を以て遇することだと僕は思います。どういうふうにこれは機能するものなのか。どういう条件において性能が向上し、どういう条件のときに劣化するのか。最高の条件で、最高の性能を発揮したときに、どれほどのパフォーマンスを果たすのか。自分自身の知性について、それを「見届ける」のが学者の仕事なのではないでしょうか。

それはF1のモンスターマシンを運転するドライバーの仕事に少し似ています。マシンがその最高性能を発揮するためには、ドライバーに最高の運転技術が求められます。判断力が的確で、情緒が安定していて、健康状態が良好で、家族やスタッフとも仲良しで、スポンサーとの契約上のトラブルもなく、パパラッチに追われるようなスキャンダルもない……そういう最高のコンディションに自分を置くことのできる人間じゃないとこんな仕事は務まりません。自分の知性とかかわるマナーもそれと同じだと僕は思います。

僕は学校教育に市場原理を持ち込むことにずっと反対してきました。けれども、それは自分の中に、何か理想的な学校像や教育像があるから言っているのではありません。市場原理なんか持ち込まれたら、学校という場が全然「わくわくどきどき」しなくなるから、そういうのは止めてくれとお願いしているんです。「アカデミア」って、本質的に、そこに足を踏み入れたら胸が「わくわくどきどき」する場所でしょう。「アカデミア」の構成要件にそれ以外の何があるんです？　わくわくどきどきすること、それに尽きる。ただ、どうやったらわくわくどきどきするかについては、実にさまざまな方法がある。個人差もある。万人に効く一般的な方法があるわけじゃない。そして、人類史始まって以来、それについては膨大な経験の蓄積があるわけです。どうやったら人間はわくわくどきどきするのか。高等教育機関に籍を置くものの責務はその問いを突き詰めることに尽くされると僕は思います。

ところが、大変申し上げにくいのですが、本日の演題にあります「人文科学に明日はあるか」という問いに対して、僕はあまり肯定的な答えをなすことができない。僕の知る限り、そういうことを教育の中心的な課題だと思って学校で教えている人はあまりいないからです。

知的イノベーションを担う場が抱える矛盾

先日、センター入試がありました。僕は入試部長という仕事をしているので、入試本部に終日詰めて、うちの飯謙学長といろいろおしゃべりをしました。そのとき、今度、博士論文を出して学位請求する人の話になりました。そのとき、博士論文は、最初はとにかく上の人たちから見て、「型にはまったもの」を出さないと難しいねという話になりました。それが現実なわけですから、僕も頷きましたけど、これって、根本的な矛盾をはらんだ話なんですよね。大学院というのは研究者養成の機関ですから、どのようにして知的なイノベーションを達成するかということが存在理由のはずなんです。ところが、その知的生成の場にメンバーとして加えてもらうためには、既存の枠組みの中で高いスコアを取らなくてはいけない。現在流通している価値判断基準に照らして、高得点が取れなければ、そもそもプレイヤーとしてそこに参加できない。イノベーションの場への参加条件として、「過度にイノベーティヴではないこと」ということが課されている。ほんとうに創造的な才能は、桁外れに生成的な知性は、そこには参入できないように入り口が絞り込んである。そのことの根本的な不条理を、日本の高等教育の現場にいる先生方が、どれくらいの痛みをもって感じているのか、僕にはよくわからないんです。

院生の学力を客観的な基準に照らして査定することの必要性は僕だってわかります。でも、それと並行して、本来ならそれに優先して、イノベーティヴな才能を発掘するという仕事を大学院は担うべきなんじゃないですか。まんべんなく合格点を取る秀才もいた方がいいでしょうけれど、他はぼろぼろだけれど、ある分野に卓越した才能を探し出すことも高等教育機関のたいせつな責務なんじゃないですか。でも、僕は今の日本の大学院を見ていて、学術的なブレークスルーを果たしそうな若い才能の発掘に手間暇を惜しまないでいるという印象をまったく受けないのです。「そこそこの秀才」を細かく格付けすることにはずいぶん熱心だけれど、独特すぎて、手持ちの格付け基準ではその能力を考量するのがむずかしいというタイプの若者は構造的に排除されている。その傾向が年を追うごとにどんどん強化されている。そういう印象を受けます。

僕はさいわい大学院を出たあとに、神戸女学院大学に専任として拾ってもらえましたけれど、たぶん今だったら僕は大学の教師にはなれなかったでしょう。今から二〇年前でも、僕は三十数校の公募に応募して全部落ちているんですから。八年間フルエントリーして、全部落ちたんですよ（笑）。まあ、当たり前なんですけどね。研究対象がフランスのユダヤ教哲学と反ユダヤ主義政治思想史なんですから。留学もしてないし、だいたいフランス語があまりできない（笑）。だから、僕が公募に落ちるのはしかたがないと思っていた。でも、なんとなく、やっぱりこれはまずいんじゃないかなとも思っていました。いや、自分勝手な言い分ですけれど、僕みたいなのだって、大学にいてもいいじゃないか。こういう変なのが、はしっこの方に二、三人くらいいたっていいじゃないか、と。「問題児枠」とか、「バカ枠」とか、秀才とは別枠でとってくれたっていいじゃないか、と。

経験的にわかるんです。「問題児枠」とか「バカ枠」で一定比率、「変なことをやる人間」を採用しておいた方が、システムとしては安全なんですよ。組織成員が過度に標準化・規格化しないように、ときどき「異物」を混入させておくというのは、リスクヘッジの基本なんです。みんなと違う視点から、みんなと違う射程でものをとらえ、みんなと違う基準で良否を判断するような人間が、どんな組織にも一定数いないとまずいんです。そういうのは平時は使い物にならないかも知れないけれど、危機の時には役に立つことがあるんです。必ず役に立つわけじゃないですよ。平時にも役に立たなかったし、有事のときもさらに役に立たなかった……ということも残念ながらあるかも知れない。それでも、打つ手がなくて手詰まりになったときに、思いがけない人間が、思いがけないソリューションを提案して、それでシステムが救われたというのは、「よくあること」なんです。

とくに大学には「マッド・サイエンティスト」が必需品なんです。なんだかわからないマッドな研究をして、ぶつぶつわけのわからないことをつぶやいていて、その人が近づいてくると女子学生たちが「きゃ～」と言って逃げ出すような、「ものすごく変な学者」というのは、アカデミアになくてはならない「季節の風物詩」みたいな存在なんです。そういう点では、今の日本の高等教育機関の人材養成はきわめて危険な領域に入りつつあると僕は思います。

座持ちのよさも知的能力のひとつである

吉川先生、笑ってらっしゃいますけど（笑）。僕は、吉川先生の業績というのは実はあまりよく知らないんです。プルーストって難しくてよくわからないので（笑）。

僕が都立大で助手をやっていた時、吉川先生は助教授をやってらして——歳が三つ上なんで、僕が三五、六歳で、吉川先生が四〇歳ちょっと前くらいの時ですね。今でも覚えていますが、吉川先生を歓迎するパーティの幹事を仰せつかって、渋谷のとある中華料理店で先生をお迎えしたことがありました。

ご存じでしょうけれど、だいたい学者というのは、酒を飲ませるとろくなことがないんです。某国立大学の仏文科の助手をやっていたある友人から、その研究室で、よせばいいのに温泉に一泊旅行をしたことがあって、酒が入った教師たちがお互いの業績をけなし合う修羅場になって、もうたいへんだったという話を聞いたことがありました。学者というのはとにかく人の悪口を言うのがうまいですから。「キミのあの論文ね、あれはいただけませんよ」みたいなことを言い出したらもう止まらない。そういう、酒が入るとわりと荒れ気味という業界の宴会の仕切りですから、幹事を仰せつかると、僕でさえ胃が痛むほどでありました。

そのときに、吉川先生とはじめてお会いしたのです。びっくりしたのは吉川先生がやたら座持ちがいいことでした（笑）。着任した先生ですから、歓迎会の主賓なんです。黙って上座に座って「や、どうも」とか言っていたらいいんですけれど、吉川先生、一座を見回して、雰囲気の暗さを察知されたのでしょう。必死で座を盛り上げてくださった。ずっと吉川先生が喋って、満座笑い転げてという感じで、最後に一同爆笑したところで「そろそろお時間ですから」と僕が引き取るという絶妙のコンビネーションで打ち上げました。そのときに僕は「この人はできる」（笑）と思ったのです。

そのあとも何年か都立大の仏文研究室でご一緒したのですが、みごとに学問の話をお互いに一回もしたことがない（笑）。何を話したか覚えていないのですが、とにかく一緒にいるときはいつも飲んでる。研究室でも飲んだし、居酒屋でも飲んだし、よく先生と一緒に院生たちを引き連れて六本木のディスコにも繰り出して踊りまくったことがありました。今の吉川先生しかご存じない方は信じてくれないかも知れませんが、先生にもそういう青春時代があったのです。そんなふうに、一緒にお酒を飲んで騒ぐばかりの吉川先生でしたが、僕が関西に職を得て移るときに、今度は先生に送別の宴をやっていただきました。そのとき「いや、内田さんがいなくなると寂しくなるな」と言って下さったのが深く心に残っております。

僕はそういう能力で学者を評価してもいいんじゃないかと思うんです。僕が神戸女学院大学に拾ってもらったそもそものきっかけを作ってくださったのは神戸大学にいらした山口俊章先生ですが、山口先生が都立大に集中講義に来られたときに、僕は助手としてフルアテンダンスでご接待した。四日間院生たちを引き連れて毎晩飲み歩いた。そのときの「座持ちのよさ」がなぜか山口先生に高く評価されて、「神戸に来ませんか」とお誘いいただいたのです。でも、そのとき山口先生は僕の業績も何もご存じなかったんですよ。ただ「酒の席では愉快な男」という印象だけで（笑）。勝手な言い分ですけれど、僕は「そういう基準での採用人事もあり」だと思うんです。いや、ほんとに。だって、知的な能力というのは、すごく総合的な力ですからね。難しそうな顔をした、よく知らない学者たちが十数人たむろしているところに乗り込んでいって、ひとりひとりに発言するチャンスを与え、みんなをそれなりにいい気分にさせて、場にいいバイブレーションをもたらすなんていうことは、なかなか常人にはできないことです。そういう能力というのは、たしかに狭い意味での学問的能力とは違う。でも、実はたいへん重要な、知的能力だと思うのです。個人的にはどれほど業績があろうと、その人がいるとまわりの気分が暗くなり、仕事の能率が下がるというような人間がいますね。そんな人間はいるだけで全体の活動を劣化させてしまう。逆に、個人的業績はあまりぱっとしないけれど、その人がいると場が明るくなって、みんな次々と新しいアイディアが湧いてきて、その人がいたおかげで学術的なアウトカムが増大したということだったら、この人は学術的な生成に寄与したということになる。今の日本の学術的な業績評価は個人ベースの、それも数値化できるものしか扱わない。でも、実際に学術の生成の場で起きているのは、もっと複雑なことなんです。ある人がたまたまそこにいたせいで、メンバー間で予想もできなかった化学反応が起きて、おもいもかけないブレークスルーが達成された……というよう複雑なかたちで実際には学術の進化は起きている。でも、その人がいると連鎖反応的に周囲の研究者たちの生産性が向上するというような能力を評価する手立ては、今の日本の高等教育機関には存在しません。手立てがないのはしかたがない。でも、手立てがないことを残念に思うという態度はあってもいいんじゃないですか。でも、「そのような能力」をどうやって育成し、確保することができるのか、どうやったらそういう才能を評価できるのかという「難問」を大学人は引き受ける気がない。「真に生成的な才能とはどういうものか？」という問いそのものをニグレクトしている。でも、アカデミアが「知性とは何か？　知的生成とはどのようなプロセスをたどるのか？」という根源的な問いにまったく興味を示していないというのはおかしいでしょう。僕はおかしいと思う。

先駆的直感に導かれて

先ほどから何度も、「イノベーション」とか「ブレークスルー」ということを申し上げていますが、学術的なイノベーションというのは、もともと直感に導かれていくものです。「こっちに行くと、『いいこと』がありそうだ」という直感に導かれて、仮説を立てたり、資料を集めたり、実験をしたりする。でも、どんな「いいこと」があるのかは、その段階ではわからない。言葉では言えないのです。先駆的な直感に導かれてそちらの方向に行く。そしてしばらく進むと、自分がいったい何を求めてこの方向に来たのかだんだんわかってくる。

　この「先駆的直感」はいったい何に担保されているのかというと、ある種のセンサーの働きという以外にない。直感する人は、今の手持ちの計測機器では計量できない微細なシグナルに反応している。数値的・外形的には表示されていないけれど、「何か」がシグナルを発しているということはわかる。それに呼ばれて、その方向につんのめるように踏み出す。先に何があるのかはまだ言えないけれど、何か「とてつもないもの」に向かって、だんだん間合いが詰まってきていることだけはわかる。そういう時の「ざわざわ感」は経験した人にはわかるはずです。肌が粟立つような感じがする。まだ誰も気がついていない、「ノイズ」レベルで繰り返されるあるパターンを自分だけが分節できているというときの、あの心臓がばくばくするような感じは、わかる人にはわかるはずです。

　それは自然を前にしたときの子どものわくわく感と本質的には同じものです。子どもたちを自然の前に放りだしておくと、することがないと、しかたがないので、何かをじっと見つめるようになる。空の雲や海の波や小川のせせらぎや蟻の行列や路傍の花をじっと眺めるようになる。別に放心しているわけじゃないんです。そういうとき子どもは何かを感知しているんです。ランダムに生起しているように見える自然現象の背後に実は「パターン」が繰り返されていることを感じた瞬間に、子どもは自然現象の中にのめりこんでゆきます。自分がこれまで観察した事例から「パターン」として抽出したものが果たしてもう一度繰り返されるかどうか息を詰めて待っている。その「わくわくどきどき」感があらゆる学術の根本にある。僕たちはそれを求めて学術研究にかかわっているわけです。

微かなノイズのざわめきに「パターン」を感じとって、「ぴくん」と反応する能力、それは自然科学の世界でも人文科学の世界でも、あるいは探偵の推理とも同じものです。「パターン感知力」が知的なイノベーションには必須なんです。でも、研究者の世界で、若い研究者の業績を論じるときに、「彼はセンサーの感度がいい」とか「鼻が利く」とかいう話は誰もしません。そうではなくて、どれくらい資料を読み込んでいるかとか、先行研究をどれくらいしっかり調べているかとか、学会の規定する書式通りに書いているかとか、そういうことしか語られない。でも、正直に言いますけれど、僕はそんなことは「どうでもいい」と思っているんです。だって、学問的生成を担う人間に必要なのは「客観的に測定できない入力」に反応する能力なんですから。「これまでやったこと」ではなく、「これからやりそうなこと」を基準にして学問的生成力というのは考量されるべきなのだけれど、そんなことを考えている人間は、文科省にも大学にもいません。

仏文学者がオピニオンリーダーでありえた理由

日本でも、戦後すぐは、かなり多くの仏文学者がオピニオンリーダーの役割を担っていました。小林秀雄、桑原武夫、鈴木道彦と続く伝統があったわけですけれども、この人たちは本業のフランス文学研究とは別に、そのつどの政治経済の問題、文化の問題に関して、鋭い批評性を発揮してきた。どうしてそんなことができたのか。知識があるからじゃないです。仏文学者なんですから、政治のことや外交のことや経済のことについては門外漢に決まっている。にもかかわらず適切な知見を語ったというのは、彼らに自分たちは「生もの」を扱っているというはっきりした意識があったからだと思うんです。医療の現場と同じです。目の前にこれまで見たことも聞いたこともない「現実」が出現した。そういうときにそれを既知に還元して、「ああ、これはいつもの『あれ』だよ」と「想定内」に繰り込んで安心しないで、これは一体何だろう、どういう「未知のパターン」を描いているのか、どういう法則性に従って生起していることなのか、それを考える。そして、そういうときに難しい問題であればあるほど、それについて十分な情報がない現象であればあるほど、オープンハーテッドな気分で、控えめな敬意とあふれるほどの好奇心を以て、それに向かってゆく。そういう風儀が六〇年代くらいまでの人文系の学者たちには残っていたような気がするんです。

その世代までの研究者が「間口が広い」構えだったのは、ある意味当たり前なんです。一九四五年の敗戦後に、焦土と化した日本を知性的に再建しなければならないという抜き差しならぬ課題に彼らが直面していたから。待ったなしの、切羽詰まった問題に今すぐ解答しなければならなかった。大学の建物は焼けてしまった、図書も資料もない、実験器具も試料もない。何もないという状況に投じられたら、「使えるものは全部使う」しかない。わずかに手元に残された知的資源のポテンシャルをフルに引き出して使うしかない。業績評価だの査定だの格付けだのという眠い話をしている状況ではなかった。日本の知的再生のために「何が使えるのか？」という喫緊の問いに即答しなければならなかった。そういう抜き差しならぬ状況を生きてきた人たちが前線に立って引っ張っていた時代の人文科学は今よりずっと魅力的だったと思います。

僕が仏文の世界に入ろうと決めたのは一九六〇年代なかばのことですが、それは六〇年代のフランスという国の知的生産力がすごく高かったからです。サルトル、カミュ、レヴィ＝ストロース、ラカン、フーコー、デリダ、バルト、レヴィナス……、その後二〇世紀後半の人文科学を支配することになる知的達成のほとんど全部がパリから発信されていた。文字通り輝いていた。日本の仏文学者もそれを映し出して輝いていた。きらきらしていた。どうして子どもにもそれがわかるかというと、彼らがきちんと中学生、高校生の方を向いて書いていたからです。桑原武夫はまっすぐ中学生、高校生に向かって語りかけていた。「私たちの世代でやるだけのことはやっておく。あとは君たちに継承して欲しい。自分たちが泥をかぶる。君たちは私たちが切り拓いた道をさらに先に進みなさい」というメッセージがしっかり子どもたちにも伝わっていたと思います。学知の最先端にいる学者が、絶えず後ろを振り返りながら、「皆ちゃんと来ているかい、ちゃんとついて来ているかい」と山の道案内人みたいにどんどん先を進む。先に進み過ぎたら、立ち止まって後から来るのを待っている。そういう感じが子どもだった僕にもわかったんです。そのフロントランナーたちの頑健な足取りやプロらしい装備や後進のものへの気遣いを見て、「かっこいい」と思ったんです。だから、僕も仏文学者に憧れた。

　ある学問分野に次々と若い才能が集まってくるようにしたいと思うなら、子どもたちに向かって語りかけるという仕事を怠ってはいけないと思うんです。「自分たちがこうして道を切り拓いているのは、後から来る君たちのためなのだ。ちゃんと迷わずついてきなさい」というはっきりしたメッセージを発信できる学問分野には若い人たちが集まってくる。後続世代が次々と参入してきて、次々と過去の学説やパラダイムが乗り越えられるというのが学術的にはもっとも望ましい展開なわけです。先行世代から後続世代への「パス」が通る。そうなっていれば、学術の世界はつねに活性化される。

　でも、残念ながら日本の人文科学は七〇年代以降、まったくそういうものではなくなった。先端的な研究をする人たちはいたのかも知れません。でも、彼らは後ろを振り返って「みんな、ついて来ているかい」と呼びかけるようなことはしなくなった。一般人なんか知らぬふりで、どんどんひとりだけ先へ行ってしまった。

「情理を尽くして語る」という学問的マナー

さきほどの学会発表の話でもそうでしたが、自分の話を理解できる人間が少なければ少ないほど「上等」な話をしていると思い込むような研究者が増えてきた。会場に何百人か聴衆がいる中で、「この中で私の話が理解できるのはあなただけでしょう」というような目くばせを送って、互いににやりと笑う。そういう排他的な作法を好む学者が増えてきた。誰とは言いませんが(笑)。

でも、本来の学的な語りというのはそういうものじゃないと僕は思うんです。学会発表のときだって、机から身を乗り出して、「皆さん、聞いてください! 僕はすごいことを発見しました」と言うはずなんです。自分のやっている研究がどんなに面白いかを事細かに説明し、自分の仮説はこの場にいる全員が緊急に理解する必要のあることなんだと必死になって、情理を尽くして語ると思うんです。でも、僕は長いこと学会で「情理を尽くして説く」というタイプの言説にお目にかかったことがない。自分のする話が

「わかりにくい」という自覚があれば、比喩をまじえ、具体例を挙げ、喩え話を使い、言葉づかいを変え、あらゆる手立てを駆使して、わかってもらおうとするはずです。でも、「情理を尽くして説く」という知的伝統は、人文科学の世界では、すでに絶えて久しい。

では、どうやったらもう一度、アカデミアに「活き活きとした言葉」を取り戻すことができるか。僕は言葉の問題が最初に来るだろうと思っています。いま学術の世界ではコロキアルな言葉づかいで語ることは禁じられています。比喩も喩え話も個人的経験も、まず学術論文に書き込まれることはありません。でも、自分が「理解することの困難なこと」をめぐって語っているのだという自覚があれば、書き手が最初に配慮すべきは、「読者の知的緊張をどこまで高いレベルに押し上げられるか、どれだけ長い時間それを維持できるか？」という、すぐれて技術的な「読者問題」になるんじゃないですか。

「選ばれたる少数」の読者だけに理解されれば、それで十分。一般読者や門外漢や子どもたちなどに理解していただくには及ばない、と思っている学者はじゃあいったい何を「背負っている」つもりなんでしょう？　何の「フロントライン」に立っているつもりなんでしょう？　たぶん彼は自分以外の誰をも代表していないんでしょう。そして、自分と同じくらい頭のいい少数の学者たちと「自分たちだけにしかわからない話をするクラブ」を作って、内輪のパーティを楽しんでいるのでしょう。

もちろんそういう「変わった学者」がいることは悪いことではありません。そういう人だっていてもいい。繰り返し言うようにアカデミアには「マッド・サイエンティスト」が一定数必要なんですから。でも、それをデフォルトにされては困る。こんなのは例外的にちょっとだけいるから批評的に機能するのであって、「こんなのばかり」になったら学問はおしまいです。だって、後続世代に「パス」を送る気がないんですから。子どもには球を渡さず、上手なプレイヤーだけでトリッキーなパス回しを楽しんでいるうちに、気がついたらグラウンドも客席も無人になっていた、というのが、日本の仏文の現状じゃないかと僕は思います。中学生や高校生に向かって「君たちもフランス文学をやってみないか。面白いぞ」というような激励のメッセージを送った仏文学者がこの三〇年間にいったい何人いましたか。せいぜい片手で数えられるくらいでしょう。仏文科に来る学生がいなくなって、日本中の大学から仏文科がなくなったのは、誰のせいでもないです。われわれが後続世代に「パス」を送る仕事を怠ったせいです。

道を拓くのは君たちのためである

僕がひそかに師と仰いでいるエマニュエル・レヴィナスという哲学者は、リトアニア生まれのユダヤ人ですけれど、二二、三歳の頃に、ドイツのフライブルク大学へ留学して、そこでハイデッガーのゼミを履修することになります。退官したばかりのフッサールとは個人的に知り合って、自宅を何度か訪ねています。レヴィナスは後年、回想の中で、フッサールとはじめて会ったとき、「この人は哲学者としてはもう終わっている」と思ったと書いています。レヴィナス青年がどんな質問をしても、フッサールはすらすらと即答したのですが、それはすべて「もう本に書いてあったこと」だったからです。フッサールは哲学的にはもう死んでいた。フッサールが体系化した現象学の哲学史的重要性には十分な敬意を払いながら、フッサール自身との対話については、レヴィナスは「そこにはもう新しいものは何もなかった」と切り捨てています。それに対してハイデッガーのゼミでは、そこで何かまったく新しい学知が生成しつつあることを感じ取っている。それがどのようなかたちをとることになるのか、その段階ではまだわからなかったけれど、何かが生まれつつあった。そのことに対してレヴィナスは高い評価を与えるわけです。それがハイデッガーとフッサールに対するレヴィナスの評価の違いに反映している。レヴィナスにとっては、哲学の体系的な整合性よりも、哲学者が現に知的な意味で「生きているか」どうかの方が優先したのです。

僕は、一九八七年にレヴィナスに会うことになるのですが、僕がそのとき何を見に行ったのかというと、実は「そこ」だったんです。たしかにレヴィナスの哲学はみごとに構築されている。さて、レヴィナスは僕に会ったときに、「もう本に書いたこと」を繰り返すのか、それとも今彼の脳内で生成しつつある知の運動を語るのか、どちらなのか。それは会いに行ってみないとわからない。それで会いに行ったんです。でも、そんなことは会って五秒でわかるんです。ものすごい勢いで話し始めたから。本を読み上げるどころか、今ここで新しい哲学書、単行本一冊分くらいを一気に語るんですから。僕はそのとき本当に感動したんです。聞き手はなにしろ僕一人なんですから。僕に向かって、今脳裏に浮かんだアイディアを次々と単行本一冊分しゃべってくれるわけですから。そのときに、なるほど、こういう人だからこそ、フッサールに対する否定的な評価が出てきたんだなということがわかった。レヴィナス先生の身体は本当に熱かった。話しているうちに室温が二度くらい上がったような感じがしました。あのレヴィナスの一ページにポワン（ピリオド）がひとつもないまま続くような文章を、そのまま口でしゃべるわけですから。こっちはフランス語がろくにできないんですから、途中からはもう何を言っているか全然わからない。でも、日本からやってきたフランス語もよくわからないような若造の前で、レヴィナスはライブ演奏をしてくれてるわけです。ジョン・レノンの家に「ファンです」って挨拶に行ったら、ジョンがやおらギターを取り出して、「じゃあ、今ここでオリジナル曲一曲作って、君にそれを歌ってあげるね」と言われたら、誰だって感動するでしょう。僕の感動はそれに近いものでした。そのときに、なるほどほんものの「学者」というのはこういう人のことを言うのだなと確信したんです。ほんものの学者というのは「いいから俺の話を聞いてくれ」という人なんですよ。自分は哲学的な荒野をこれまで駆けめぐって、それなりに必死に道を切り拓いてきた。それは後続する君たちのためにやったことなんだ。だから俺の話を聞いて、それを理解して、俺の仕事を引き継げ、と。こっちにバシバシと「パス」を蹴り込んで来るわけです。こっちに受けとる技量があるかどうかなんて二の次で、とにかくそこに誰かがいたら「パス」を出す。僕はこのレヴィナスの「そこに誰かいたらとにかくパスを出す」というスタイルがほんとうに素晴らしいと思ったんです。学者というのはこうでなければいけない、と。そのとき深く確信したのです。

あなたの哲学的未来に幸多からん

一九八七年に会ったレヴィナスの姿を見て、知の最先端をいく学者というものがどういうありようをするものなのか、僕は学びました。相手に自分の言葉を聞くだけの力があるかどうかは二の次で、こちらに「お話を承ります」という恭順な態度がある限り、話を聞く資格はある、と。レヴィナス先生は三時間ぶっ通しで猛烈な勢いでお話されました。結局、そのときにレヴィナスが話したことの中には面白いものがたくさんあったのですが、その後亡くなってしまって、ついに活字にはなりませんでした。もちろん、人が来るたびに、レヴィナスは同じような話をしていたのだと思うんです。僕と同じ話を聞かされた人が何十人いても不思議じゃない。でも、それは「本に書いてあることを繰り返している」というのとは違うんです。僕だってこの話をこれまでに何度もしています。でも、そのつど違う話になる。うまく嚙み砕くことのできない出来事を繰り返し語っていると、毎回その出来事の新しい相が見えてくる。経験の意味が変わってくる。その経験の「書き替え」プロセスをこうやって実況中継しているんです。レヴィナス先生もそれと同じことをされていたんじゃないかと思うんです。同じ話を繰り返したのは、そのつど「別の話」が生まれてきたからでしょう。そうじゃなければ、あれほど熱くは語れません。そして、僕と話していたときに、レヴィナス先生はそれまで一度も口にしたことがなく、それから後も一度も口にしたことがないような言葉を何か発したはずなんです。それが僕への、僕だけのための「パス」だと思います。

僕の家宝はレヴィナス先生からいただいたお手紙です。のたくるような手書き文字なので、よく読めないのですけども。僕が送ったレヴィナスの本の訳書へのお礼状なんです。翻訳をするたびに送っていたのですが、当たり前ながら日本語なのでレヴィナス先生はお読みになれない。でも、読めないけど、ウチダくんはなかなかいい仕事をしているじゃないか、と。何を根拠に言っているのかわかりませんが（笑）。そういう内容のお手紙をいただきました。『タルムード講話』なんて、ふつうの日本人は訳しませんからね。ユダヤ人と日本人の間には文化的バックグラウンドにおいても、歴史的条件においても、何の共通点もない。ふつうの日本人はユダヤ教について何も知らない。儀礼も知らない、生活習慣も知らない。そういう文化的な断絶がありながら、レヴィナス先生の複雑怪奇なるタルムード解釈を必死になって日本語に訳している。その志は買おう、と。その手紙の末尾に、レヴィナス先生はこう書いてくれました。Croyez, cher Monsieur Uchida, à mes sentiments de sympathie et de gratitude. Avec tous mes souhaits et voeu pour votre avenir philosophique. 要するに、「いろいろありがとう、あなたの『哲学的未来』に幸多からんことを」ということなんですけれど、この avenir philosophique という言葉に僕はけっこうくらくらっと来てしまいました。僕が今世紀で最も偉大な哲学者だと思っている人から、「哲学的未来」に対する祝福の言葉を頂いたわけですから。何が書いてあるかわからない、読めない日本語の本をいつも送りつけてくる遠い東洋の若い学徒に対して、訳文が正しいかどうかもわからないし、本当にヘブライ語なんか読めてるのかなあという不安もおありになったでしょうに、それでもこういう優しい言葉を送ってくださった。これがそれから後の僕の人生にどれほど強い支えになったか、とても一言では言えません。そのときの僕の学術的な力量はほんとうにお粗末なものでしたけれど、その能力を云々するのではなくて、「お若いの、頑張りなさい」と背中をポンと叩くというこの身ぶりこそ、真に学的な構えではないか、と。僕は今でもそう思っています。

レヴィナスという人の知性の運動は、ダイナミックで、そして温かいものでした。それは相手の能力や知識を査定したり、優劣をつけたりすることと隔たること最も遠いものでした。これこそ教え、導く立場にあるものの模範だと僕は思っています。

僕も大学の教師としては今年度末で終わり、授業もあと三回しかなくて、こんなふうに大学の教壇でマイクを持って「皆さん」と言うのもこれで終わりなんです。終わりに当たって、京大にお招きいただきまして、仏文の人たちに、仏文の悪口ばかりのとんでもない講演をいたしましたこと、お許しいただきたいと思います。こういう場所を与えていただき、とりあえず今現在自分が思っていることを包み隠さず遠慮なしに申し上げる機会を与えていただきましたことに、感謝したいと思います。聞いていて大変お聞き苦しかったり、不愉快になられたこともあったかと思いますが、これで最後なので、教壇に立って、人を扇動したり、悪い影響を与える機会のない人間の末路の言葉ということで、ご海容願いたいと思います。どうも長時間にわたりまして、ご清聴ありがとうございました。

Ⅲ　日本はこれからどうなるのか？

――〝右肩下がり社会〟の明日

神戸女学院教育文化振興めぐみ会　講演会　二〇一〇年六月九日

北方領土についてファナティックになるその理由

ただいまご紹介いただきました内田です。講演の前にお祈りがあるのはさすが「めぐみ会」ならではですね。私も主のお導きとお支えを得まして、知恵と力を得て正しい講演ができますように深く祈念しております。

ご紹介のなかにもありましたけれども、私のブログのアクセス数は、一度カウンターが壊れてしまったので、今は二二〇〇万ぐらいになっていると思います。とりあえず目指せ一億三〇〇〇万ということで（笑）、延べ人数でなんとか日本の人口にまでいきたいと思っております。

最近はブログに政治向きのことを書きますと、短時間に大変な数のアクセスが殺到しまして、すぐにサーバーがダウンしてしまいます。今朝もちょっと繋がりにくくなっていましたね。以前普天間基地問題のことを書いたら、その月は累計八六万アクセスありました。八六万って結構な数ですよ。ちょっとした市の人口ぐらいありますからね。今日はうっかりして北方領土問題について書いてしまったので、また今頃はサーバーがダウンしてるんじゃないかと思います（笑）。

北方領土の話から入るのも変なんですけど、今日のテーマとどこかで繋がるかもしれません。

北方領土のことって、実は僕は今まで論じたことがなかったんです。

今学期の大学院のゼミでは「○○と日本」という題名で毎週発表してもらっておりま
す。「○○」には好きな国名を入れてもらって、院生が毎週一人ずつ、どこかの国と日
本を比較文化的・国際関係論的に論じるという趣向のものです。昨日はたまたま「ロシ
アと日本」という題でありまして、その院生の方が北方領土の問題について発表するの
を聞いているうちに、自分自身がこの問題に関していかに何も知らないか、無関心であ
ったかということが骨身に染みました。

でも、私だけじゃないんです。この大学院のゼミは聴講生が多くて、全部で三〇人く
らいでわいわいやっているんですけれども、男性では僕と同年代の方もいますし、女性
も社会人の方がたくさんおいでになっています。どんなテーマでも、みなさん物知りで、
だいたいのことはお詳しい方がおいでになるんですけれど、北方領土問題に関してはほ
とんど皆さん何もご存知ないということが判明しました。

これはこれで大変面白い議論のテーマになります。「なぜ我々はこの問題に関してこ
んなに無知なのか」について考えるのは、それぞれが熟知している知識を披瀝し合うよ
りもむしろ深い知見に我々を導くことがある。

何でこんなに知らないんでしょうか。

もちろん理由は簡単で、「メディアが報道しないから」ですよ。

あとは、うっかりしたことを言うと「売国奴」とか「非国民」とか言われて、思いがけないところで人に殴られたりしかねないということがあります。たぶん、僕のブログにも今ごろすさまじい勢いで「非国民」とか「売国奴」とかいう書き込みがなされていると思いますけれど、とにかくこの問題については、とつぜんファナティックになる方がたいへん多い。

よく知らないトピックである上に、うっかりしたことを言うと、めちゃくちゃに攻撃されるのでは、オープンな議論になるはずがない。みんなこの主題を論じるときに及び腰になる。そして、みんなが及び腰になるような論件については、さっぱり議論が深まらないので、いかなる国民的合意も形成されることがない。そういうループになっているんだと思います。

どうしてこと北方領土問題に話が及ぶと人々はファナティックになるんだろうと、今朝起きてからつらつらと考えておりました。

どう考えてみても、歯舞《はぼまい》、色丹《しこたん》、国後《くなしり》、択捉《えとろふ》の北方四島は、日本固有の領土だと思います。日露の国境についての最初の外交的な取り決めは、江戸時代の一八五五年に締結された日露和親条約です。日本の幕閣とロシア大使とで話し合いが持たれて、四島は日本、千島列島はロシア領、樺太《からふと》は国境を決めないで両国民混在とするということを決めた条約がありました。たぶんそれはそのころの土地利用の実情をだいたい正直に反映していたんだと思います。双方とも、それで納得していた。

そのあと、両国民混在の樺太にロシアがどんどん進出してきたので、混在というのは無理だろうから、やっぱり国境線を確定しようということになった。幕末にそういう交渉をロシアと幕府の間でやっているんです。でも、うまくゆかなかった。明治維新の後、今度は近代化を進める日本は北海道の開拓の方が優先的な政治課題であり、限りある開拓資源を遠い樺太にまでは回す余力がないという「樺太放棄論」が政府内で主流となって、榎本武揚《たけあき》が特命全権大使になって、樺太での日本の権益を放棄する代わりに、得撫《うるっぷ》島《とう》以北の千島一八島を日本領とする「樺太・千島交換条約」が締結されました。

その後、日露戦争があって、ポーツマス条約で日本は南樺太と千島列島を全部手に入れた。樺太・千島交換条約までは平時の外交交渉で決まったことですから、両国民とも基本的には納得している話のはずです。

でも、日露戦争の後に手に入れた領土は「戦果」として得たものであるわけですから、その後また第二次世界大戦でソ連に負けたときに、「前に獲ったものを返せ」と言われたら、返さざるを得ない。戦果として得たものを戦果として奪われるというのは、まあ話の筋は通っている。でも、日露和親条約以来、日露間で領有権が問題になったことのない北方四島まで「これも千島の一部だ」と言ってソ連は持って行ってしまった。これは話の筋目の通らないふるまいだと思います。

だから、北方領土四島返還というのは外交的な主張としては正しいんです。でも、これがなかなか実現しない。

近年では、ついこの間、谷内《やち》正太郎さんという前の外務事務次官の方が「三・五島返還論」というのを論じました。「三・五島返還論」というのは、歯舞、色丹、国後、それに一番大きな択捉の四分の一くらいを返してくれたら、総面積の約五〇％になり、それでロシアと日本で「半分ずつ」になるので、「ナカとって」その辺で手を打ってはどうかという提案で、これがメディアから袋叩きに遭いました。主権の放棄であるとか、「国賊」とか「非国民」といった激しい言葉までがこの元外務事務次官に投げつけられました。

アメリカは北方領土問題に首を突っ込めない

僕は、この谷内さんという方にいささか同情的なんですけれど、理由はすごく簡単で、昔私の家の隣に住んでいらっしゃったんです（笑）。もう四〇年ほど前になりますけれど、隣に谷内さんという方がいらして、お兄さんが東大法学部で、可愛らしい妹さんがいて。お兄さんはたいへんな秀才だと母親から聞かされていました。その後にお兄さんのほうは外務省に入られ、アメリカ総領事館に勤務されるという時に、たまたまうちの父親の従兄が当時アメリカの総領事をやっていたので、父親が谷内さんの紹介状を書いたことがありました。

それだけの因縁なんですけれど、その谷内さんが、その後外務事務次官になられたので、「ああ、出世したんだな」と思っていたら、「三・五島返還論」で非難の十字砲火を浴びた。かつての隣人としては気の毒だな、「頑張れ、谷内さん」という感じだったんです。別に政治的主張の適否とはかかわりなく、昔隣に住んでたお兄さんだから、という個人的理由での応援なんですけどね。

でも、この「三・五島返還論」というのは、巷間言われるほどに非常識な議論ではないと思うんです。でも、それが厳しい世論の指弾を浴び、当時の外務大臣も日本は四島一括返還が国是なんだからよけいなことを言うなという圧力をかけた。結局、その適否についての議論がなされないうちに幕が下りてしまった。

いずれにしても、国境問題に関しては、うっかり譲歩すると、そのときの政府は国民の支持を失い、次の選挙でボロ負けするということになっていますから、政権を担当している政治家は、よほど国民的な支持を背景にしていない限り、まず国境問題では妥協しない。

こと国境に関しては、少しでも領土を増やした政治家は「英雄」と言われ、領土を減らした人間は「卑怯者」と罵られる。古今東西どこでもそうなんですから。ロシアも日本も、どちらも一応は選挙で統治者を選ぶシステムですから、有権者の支持を集めて政権を維持しようと思うなら、絶対に国境問題では譲歩しない。ロシアも日本も譲歩したくても、できない。

だから、何らかの国際機関か、あるいは第三国に周旋してもらう他ない。

では、どこに周旋してもらうかといえば、これはもうEUかアメリカか中国しかありません。EUは日本の北方領土の主権を認めています。二〇〇五年の七月に、「北方四島は日本に返しなさい」という提案をロシアに向かって出しているんです。

僕は知らなかったんですけど、ウィキペディアによれば、当時の日本のメディアはこれを報道しなかったそうです。読売新聞だけが報道した。でも、他の新聞は報道しなかった。どうしてこんな大事なことを日本のメディアは報道しなかったんでしょう。僕はこれに興味があります。

国際社会が日本の北方領土についての主張を支持しているということが広く知られると何が起きるでしょう。もちろん「じゃあEUか中国に周旋を頼んで、北方領土問題を解決してもらおう」という世論がわき上がります。たぶん。でも、それは困るんですよ。誰が困るかというと、そりゃもちろんアメリカが困る。

アメリカとしては「この問題を解決する時の周旋役」というポジションを手放すわけにはいかない。自分以外の国が出てきて、北方領土問題に決着をつけてしまっては困る。だって、アメリカからすれば「西太平洋はうちの裏庭」なんだから。この問題は俺がやるというのが、アメリカの言い分なんです。

でも、アメリカは北方領土問題に首を突っ込めない。絶対に。

なぜかというと、北方領土問題というのは、戦勝国による敗戦国の領土の不法占拠だからです。ということは、「不法占拠している領土を返しなさい」という主張をアメリカが掲げて、北方領土問題が解決されたとき、ロシアはまったく同じ言葉を句読点までそのままにアメリカに突き返すことになる。「わかった。北方領土返すよ。その代わり、おまえも『南方領土』返せよ」

というのは、戦勝国が敗戦国の国土の一部を不法占拠しているもうひとつの「南方領土問題」というのがあって、それが沖縄問題だからです。

北方領土と沖縄基地のトレードオフ

つまり、「北方領土を日本に返還しろ」という正論をアメリカがロシアに告げた場合、当然ロシアは「だったらアメリカも沖縄返せよ」と言い出す。

「アメリカさんがそこまで言うなら、わしらは返してもいいよ、北方四島。その代わりアメリカは沖縄から出ていきなさいよ。沖縄にある基地を撤収して、グアムでもハワイでも行きなさいよ。それが筋でしょ」と言うに決まってる。北方領土が不法占拠だというなら、南方領土も不法占拠だろって言うに決まっている。

ほんとうにそうなんだから。

そして、ロシアからしてみたらこの「バーター交換」はぜんぜん分が悪くない外交交渉です。ぜんぜん悪くない。

たいした使い道もないし、国際社会も「返しなさい」とうるさく言ってくる北方領土を日本に返す代わりに、アメリカの東アジア最大の軍事基地を日本領土から追い出すことができる。この交換交渉に成功したロシアの政治家は歴史に残る外交的な得点をあげたことになる。

だから、アメリカが北方領土問題に口を突っ込んできたら、ロシアは絶対に「じゃあそっちは沖縄を返せ」と切り返してくる。ロシアがそう提案してきたら、国際社会は、中国もEUも「ああ、それでいいじゃないか」となります。日本国民も北方四島が帰ってきて、おまけに沖縄の米軍基地が無くなるんだから、もう、大喜びです。

だから、アメリカとしては絶対に北方領土問題が解決されては困るんです。北方領土問題の解決から不利益をこうむる国は世界で一つしかない。アメリカだけです。アメリカだけが貧乏クジを引くことになる。だから、アメリカは全力を尽くして、「北方領土問題が解決しない」ように日本国内での世論形成を行っている。

端的には「その話をさせない」ということです。「どういう解決策があるのか？」という現実的な議論をさせない。

だって、現実的な議論の落としどころは「そこ」しかないんだから。

ですから、アメリカは日本の政治家、外務官僚、メディア、学者、そのすべてに対して、「絶対に北方四島問題にアメリカを巻き込むな。アメリカだけではなく、他のどんな国際機関も第三者機関も巻き込むな。黙って現状維持していろ」ということを命じている。それが「四島一括全面返還以外にはいかなるオプションもあり得ない」という原則主義的な立場なわけです。

「交渉のテーブルにつかない」というのが日本の北方領土についての外交の基本方針なんです。だから、リアリスティックな政治家や外交官が少しでも「交渉のテーブル」に近づこうとすると、「主権を放棄するのか」とか「お前らは売国奴、非国民だ」という非難の十字砲火が浴びせかけられることになる。

どうして、そんなことが起きるのか。それは、この問題が解決しないことから利益を得ているのは誰か、というふうに問いを立てれば、誰にだってわかるはずなんです。でも、メディアも外交の専門家も絶対にそういう問いを立てることを許さない。

そういう点ではアメリカの国務省というのはまことに巧妙だなと思います。日本の官僚制度では、外務省の親米派というのは出世コースですから、そこをしっかり押さえている。親米派の政治家もしっかり押さえている。少しでも北方領土問題について、交渉が前進するような兆しがあると、この親米派の諸君が束になって潰しにかかってくる。彼らだって別に深い考えがあってそうしているわけではないと思います。そういうふうにするのが「常識的」な判断だと思っているから、そうしているだけです。そうするとアメリカが喜ぶ。アメリカが喜ぶことをすると、日本の国益が増大すると彼らは信じている。政治家も官僚もメディアも、そういうふうにして日本のシステムはコントロールされている。ちょっと感心したんです。なかなかよくできている（笑）。ここまでが今日の話のマクラです。

アメリカ、霞が関、マスメディアの三位一体

こうやって考えていると、日本のシステムって非常にきちんと構築されていることがわかります。アメリカと霞が関とマスメディアの三つは日本社会の現状から受益している。現状が未来永劫にこのままであることを希望している。このエスタブリッシュメントが中枢を抑えている限り、大きな変化は起こらない。

僕は鳩山さんはずいぶん頑張ったと思うんですよ。鳩山さんはアメリカからの外交的な自立、国防上のフリーハンドを得ようとしていた。それから霞が関、官僚の支配からもなんとか逃れようとしたし、あとマスメディアに対しても彼らの定型的な語り口に対してかなり強い反発を持っていた。ですから、最終的にアメリカに脅され、霞が関が足を引っ張り、メディアに叩かれた。外務省とか防衛省は沖縄の基地問題について、たぶん官邸にはほとんど重要な情報を上げてなかったと思うんです。だから、結果的に沖縄の基地をめぐる日米の駆け引きの経緯についてよく知らないままにアメリカとの外交交渉に入っていってしまった。何も知らないので相手にされず、恥をかかされて帰ってきた。そのあと、メディアの集中的な鳩山叩きが始まった。「早く辞めろ」の大合唱だった。

このアメリカ・官僚・マスメディアの複合体が日本のエスタブリッシュメントをかたちづくっているということを明らかにしたのが、鳩山政権の数少ない功績の一つではないかと思います。

鳩山さん辞任のあと、いくつかの新聞社が取材に来て、「鳩山政権をどう総括しますか？」というので「日本という国がどういうふうにできているかということを、白日の下に露わにしたという所が、最大の功績だと思います」とお答えしました。

その点について言えば、小沢一郎と鳩山由紀夫というのは、政治の基本的な方向性では一致していたわけです。アメリカからの外交上のフリーハンド、霞が関に対する牽制と、マスメディアへの警戒心という三点で。

対米戦略は、小沢さんにとっては最優先ではなかったんじゃないかと思います。あの人の主敵は検察と霞が関とマスメディアですからね。

「検察憎し」は特に深いですね。これは師匠の田中角栄以来の遺恨がありますから。

田中角栄のロッキード事件の背後にアメリカ国務省の関与があったことは、まず疑いを容れない。あれから二十数年経って考えてみると、ロッキード事件以後、アメリカの許可を得ないで、日本が外交上のフリーハンドをふるおうとした事例は一つもないんですから。アメリカの許諾抜きでアメリカの国益を損ないかねない外交的選択をした場合に、どれほどのペナルティが下されるか、日本の政治家はロッキード事件で思い知らされた。

でも、メディアの集中砲火を浴びながら、角栄さんは以後もキングメイカーの地位を守り抜いた。これは田中角栄という人の個人的力量や魅力ということでは説明し切れない。日本人の中の無意識の「対米独立」志向が背景にはあったんじゃないかなと僕は思っています。

鳩山政権も短命に終わりました。アメリカからの自立を図る政権は、短命に終わる運命なんです。戦後の政権で長期政権を享受できたのは、ご存知の通り、佐藤栄作と中曽根康弘と小泉純一郎ですね。共通する特徴は徹底的に親米的な政権だったということです。

親米的な総理大臣は長期政権を保ち、少しでも対米独立的な傾向が見えると、たちまち官僚とメディアが総出で引きずりおろす。それがあまりに自然に行われるので、日本の政治プロセスにそこまでアメリカが深く入り込んでいること自体が意識化されない。たいしたものです。

うちの学校も、元をただせばアメリカの女性宣教師がつくった学校でありまして、このリベラルな校風のおかげで僕はここに拾ってもらって、こうして楽しく仕事ができているわけで、そんな人間が「アメリカが日本社会に深く入りこんでいる」などと言うのは滑稽千万なんですけれども、個人的な好悪とは違う次元で、僕たちはつねにアメリカを配慮している。それは否定できないと思います。

漠然としたものだった鳩山元首相の「腹案」

僕は鳩山さんにお会いしたことがあるんです。何度か、「ご飯でもご一緒に」というお誘いを頂いて。僕も忙しいので、言を左右にしていたのですけれど、仮にも現役（当時）の総理大臣に向かって「僕、忙しいから」と言ってお誘いを断るわけにはいきません。三回目くらいのお誘いがあったとき、「じゃあ今度」ということになりました。

ちょうどその頃、渋谷陽一くんというロック評論家がやっている『SIGHT』という雑誌で三ヵ月に一度、高橋源一郎さんと政治の話だけをする、という面白い連載をやっていたんです。自民党政権の末期の頃から始まって、三月《みつき》に一度くらい会って、ひたすら政治の話をする。そのふだん僕らがしゃべっているような話を総理にもお聞かせしたいと、その頃内閣官房副長官だった松井孝治さんに頼まれて、高橋さんと二人で連れだって行きました。

最初は内閣官房副長官の松井さんと、文部科学副大臣の鈴木寛さんと四人だけでお話をしました。「忌憚《きたん》ないご意見を」というので、二人でほんとに忌憚ないことを言いまくって。特に文部科学副大臣には、ここを先途とばかりに文部行政について、もう言いたい放題のことを言わせて頂きました。鈴木さん、「はいはい」と頷きながら、一生懸命にメモとってらしたけど（笑）。まあ、それによって何が変わるということもないとは思いますが、僕らは二人とも大学の教師ですから、現場の実感は多少伝わったかと思います。

その後、鳩山さんとご飯を食べたわけなんですが、すごく面白い人でした。「宇宙人」と言われる理由がよくわかりました。自分からはあまり話されない方なんですね。質問されるとニコニコして、丁寧に答えておられました。二時間ほどご一緒したんですけれども、感心したのは、人の話を一度も遮らなかったこと。他の方はよく人の話に割って入るんですよ。でも、鳩山さんだけが、自分に向かって質問されるまで何も言わない。質問が終わるまでは口を開かない。それから、「それはですね」とお答えになる。僕はこういうマナーの良さは高く評価するんです。

現役の総理大臣と会って質問できる機会なんてめったにあることではないので、聞いてみました。

もう少し後だったら「鳩山さん、沖縄に核はあるんですか？」と聞いたと思うんですが（笑）、その時はまだ気がついていなかったので「鳩山さん、東アジア共同体ってどんな構想なんですか？」とうかがいました。

そうしたら鳩山さんはすぐには答えなくて、「先日、陛下に会ったら、こんなご下問がありまして」という話をしてくれた。

陛下もやっぱり同じように「総理、東アジア共同体というのはどういうものを考えていらっしゃるのですか？」と訊かれたそうです。そして、続けてこう質問された。

「モンゴルはそこに入りますか？」

鳩山さんはモンゴルのことは考えていなかったので、絶句してしまいましたという話をしてくれた（笑）。

それを聞いて、「ああ、いい人だなこの人は」と思いました。

陛下は相撲がお好きだから、モンゴルのことを気に懸けておられたのだと思うんですけど、「モンゴルは？」と陛下に訊かれて、考えてなかったので絶句しちゃった鳩山さんの間の悪さって、なんかおかしいですね。

東アジア共同体というのは、中国、南北朝鮮、台湾、日本と、それにモンゴルを入れて、この六ヵ国・地域で共同体をつくろうという構想です。ただ、みんな同じ条件で参加したら、中国の国力が人口的にも、軍事的にも圧倒しているので、結局昔の華夷《かい》秩序が甦って、中国を中心とする同心円構造になってしまう。それではつまらない。じゃあ、どうやって中国の影響力を抑制するような形で周辺の五地域がコントロールできるか。そういうダイナミックなシステムを考えなきゃいけない。そう鳩山さんはおっしゃった。なるほどと思いました。

中国を取り囲んでいるアジア諸国がどういうスキームで抑制することができるのか。これはかなり難しい問題です。だから、たしかに東アジア共同体は簡単には実現しそうにない。どこから手を付けていいか、わからない話なんです。なるほど、鳩山さんの「腹案」って、けっこう漠然としたものなんだと思いました。

だから、その後、「普天間基地問題で、私には腹案があります」と鳩山さんが言った時も、「わりと漠然としたことなんだろうな」と思いました。「なんとなく県外、できたら国外」くらいの方向づけだけで、具体的なロードマップまでは考えてなかったんじゃないでしょうか。

「核の抑止力」という心理ゲーム

ここだけの話ですが、ってしょっちゅうブログで書いてますけど（笑）、沖縄には核があったんです。本当はないかもしれないんですけど、あることにしてあるんです……という、いささかややこしい話です。

沖縄は、米軍基地があるとはいえ日本固有の領土ですから、憲法九条が効いています。非核三原則もあります。だから、核兵器はないことになっている。でも、密約が暴露されて、日本政府は米軍の核兵器に対して有効なコントロールをしていないということが明らかになった。沖縄における米軍の軍事行動に関して、日本政府は実質的には何も知らされていない。

でも、国内に駐留している米軍基地の実情について政府がまるで何も知らされていないというのは、同盟国ではたぶん日本だけなんです。

ご存じないかも知れませんが、韓国の米軍基地は近年韓国政府からの強い申し入れがあって三分の一に縮小されました。ソウル駅近くにあった米軍の龍山基地は「危険だし、邪魔だ」というソウル市民の抗議に屈して、郊外に移転させられた。

フィリピンのクラーク空軍基地とスービック海軍基地はアメリカの海外最大の軍事拠点でしたが、これもフィリピン政府の強い要請で撤収した。

西太平洋におけるアメリカの基地はここ数年、どんどん縮小傾向にあるんです。それはこの地域における軍事的緊張が、米露関係、米中関係の改善の結果、解消しているからですね。正直言って、今残っているリスク・ファクターは北朝鮮だけなんです。でも、その当事国である韓国の米軍基地縮小という事実を見る限り、アメリカの国防総省はこの問題については、それほど危機感を感じているわけではないことがわかる。

その中にあって、沖縄の基地についてだけ「絶対に縮小できない」とアメリカは言い張っている。

「朝鮮半島有事に際して、海兵隊のヘリコプターが絶対必要だ」と日本の軍事専門家と称する方たちは言われるけれども、「朝鮮半島有事に際して」という当の朝鮮半島の米軍基地が縮小している。この事実とその説明は整合しない。だって、「朝鮮半島有事の時」に備えるためなら、誰が考えても、朝鮮半島に基地があった方が有利ですから。

ということは、沖縄はヘリコプターを飛ばすための基地じゃないということになる。いい、いい、い、それ以外の目的で米軍基地が必要だということをアピールするために、「他は譲れても、沖縄だけは譲れない」とアメリカは主張している。

何をアピールしているかと言ったら、それは「ここには核兵器があるぞ」ということ以外にないわけです。

五月四日に鳩山さんが「抑止力」について自分は勉強していなかったとポロッと言って、マスコミから集中砲火を浴びましたね。「総理大臣をやっていて抑止力に関して知らなかったってありえない、バカじゃないの」と。

でも、「抑止力」という軍事用語は慣用的には核兵器についてしか使われない。「使わない、使えないけど、敵からの先制攻撃を抑止することだけはできる」というのが核兵器の抑止力なんですから。空母だってヘリコプターだって、いくらでも使えるし、使わないと意味がない。そういう通常兵器については「抑止力」なんていう言葉は使いません。

鳩山さんは、「政権をとるまでは抑止力のことをよく知らなかった。それを今度は学習した」と言った訳です。

沖縄に核兵器があるということを野党政治家のときは知らされていなかった。でも、総理大臣になったら、「実は沖縄には核があるんです。『密約』というものがありましてね、核兵器を持ち込んでもいいって、アメリカに約束してあるんです」ということを外務省や防衛省の役人から知らされた。鳩山さん、びっくりした。

「総理大臣が抑止力について今さら勉強したとは、どういうことだ」とメディアは鳩山さんを袋叩きにしましたけれど、じゃあ、メディアのみなさんはとっくの昔から沖縄には核兵器があるって知っていたんですか？　密約があるって知っていたんですか？　鳩山さんを愚弄できるということは、彼らは鳩山さん以上に詳しく軍事情報を「知っていた」ということですよね。じゃあ、知っているなら、どうして「沖縄には核兵器がある」という事実を国民に周知してこなかったのか。メディアが熟知しているはずのその事実に基づいて、沖縄の基地問題を論じてこなかったのか。

新聞はヘリコプターが何機いるとか、滑走路の長さがどれだけいるかなんていう細かい話ばかり書いていて、核兵器のことなんか何も書いてこなかったでしょう。この点については、メディアの態度はきわめて不誠実だったと思いますね。

でも、実際はもっとややこしくて。核兵器は多分沖縄にはないんですよ（笑）。だって、あるとやっぱりまずいですから。事故があるかもしれないし、泥棒されるかもしれないし、管理コストもかかるし。

それよりは、核兵器は置いてないんだけど、あるように見せかけておく方がずっといい。それなら、コストもリスクもゼロで、抑止力効果だけが期待できる。

そういうものなんですよ。核兵器のいちばんうまい使い方は「そこに核兵器があるのか、ないのか、周辺国にはわからない」という状態を作り出すことなんです。それが一番安上がりな核抑止力なんです。

鳩山さんに向かって、沖縄の米軍司令官がきっとこう言ったと僕は思うんです。

「総理、核抑止力というのは心理ゲームなんですよ。ここに核があるというふうに中国や北朝鮮やロシアに思わせておくと、経費ゼロで抑止力だけが効くんです。でも、ここで僕らが基地を撤収しちゃったら、核兵器がないことがみんなにわかっちゃうでしょう。わかったら意味ないじゃないですか！ 必死になって日本国民が『基地なんかいらない』と言っているのに、アメリカが『いやだ、出ていかない！』と突っぱねてると、周りの国は『あれだけ渋るということは、やっぱり沖縄の米軍基地には核兵器あるんだ』って思うでしょう。そういうもんなんですよ。総理、戦争は頭でやるもんなんですよ」

そういう説明をされた鳩山さんは「はあ、そうだったんですか。ややこしいんですね、世の中の仕組みは」「そりゃもう、ややこしいんですよ、軍事というのは」というような話をして、「なるほど、勉強が足りませんでした」と記者会見でぽろりと言ってしまった。記者の方も勉強が足りないから、その意味がわからなくて、「なんだ、総理は『抑止力』の意味も知らなかったのか」と思って罵倒を浴びせた。そういうことじゃないかなと思うんですけどね（笑）。

断片しか報道しない日本のメディア

今の話も「話半分」どころか、法螺《ほら》に近いんです（笑）。こんなことをあちこちで言ってたら、ジャーナリストから真顔で「それは鳩山首相からじかに聞かれた話ですか」と訊かれて。そんなこと、総理が僕に言うわけないでしょ（笑）。

でも、この事実からも知れることですけれど、日本の中枢システムについて、メディアで報道されていることというのは、断片だけなんです。それがどういう意味なのかは知らされていない。その断片を並べて、それが意味を持つような文脈は自力で考え出さなきゃいけない。その仕事は日本のメディアには期待できないんです。

今回の普天間基地問題に関しては、総理大臣が個人的に無能なのでこういう問題が起きたのであるというのがメディアの支配的な論調でした。政治家一人の属人的な資質問題に全て帰して話にケリをつけようとした。これは日本のメディアが日本的システムの構造分析にほとんど興味がないことの現れだと僕は思います。

昨日も仕事していたら朝日新聞から電話がかかってきて、「菅内閣が成立しましたけれども、コメントを一言お願いします」と言われました。「別にコメントすることはありません」と申し上げたら、だったら何か新内閣に名前をつけてくれと言うんです。「ナントカ内閣っていうネーミングありますか？」って言うから「ありません！」て言って電話切りました（笑）。今朝の朝刊読んだら、いろんな人がつまんないネーミングをしてましたね。言った本人も読んだ人も、来月になったら誰も覚えてないような「なんたら内閣」みたいなネーミングを。それってナイターのあとに、ヒーローインタビューで「今日の出来は何点でしたか？」と聞くようなものでしょう。誰も聞いてやしないし、言った方だって覚えてやしない。なんでそんなこと聞くんですかね。「今度の菅内閣には何を期待してますか」と言うから、「別に何も期待していませんし、まだ失望もしていません」とお答えしました。それ以外に言いようがないじゃないですか。

こういう現況を見るにつけ、日本の政治というのは、成熟過程に入ってきているなと感じているんです。やっと本題に近づいてきました、長いマクラでした（笑）。

誰が総理になってもなんとかなる成熟した政治システム

政治過程の成熟が実感されたのは、小泉さんが退陣したあと、安倍、福田、麻生、鳩山と短命な政権が連続したときです。

森さん、小泉さん、安倍さん、福田さんはいずれも清和会、旧福田派です。鳩山さん、小沢さん、岡田さんはもとは自民党田中派。かつて竹下派「七奉行」と呼ばれる人たちがいました。小渕恵三、橋本龍太郎、梶山静六、奥田敬和、羽田孜、渡部恒三、小沢一郎。この「七奉行」のうち四人がその後、民主党の幹部になっています。

ざっくり言ってしまうと、今の自民党は福田派、今の民主党は田中派が作っている政党なんです。かつての二大派閥が二大政党にかたちを変えたんです。

でも、この二大派閥はたしかに別の政党になってもいいくらいに政策が違っていた。

福田派というのは都市中心型で、官僚組織にのっかっていて、マスメディアとも相性がいい。もちろん親米路線。競争原理、市場原理。努力したものが勝つ、勝った人間はそれなりの報酬を受ける資格がある。反対に、努力しない人間、才能のない人間は社会の下位に位置づけられて、それなりの罰を受けねばならない。因果応報だから、仕方がない。それがフェアネスというものだ、という新自由主義型の都市党です。

それに対して田中派は本質的には農村政党です。構図的には毛沢東主義に近い。「農村が都市を包囲する」と毛沢東は言いましたが、都市への資源集中に田中派は反対です。資源は平等に全国に分配されるべきだ。強者へのインセンティヴを増やすことよりも、競争に負けた弱者をどうやって下から支えていくのかということを考える。これが田中派政治です。

中国で言うと、福田派が鄧小平、田中派が毛沢東の路線に近い。

鄧小平はご存じ「先富主義」です。臨海部の都市に資源を集中させる。そこに突出して豊かになった地域を作り出す。それが国全体をひっぱってゆき、やがて貧しい内陸部も、その余沢に与れるようになる。そういうやり方。

それに対して毛沢東は専門特化、分業化をとことん嫌います。すべての地域に資源がちょっとずつ均等に配分されるシステムをめざす。

どちらも社会改良の方法としては一理あるんです。歴史的状況の違いによって、どちらかが選択される。あるときは一点集中主義が、あるときは全方位分散主義が採用される。原理的な良い悪いじゃなくて、状況に適合するかどうか、それが問われるわけです。

この二つの主義を二大派閥として党内に抱え込んでいたというのが、自民党長期政権の秘密だったわけです。二つあるから、どんな歴史的状況にも対応できる。

その二大派閥の一方が党を割って、民主党になった。田中派政治って、泥臭い分だけ、わりと左翼的なんです。だから、旧社会党系、旧民社党系がそこに合流したのは、ある意味で当然なんです。

政界再編で、自民党と民主党で二大政党制になったといわれますけど、実はその言い方はおかしい。そうじゃなくて、旧自民党の二派閥のうちに、日本国の政治的選択肢のほとんどが呑み込まれてしまったというべきなんです。

五五年体制では、社会党という大きな左派の野党が存在していた。でも、今の二大政党制というのは、左翼政党と中間政党がほぼ消えて、田中派と福田派の間で政権交代しているだけなんです。つまり、「大自民党」の中に日本の政治過程の全体が収まってしまった。ときどき「大連立」という話が出てくるのも当たり前です。もとが一緒なんだから。

だから、誰が総理大臣になっても、それほど目新しいことはできない。

安倍さん、福田さん、麻生さん、鳩山さんと短命の政権が続きましたけれど、このように短命で政権基盤の不安定な統治者が続いたにもかかわらず、国境線も侵略されず、通貨危機も起こらず、飢饉もなく、略奪暴行などもなかった。

言い換えると、かなり統治者として能力の低い人がトップにいても、日本は大丈夫だということですよね。誰が総理大臣になっても、なんとかなる、と。そういうシステムになったということです。

それをして僕は「政治システムの成熟」と申し上げたわけです。プーチンとか胡錦濤のような、人並み外れて怜悧で冷徹な政治家が出てこなければ統治できないという国に比べたら、わが国のシステムの安定性は素晴らしい。これは世界に誇ってよい日本人の努力の成果だと僕は思っているんです。

断片から全体像を描く知的能力の必要性

ただしこの政治システムに対して、閉塞感や抑圧を感じて、そこから自由になりたいと思っている人たちもいないことはない。というのは、ここまでシステムが煮詰まってしまうと、誰でも似たようなことしか考えないからです。

一億三千万の人間が、だいたい似たようなことを考えているというのは、システムの安定性という観点から言えば、たしかにほとんど理想的です。内乱も革命も、そんな国では絶対起こらないから。でも、政治的な革命が絶対に起こり得ない国というのは、裏返して言えば、どんな分野でも、前例を覆し、常識を叩き壊すようなイノベーションが起こりにくい国ということでもあります。現に僕たちの国はそうなっている。みんなだいたい同じようなことを考えているから、喉笛を掻き斬り合うような対立関係は心配なくてよい。でも、国内的合意で安心しているうちに、世界標準からどんどん外れてゆく。イノベーティヴな才能が育たなくなっている。これはかなり深刻な事態です。僕が「息苦しさ」を感じると言ったのはそのことです。

それが病的に露呈しているのが、外交関係の手詰まりです。

ここ何年か、アメリカの問題、日米関係の問題を考えていて、『街場のアメリカ論』という本なんかも書いているんですけど、僕みたいなアプローチで日米関係を考える人ってほとんどいない。アメリカ問題の専門家はたくさんいるんですけれど、アメリカ人はどういう政治的幻想の中に生きているかという問題を臨床的に、クールな視点から対米関係をとらえようとしている人はまずいません。町山智浩くんくらいかな。ほとんどの人はアメリカ人が「これが現実だ」と言ったものが現実だと思っている。

でも、アメリカ人だって、他の国と違うわけじゃない。やっぱり主観的願望と客観的現実を取り違える。自国の国益だけを考えているから。それで当然なんです。

でも、アメリカについて語るとき、日本人たちは、アメリカ人の言うことが世界標準であり、アメリカ人に見えている世界が世界の実相であり、アメリカの国益を増大させることによってしか日本の国益は安定的に確保できないと信じている。悪いけれど、これは病気ですよ。

中国に関しても似たようなことを感じます。

僕は中国のことなんか何も知りません。香港に一九年前に四日間、北京に一七年前に三日間行ったことがあるだけ。中国語もできないし、中国のことなんか何も知らない。そんな人間が新聞だけ読んで、中国とはこんなふうな国で、こんなシステムで、日中関係とはこんな関係だということを素人の理屈で書いたものを、『街場の中国論』という本として出しました。そしたら、しばらくして政府の公安筋の方が会いにこられた。「いや、おもしろい本でした。ご高見を拝聴したい」と。でも、そのうちに、どこからこんな内部情報を仕入れたのですか、と聞いてくるんですよ。「え、ニュースソースは毎日新聞です」（笑）。中国政府内に情報源なんか持ってなくても、公開情報だけでも、中国政府の中で、どんなことが懸念されているかくらいのことはわかります。そして、合理的に思考できる統治者であれば、それを解決するために、どのようなマヌーヴァーを思いつくかくらいのことは推理できる。

それがどうも日本の専門家は苦手であるらしい。特派員や国際部のジャーナリストやインテリジェンスの専門家は、僕の何百倍もの情報量を得ているんでしょうけれど、その情報を分析する力は、かなり貧弱ですね。断片的なピースから全体のピクチャーを描く能力が低い。

たぶん、学校教育では、そういう訓練を全然しないことと関係があると思います。シャーロック・ホームズとか、オーギュスト・デュパンとか、明智小五郎とか、名探偵のお話は子どものときから読んでいるんですから、現場に落ちているわずかな断片から犯行を推理することが推理だということはご存じなはずなんです。国際関係の専門家も、名探偵にならって、いくつかの断片的な情報から、それらを全部繋げて説明できる「ストーリー」を思いつくということはできていいはずです。

でも、この「推理」ということが日本のエリートはほんとうに苦手なんです。というのは、推理というのは、どれだけデタラメな読み筋を思いつけるかという能力だからです。定形的な思考の枠をどれだけ超えられるか。「ありそうもない話」をいくつ思いつけるか。それが推理力の基本に来るんです。いわば、推理力とはどれだけ標準から逸脱できるかを競うことなんです。これが日本の秀才にはできない。構造的にできない。だって、標準から逸脱しないことによって彼らは今日の地位にたどりついたわけですから。その成功体験に固執する限り、推理ということは彼らにはできないんです。

生き方のシフトは若い女性から

さて、日本はこれからどうなるんだろうと考えてきて、そろそろ時間が少なくなってきたので、すぐに結論にいってしまわないといけないようです。

全てのプロセスが成熟してきたことは述べてきた通りです。超少子化、超高齢化の時代。少子化はちょっと止まったみたいですけどね。いま周りにいるうちの学生なんかを見ていると、早く結婚して、早く子ども産みたいと言っている学生の数が増えてきました。

僕は二〇年この学校にいるので、二〇年間ずっとコンスタントに同学齢の人たちの定点観測をしているわけですから、経年変化がわかる。九〇年代の初めくらいは、四年生のゼミの子たちに「これからどうするの?」と聞いて、「早く結婚したい」と言った子はまずいませんでした。全員がばりばりキャリアウーマンとして仕事して、海外に出て、結婚なんてしばらく考えてませんというようなことを言っていた。それから、バブルがはじけて何年かしてから、「早めに結婚したい」と言う子が出てきた。それが今はマジョリティです。早く結婚したい、早く子どもを産みたい、田舎に暮らしたい、農業やりたいというのが近年の目立った特徴です。

農業という言葉がよく出てくるようになったのも、ここ数年の傾向です。できたら農業やりたいという子がいます。実際、おうちが農業という子も結構いる。

昔は神戸女学院というのは、大阪から神戸にかけての阪神間の子たちがほとんどだったんです。でも、ここ数年入学者のエリアが周辺に広がってきて、兵庫もわりと遠くから来る子が多くなってきた。帰り道にタヌキに会ったとか、最寄り駅は無人駅とか、そういう所から通ってくる子が少なくありません。

そういう子たちは、昔だったらまず間違いなく「こんな田舎でくすぶって家業なんか継いでもしょうがない。早く都会に出て、横文字職業に就きたい」となったと思います。でも今の人たちはそうじゃない。田舎の暮らしも、農業のことも、とても肯定的に、面白そうに話してくれる。おじいさんおばあさんが農業やってて、両親はやってないんだけれども、このままだと継ぐ人いないから私がやろうかな、そんなことをごく自然に言ったりするようになってきました。風向きがずいぶん変わったなという感じがします。

だから少子化傾向も皆心配していますけど、多分この風潮もどこかで止まって、ある世代からあとはまたちゃんと結婚して子どもを生むようになるのかなと、女の子を見てると思うんです。男の子を見ていると全然そうは思わないんですけどね（笑）。

どう見ても、若い女の子たちの方が、時代の潮目の変化を感知している。そして、しっかり地に足つけて生きようとしている。でも、男の子たちは相変わらずボーッとしてるんですね。頭の中で観念をこねくりまわして、そのせいで現実が見えなくなっている。メディアやネット上の情報をすぐ信じちゃって、「これから世の中はこうなるんだ」というフェイクな情報にすぐに飛びつく。若い男の子で、自分の直感だけを信じると言い切れる子は少ないですね。だいたいみんな「根拠」を求める。意味づけをしたがる。「上位者」の保証を求めてしまうんです。その分だけ動き出しが遅れる。もう女の子たちにずいぶん遅れてますね。女の子の方が時代の変化に適応するのがずっと速い。

母親と父親の育児戦略は何が違うか

ご存知の方もいらっしゃると思うんですけど、僕は父子家庭の経験があります。離婚をして、娘を引き取って、一二年間親一人子一人で暮らしました。父子家庭と言いますけれど、実質的には母子家庭なんです。だって、父親には家庭内での仕事なんてないんですから。

ご飯を作って、子どもの洋服を洗濯して、アイロンかけて、お布団干して、繕《つくろ》いものして、お弁当の仕込みして、それでもういっぱいいっぱい。子どもが寝たら、古いジャズやロックを聴きながらお酒飲んで、ほっとする。一二年間そういう生活でした。だから、学問的アウトプットはほとんどゼロ。ひたすら子育てをしていました。その時期に、母親型育児戦略が身に染みたんです。

母親と父親の育児戦略は何が違うのか。

母親の育児戦略の基本は「自分の子どもは弱い」ということなんです。この弱い子どもをどうやって守って、生き延びさせるか、母親の関心事はそれだけです。三度のご飯を食べさせて、暖かいふとんに寝かせて、きちんとした服を着せて、髪の毛をとかして……といった基本的なところさえクリアーできれば、まあ、あとのことはどうでもよろしい、と。勉強なんかできなくても、マンガばかり読んでいても、生きていてくれさえすればいい。母親って、ほんとに要求水準が低いんです。

それが一二年間、母親をやって実感したことです。

母親が子どもに対して要求することって、「他の子とだいたい同じくらいだったら、それで十分」という程度のことなんです。できたら、あまり個性的にならないで欲しい。悪目立ちして欲しくないということなんですよ。

僕も男ですから、最初に子どもができたときには「個性的な方がいいな」と思ったんです。人に抜きん出た才能を発揮して欲しいと思った。でも、母親になると、そんなこと、どうでもよくなった。ふつうでいいよ、と。それは「自分の子どもは弱い」というのが母親の実感だからなんです。

弱い動物は群れをなします。群れをなすのは弱い生きものが採用するもっとも合理的な生存戦略なんです。一〇頭のシマウマがいるところにライオンが来れば、一頭が食われている隙にあとの九頭は逃げられる。食われる確率は一〇パーセント。でも、一〇〇頭の群れに紛れ込んでいれば、一頭が襲われている間に、あとの九九頭は逃げられる。食われる確率一パーセント。だから、母親は子どもを何とかしてより大きい群れに押し込もうとする。それが当然なんです。

母親というのはいつだって「とんでもない事態」に備えているんです。「ライオンに襲われて食い殺される」というようなことがわが子の身の上に起きることをいつも心配している。そんなときも、とにかく生き延びて欲しいと願っている。

その結果、必然的に、母の育児戦略は「群れに紛れ、周囲と同じようにふるまいなさい」というものになる。それは「自分の子どもは弱い」ということが骨身にしみて確信されているからなんです。女性の場合は、一年近く胎内で子どもを育ててきた実感がありますから。子どもがどれくらい脆弱な生き物か実感されている。だから、あらゆる手だてを尽くして、とにかく生き延びてくれ、と願う。

拮抗しているべき両親の育児戦略

男親は違います。僕も父親の方もしていたので、そのときの気分を覚えていますけれど、やっぱり男の方は子どもを育てるとき「競争に勝って、他の子たちよりも上に行く」ことを求める。

母は破局的状況を生き延びることを子どもに求め、父は優劣を競う戦いに勝ち残ることを求める。

相対的競争の勝者となって目立つことを求める父親型育児と、群れに紛れて、あたりと見分けのつかないものになって欲しいという母親型育児、この二つは実は排除し合うものではありません。対になっているんです。その二つの育児戦略の拮抗の中で、子どもはいい具合に育つ。

二つの異なる育児戦略が拮抗しつつ並存しているというのが、いちばんバランスがいいんです。両親が育児戦略を共有するのは子どもをむしろ生きにくくさせる。両親が口を揃えて「競争に勝て」と子どもを責め立てたら、子どもはストレスで壊れてしまう。逆に、両親共に「生きてくれさえすればいい」と言えば（笑）、やっぱり社会性が身につかない。

でも、親たちを見てると、どちらかに偏りがちですね。バランスのいい家庭というのは少ない。両親ともまなじり決して、子どもの尻を叩く家庭か、両方とも子どもの成長に興味がなくて、ただ甘やかすだけの家庭か、どちらかに偏りがちですね。でも、偏ると子どもは社会的成熟ができないんです。不登校とかひきこもりとか家庭内暴力というのは、単一の育児戦略しかなかった家庭が生み出すんじゃないかと僕は思っています。

八〇年代からあとは、日本社会では、母親までが父親型の「競争優位」志向になってしまいました。あまりに日本が豊かで安全な国になってしまったからです。もう「破局的状況を生き延びる」ということの緊急性を考慮しなくてもよくなった。どう転んでも生き死にの心配はない。だったら競争に勝つことに全力を集中する方が効率的です。

資源はあり余っている。飢え死にする心配はないし、肉食獣に襲われる気遣いも要らない。どれだけたくさん自己利益を増大させるか、その争奪戦だけが親と子どもの主要な関心事になった。その結果、歴史上前例を見ないような、苛烈な競争社会・格差社会が出現したわけです。競争社会・格差社会が出現するというのは、要するに豊かで安全だからですよね。貧しいとき、危険なときには人間は、というか生物は、競争なんかしないんです。それよりは助け合う。協力して破局の到来を押し戻そうとする。

時代は「貧乏シフト」しつつある

僕と同世代の方はご存知かと思いますが、一九五〇年代って貧しい時代でした。ですから、限られた資源をお互いに共有し、融通し合った。関川夏央さんはこれを「共和的な貧しさ」と呼んでいました。そういう相互支援・相互扶助のマインドは一九六〇年代のなかばまでは、都市住民の間にも色濃く残ってました。

この間、久しぶりに小津安二郎の映画『秋刀魚の味』を見ていたら、岡田茉莉子がトントンとアパートの隣のうちにやってきて「ちょっとトマト貸してよ」と言って、トマト二個借りていくというシーンがありました。隣に行ってビール借りたり、トマト借りたり、醬油借りたりということは、しょっちゅうあったんです。でも、その風習も、六五年くらいには消えてしまいました。それまでは、ちょっと隣に行って借りてくるというのはふつうのことだったんです。限られた資源はみんなで使い回しをするものだということは社会的な合意だったんですね。みんな貧しいから。みんなが生き延びるためには、ちょっとでも余裕があるものは、それを独占しない、退蔵しない。別に特段に博愛主義的な人でなくても、みんながそれを当然のルールと見なしていた。それだけ日本が貧しかったということです。

それが日本が豊かになったら、みんな競争して、自己利益の追求をすることができるようになった。人のことなんか顧慮せず、われひとりよければ、それでいいという時代になった。そういう不人情な時代になったのは、競争に負けて社会の下層に落ちた人間でもとりあえず食っていける保証があったからですね。負けても、命まで取られるわけじゃないと思うから、リスクヘッジも考えずに、あるかぎりを勝負につぎ込むことができる。だから、手銭がかつかつでも、平気な顔で勝ち負けを競う。そんな時代がずっと続いてきた。

今、社会の情勢が変った。というのは、勝負に負けた人間にはもう這い上がるチャンスが巡ってこないんじゃないか、うっかりすると路頭に迷うことになるんじゃないかという不安が深まってきたからです。

日本が例外的に豊かで安全だった時代が終わった。「ラットレース」は勝ったものの総取りで、負けた人間には何も与えないというルールでやっていたら、本当に飢え死にする可能性が出てきた。そういうことです。そこで初めて「ルールの変更をしよう」という話になったわけです。

競争原理は豊かな社会向きルールなのです。「晴天型」のスキームなんです。資源が貧しくなってきて、分け合う人間の数が増えてくると、それはもう使えない。感じている人はもうそのことを感じている。

今二〇歳の子たちは、あと六〇年くらい生きるつもりではいると思うのですが、この子たちは、これからの日本が今より豊かになるとはたぶん期待していません。ましてやバブル経済が再来するなんて思っていない。たぶん日本はゆっくりと貧しく、あまり活気のない国になってゆく。残された、有限の資源をどうやってみんなでフェアに分配し、効率的に使い回していくかということの方に知恵を使わなくちゃいけないということが、わかってきた。それを僕は先ほど「潮目の変化」と呼んだのです。

資源の乏しい環境で、支え合って共に生きるための生活原理はわりとシンプルなものです。エコロジカル・ニッチ、「生態学的地位」をできるだけばらけるようにすることです。限られた資源を複数の個体で分け合うためには、行動パターンを変えなくちゃいけない。動物はそうしています。同じエリアに何百種類もの動物が共生して、資源を分配するためには、生き方を変えなくちゃいけない。あるものは夜行性になり、あるものは昼行性になる。あるものは樹上で生活し、あるものは地下で生活する。あるものは肉食であるものは草食である。あるものは大きく、あるものは小さい。そういうふうに生態学的な地位をずらしていく。ずらしていって、「かぶらない」ようにする。限られた資源を最大限に利用する方法はそれしかないんです。できるだけ類似したふるまいをしない。同一物に欲望が集中しないようにする。競争相手を押しのけて奪い取らないと生き延びられないというような生き方をしない。それが共生の原理なんです。

今の若い人たちを見ていると、たしかにそういう方向に微妙に生き方をシフトしているように僕には見えます。そういうふうにいろいろな個性を持った、「余人を以ては代え難い」人たちが、それぞれの特技を生かして相互支援・相互扶助できるゆるやかなネットワークを形成しようとしている。そんな感じがします。

まだ萌芽的な形態に過ぎませんけれど、いずれこの人たちが新しい共同体のモデルを作り上げてくれるだろうと僕は期待しています。

日本より高かったドイツの自殺率

僕は八〇年代の東京にいたんですが、あの頃の東京が世界で一番嫌いな街でした。東京という街が嫌いで、そこで暮らしている連中も大嫌いだった。自分もそこにいたんですけどね。

一九八五年というと、バブル真っ盛りの頃ですが、覚えていますか？　その年に高校のクラス会があったんです。同級生たちは三五歳です。クラス会に二〇人くらい集まって、みんな金があったから豪華なレストランで飲んで喋ってたんですけれど、そのあいだずっと株の話と不動産の話。それしか話題がないんです。三五歳の男女が株の話と不動産売買の話しかしない。

「内田は株やらないの？」と言われて、「やらないよ、そんなの。金というのは額に汗して働いて稼ぐものだろ」と言って、満座の失笑を浴びました。

今でもよく覚えていますけど、そのとき、こう言われました。

「バカだな内田、そこに金が落ちてるんだよ。ただ、しゃがんで拾えばいいんだよ。なんでお前はしゃがまないんだ」と言われて。

それが厭なんだと言っても、もちろん向こうにわかるはずがない。「こいつは話にならねえ」とみんな僕のことは脇へおいて、自分たちの話に興じていた。

そのときの悔しさが骨身にしみているんです。今でも恨みに思っているくらいなんだから（笑）。絶対あんな世の中に戻って欲しくない。今でもたまに「バブルの時代が懐かしい」と言うバカがいますけど、何を言ってるんだか。あんなに人間が見苦しかった時代はなかったと僕は思いますけれど。二度とあんな時代には戻って欲しくない。

僕は一九五〇年代で全然構わない。みんな貧乏だったけど、仲良く暮らしていた。あの時代でいいじゃないですか。若い連中にはそう言ってるんですよ。「良かったよ、一九五〇年代は」と。

でもこのあいだ調べたら、実際はそうでもないんですね（笑）。

先日、ドイツの雑誌から寄稿依頼があって、「日本は自殺率が高い国であるとヨーロッパで紹介されているけれども、これは日本固有の死を軽んじる宗教や文化と関係があるのか」という内容でした。ドイツの雑誌から寄稿依頼なんて初めてのことだし、原稿料は一七〇ユーロと、ユーロで原稿料もらえるの初めてだから、書いちゃおうかなと思って、それで自殺についてちょっと調べてみたんです。

各国の自殺率の推移を見たら、意外なことに、日本よりもドイツの方が高い期間が長いんですよ。一九六一年まではドイツの方が上で、そのあと入れ替わるんです。それから、一九三〇年代はドイツは自殺率でだんとつでヨーロッパ一位なんです。ナチスが政権とった頃ですね。その頃に一気に上がっている。ヒトラーが政権取ったときに、「もう生きている希望がなくなった」と思って自殺する人が出てきたということなんでしょうね。戦後のインフレも脱して、経済的には豊かになっていった時期のはずだし、国勢を伸張している時代であったにもかかわらず、その時期の自殺率が非常に高かった。

ですから、先方にそのデータを示して、「原稿を書いてくれというご依頼ですが、調べてみたら一九六一年まではドイツの方が日本よりも自殺率が上で、最近入れ替わったばかりです。ですから、日本の自殺率の高さが伝統文化と関係あるということはないように思います。あなただって、『ドイツ人は死を軽んじる宗教的文化があるから自殺率が高いのである』と言われたら不愉快でしょ」と書いたら、「その通りです」というご返事が来ました（笑）。

自殺率は平和な時代に上昇する

では他にどんな理由があるのかということで、ちょっと調べてみたのです。

日本の場合、意外なことがわかったんです。過去一〇〇年間の統計を見ると、自殺率が一番高い年はなんと一九五八年なんですよ。僕の記憶では、一九五八年っていうのは文字通り「ザ・ゴールデンイヤー・オブ・ジャパン」なんですけれど、その年の自殺率が一番高いんです。

　自殺率に関しては、世界中のすべての国に該当する法則があります。それは、戦争しているときには下がるということです。人間というのは、人を殺すことに忙しいときには自分は殺さない。だから、戦争中はどの国も自殺率が激減するんです。戦争が始まると、自殺者と精神疾患者数が激減する。戦争中は精神科の待合室にも閑古鳥が鳴いている。相当に悪い人でも戦争が始まると治っちゃうみたいです。

　日本の場合、自殺率は一九五八年に突出して高い。それから下がっていく。次に六七年に上がる。その後、小さい上下の波が何度かあり、バブル崩壊直後にまた自殺率がドンと下がるんです。そしてまた上がって現在に至る。

　なんか不思議な話ですが、自殺率が戦時には下がるということは、平和な時代になると人々は自殺するようになる、ということなんですね。その理屈でいうと、一九五八年、僕たち一九五〇年代生まれの子どもたちにとっての黄金時代で古き良き時代に自殺率がピークを打ったというのは、それが一九三一年から始まる長い戦争と、戦後の混乱も朝鮮戦争も一段落して、「ほっとした」年だったからなんですね。ようやく生活も楽になり、だんだん豊かになっていく実感があり、そろそろ冷蔵庫もテレビも買えそうだし、中にはクーラーや自家用車を持っている人もでてきた。そういう時代でした。

　今でも覚えていますけど、この頃がサラリーマン家庭の黄金時代でもあるんです。とにかく、毎年昇給する。ボーナスが出ると、うちのようなふつうのサラリーマン家庭でも、「建て増ししようか」というような話をしていたわけですからね。平和だし、未来は明るいし、だんだん豊かになってゆく実感があったし、いい時代だったんですよ。でも、そういうときに人は死ぬわけです。戦争中や苦しい時代は死なない。

だから自殺率が下がった六七年というのはそのロジックでゆくと、不幸な時代だったんですよね。何があったかというと、第一次羽田闘争があったわけです。なるほど、今にして思うと、あれは「戦争」だったんですね。

そのあとのバブル崩壊のときも、一気に社会不安が拡がり、そうなると自殺率が下がる。

結局、平和な時代に人は自殺し、戦争や準‐戦争状況においては自殺しない。どうもそういう一般的傾向があるらしい。というようなことを、そのドイツの雑誌に書き送ったんです。説明できないデータもあって、何か適当でごめんねという感じのエッセイだったんですけど、無事に採択されて雑誌に出てました。ドイツ語なので読めないんですけど（笑）。

でも、自殺率の統計をとった一〇〇年間で、一九五八年が一番高かったということは、その年がこの一〇〇年間で一番平和な年だったということだと思うんですよ。だから、僕の黄金時代幻想は、決して間違っていたわけじゃない。だから、僕にとっては、その一九五八年の生活レベルに戻ることは少しも厭な話じゃないんです。いいじゃないか、あれで。楽しいよ、という気がするんです。

「医療立国日本」は有望なプラン

せっかくですから、これから日本がどうなるのか、日本は今後どのように立国していけばいいのかについて、いくつか積極的な提案を僕の方からしてみたいと思います。

もう産業立国はだめです。一番有望なのは、医療ですね。医療が最も有望な日本のセクターでありまして、東アジアはもとより世界レベルで考えても、日本の医療技術は世界最高水準です。

いま「医療崩壊」と言われておりますけれども、現場の士気はきわめて高い。医療をとりまく環境は最悪ですけれど、立ち去らずにフロントラインで踏ん張っている医療者たちの質はきわめて高い。ですから、なんとかこの危機を乗り切って、行政も市民も一丸となって日本の医療を支えて、世界一の医療水準を維持していけば、間違いなく医療立国は可能になる。

そうするとなにが起こるか。東アジアや世界各国から「病気になったら日本に行こう」ということになる。

今でも日本に手術を受けたり、薬を買いにやってくる人は多いんです。台湾の李登輝さんも心臓の手術を受けに日本に来ましたよね。それだけ医療の質については高い信頼性がある。

あと接客サービス。これは間違いなく、日本の接客は世界最高ですね。これは海外に旅行された方はどなたも同意していただけると思います。どういうわけだか、日本人にはもう子どもの頃から身についてしまったホスピタリティがあるんです。だから、どんな子でも接客させるとうまいんですよ。高校の文化祭とかで、喫茶店とかやるじゃないですか。同級生の女子たちがエプロンつけて「いらっしゃいませ」ってやるのが、驚くほど板についているんですね。別に家でお店をやってるわけじゃないし、そんなバイトの経験があるわけじゃなくても、幼稚園のころから「お店屋さんごっこ」で洗練してきて身についたホスピタリティがあるんです。フランスとかアメリカに行ったたって、あんな笑顔で接客してもらうことなんてない。「なんでこんなに意地悪するんだろう」と思うくらいに接客態度が悪いでしょう。もちろん、それなりに高いお金を出してレストランやホテルに行くと、日本に近いサービスが受けられる。ということは、日本のサービスってすごく安いということですよね。フランス人から見たら、三ツ星レストランや五ツ星ホテルに行かなければ経験できないレベルの接客サービスが、千円札出せば受けられるんですから。

毎年三月、野沢温泉にうちの学校のメンバーでスキーに行くんです。何年か前から旅館もゲレンデも外国人がほんとうに多いんです。リフトで待っていたらフランス人の団体と一緒になった。フランス語が飛び交っている。子連れの外国人も多い。いったい、ここはどこなんだというような感じでした。

宿の従業員をつかまえて訊いてみました。「最近、フランス人とかイタリア人とかは多いの？」。「はい、たいへん多いです」と答える。「なにも地球半周して日本アルプスまでくる必要ないじゃない。本家のアルプスがあるんだから。あっちに行く方がずっと安いでしょ」と言ったら、「やっぱり家族連れで来られたりすると、セキュリティ面が全然違いますから」と。

なるほど。日本なら、子どもをそこらへんに放りだしておいても、まあ安心ですからね。

性善説に基づくサービスも大きな付加価値

あとやっぱりヨーロッパの人が一番びっくりするのは「性善説」に基づくサービスのありようでしょうね。スキーしたあと、ゲレンデの貸しスキー屋はスキー板も靴も預かってくれるんです。一晩一〇〇円で。お店の兄ちゃんに「はい、一〇〇円」と渡すだけ。

引換券もロッカーキーも何もなし。翌日また行って「俺のスキー板、これだから」と言って、取ってまた滑る。

こんなのヨーロッパでは絶対に考えられません。そんなの、一瞬のうちに盗まれますよね。自分の板をロッカーにも入れず、鍵もかけず、引換券ももらわずに預けて、ただ「よろしく」で終わり。だけど、日本では板も靴もなくならない。誰も人のものを盗まないから。

フランス人が来て、それ見たら、そりゃカルチャーショックで腰を抜かしますよ。「え、日本人は盗まないの？　だって、自分のスキー板より高い板があったら、誰だって、それを持ってゆくでしょ、普通は」って。

こういう種類の性善説的なシステムというのは、欧米ではまず考えられない。そして、性善説的なシステムって、ほんとにコストがかからないんですよ。ロッカー作ったり、引換券をチェックしたりする人件費も要らないんですから。そのコストの分だけリゾートのサービスの費用対効果が上がっている。だって、性悪説に立ってセキュリティに使うコストって、「何も起こらない」ようにするために巨額の投資をするわけで、「よいこと」は何ひとつ生み出さないんですからね。

あと、外国から来た知人がみんなびっくりするのが街角の自動販売機。以前サンフランシスコにいた甥が来たことがあって、並んで歩いていたときに突然「わ、タツル、これ何！」って言ってびっくりしたのが、たばこの自動販売機。「だって、こんなのトラックでバーッと来て、バールで外して持って行ったら、商品もお金も全部持っていけるじゃない」と言うから、「そうだね」と。「日本人はそういうことしないの？」と聞くから「うん、しないの」と言ったら「信じらんない！」と言ってました。「だって道端に商品とお金が落ちてるんだよ！」って。「落ちてるんじゃないんだよ、置いてあるの。これは人のものなの」(笑)。

僕らからすれば当たり前のことなんですけれど、彼ら外国人からすると驚くべきことである。こういう種類のセキュリティの高さは、なかなか日本人としては実感されない、非常に付加価値の高いサービスなわけですよ。

一時期日本中のあちこちの温泉を、ゴールドマン・サックスが買っていましたね。あとオーストラリアの資本が、北海道のスキー場の山をじゃんじゃん買っていたこともありました。たしかゴールドマン・サックスは、日本の温泉旅館を三〇くらい買い集めて、ホテルチェーンを作る計画だったんじゃないですかね。コンビニみたいな、ホテルチェーン。着眼点はいいですよね。日本中どこでも同じ間取り、同じサービス、同じ食事。外食チェーンと同じで、一括で納品させるからコストは低く抑えられるし、接客スタッフは日本人ですから、クオリティの高い接客サービスができる。温泉もある。そこに海外から客を呼ぼうという計画だったようです。知恵者はいるわけですよね、海外にも。

日本人の方が自分たちが持っている「宝」の価値に気づいていない。

でも、このスキー場とか温泉の価値は、接客文化だけじゃなくて、日本の自然環境にも支えられているんです。日本は国土に対する森林面積が六七％で、これは先進国最高なんです。イギリスなんて森林面積七％ですからね。フランスが二七％、アメリカも二三％。中国が一八％。ヨーロッパは緑が多いという印象がありますけれど、あれはほとんど畑ですから。森はほとんど残ってないんですよ。

日本には世界有数の豊かな森林資源が残っていて、水資源も豊かです。水は「二一世紀の戦略物資」と言われていますけれども、大事なものですよね。もしかしたら将来、日本は「水を売る」という産業の拠点になる可能性だってあります。現に、日本の水源地を買い占めている外資系企業もあるくらいですから。これがたぶん日本の誇れるもっとも貴重な資源だと思います。

めざすべきなのは「教育立国」

あと、やっぱりエンターテイメントですね。これは「演芸立国論」と題して以前書いたことがあるんですけど、歌舞伎、能、文楽とか、映画、アニメ、漫画とすばらしいソフトが多々あるわけで、エンターテイメントは十分主力産業たりうる、と。

でも、本当は、一番お金がかからなくて、一番すばらしい資源は教育なんですよ。医療とかホスピタリティとか言いましたが、本当は「教育立国」をめざすべきだったんです。東アジアの優れた若者たちが「勉強するなら日本に行こう」というような国にすること、それが経済的にも、安全保障上も、もっとも賢明な選択肢だったんです。

教育って、全然お金かからないんですよ。そんなに先行投資がいるわけでも、設備がいるわけでもない。「アカデミア」というのは、ある種の「場の空気」なのであって、知的なものが尊ばれる、あるいは知的イノベーションとかブレークスルーに対して人々が素直な敬意を払えるような空気があれば、それはすでに教育拠点になり得るんです。

文科省の考えている「世界的な研究拠点」というのは、あれは全然違うんです。あれは要するに金の話ですから。金を集中的に投じて、資金の奪い合いをさせれば、すぐれた研究教育拠点ができると日本の政治家も教育行政官も考えている。でも、そんなふうにお金を使っても、教育立国はできない。

必要なのは、知的なものに対する真率な敬意だけなんです。学問を志す人が求めているのは、装飾を剝ぎ取って言えば、「それだけ」なんですから。

でも、今の教育行政は「知的なものに対する敬意」ではなく、「金に対する敬意」を強化しようとしている。「良い研究をすれば金をやるぞ」というインセンティヴしか思いつかないというのは、「人間は要するに金が欲しくて行動するのだ」という人間観が官僚たちの骨の髄にまでしみついているからです。

だから、今から三〇年前くらい、日本が東アジアで一頭地を抜く学問的水準にあったときに、「教育立国」を掲げて、世界各国の留学生たちに奨学金とか、受け容れ施設とかで、手厚い支援をしていれば、今頃日本はアメリカに比肩する知的センターになれていたはずなんです。バブルの頃に、バカみたいにアメリカのビル買ったり、ヨーロッパでリゾート開発したりしているお金の何十分の一かでも、留学生支援に当てていたら、そうなっていた可能性は十分にあったんです。

教育立国というのは、日本にとっても得るものが最も大きいものだったんです。環境も破壊しないし、お金もかからない。だって、「空気」なんですから。知的な達成を尊ぶ、知的なイノベーションに対して素直なリスペクトを示すというふるまい方のことなんですから。そういうふるまいの意味を、教育行政の要路の人が少しでも理解していれば、こんなことにはならなかった。ですから、僕は残念でならないのです。今のままでは教育立国の道筋はもう不可能です。文科省が今からせめて二〇年前にこのことに気づいていれば、今頃日本は東アジアの知的センターになれていたはずなのに、その機を逸した。

医療と教育というのは、二一世紀の「右肩下がりの日本」が、新たに産業を興すというかたちではなく、もともと日本人が具えているノウハウを最大限に発揮できるセクターなんです。でも、まさにこの医療と教育は、八〇～九〇年代において「医療崩壊」「教育崩壊」というかたちでメディアと政治家と産業界から集中砲火を浴びて、回復不能な傷を負った。どうして、こんなに大事なものを損なったのか。医療と教育がなぜこんなに痛めつけられたのかという話は、話しだすとまた一時間くらいかかってしまうので今日はいたしませんが、日本のエスタブリッシュメントに哲学がなかった、ということがその理由であると言うにとどめておきます。

それでも、医療と教育は半死半生になりながらも、なんとか生き延びています。でもどちらも「ひと押し」されたらダメかも知れません。現場の人たちは「もう限界だ」と言っていますから。これだけの医療水準が今なんとか保っていられるのは、現場の医師たちや看護師たちが死ぬ気でやっているからなんですよ。ここで崩れたらもうお終いというところでなんとかギリギリ踏ん張っているからもっている。あとひと押しで崩れてしまう。マスメディアも政治家も官僚も、医療危機を本当は理解していない。

と、いろいろ申し上げましたが、行く道ははっきりしているんです。ただ、「こっちの方向に行こう」ということについての国民的な合意はまだできていない。これから先、私も非力ながらも一臂《いっぴ》の力を差し出して、なんとか生き延びるための国民的な合意形成をめざしていきたいと思っています。穏やかで、環境負荷が少なくて、お金もかからなくて、とにかく日本人みんなの生きる知恵と力を高めるような社会のかたちを構想してゆきたいと思っています。

私の大学人としての教育活動は今年一年で終わりますが、来年からは一介の武道家として地域の人々と共に、武道教育を通じて生きる知恵と力を高めて、市民的成熟を促すような形の貢献をしたいと考えているのであります。皆さまもどうぞそれぞれの現場で頑張って、二一世紀の子どもたちになるべく生きやすい社会を残せるようにしていこうではありませんか。というふうに連帯の挨拶を述べて、講演を終わりたいと思います。

ご清聴ありがとうございました。

Ⅳ　ミッションスクールのミッション

大谷大学開学記念式典記念講演　二〇一〇年一〇月一三日

倍音は宗教儀礼の核心部分

先ほど、前半の勤行と申しますか、礼拝に参列いたしましたが、この講堂は音響がいいですね。僕はふだんはミッションスクールでキリスト教の賛美歌や礼拝に参加していますが、うちの講堂やチャペルもなかなか音がいいです。ここも倍音もよく出ていて、いいですね。音がよすぎてちょっと眠くなってしまいましたが。

倍音というのは、僕は宗教儀礼の核心的な部分にあると思うのです。音楽の魅力は倍音の喜びだという言葉もありますが、宗教儀礼でも倍音が重要視されています。キリスト教の教会音楽も、仏教の読経の声明《しようみよう》も倍音を効果的に使います。宗教儀礼と倍音は切っても切れない関係にあります。

僕は、ご紹介の通り、長く武道をやっておりまして、自分の道場を二〇年ほど運営しております。学校でも合気道部や杖道部の師範をしておりますが、特に合気道の稽古ではときどき「倍音声明」をします。これはヨガの成瀬雅春先生から今から十数年前に直接習いました。ご存じの方もおられると思いますが、成瀬先生はチベットで修行されてきて、空中浮揚をされるという有名なヨギです。成瀬先生に教えて頂いた倍音声明は非常によい瞑想法なので、合気道の合宿でも必ずこの倍音声明をやります。

倍音声明とはすごく簡単なもので、「う」「お」「あ」「え」「い」の五音と、「ん」というハミング音の六音を順に繰り返し、円座を描いて、皆で声を出すというものです。四、五〇人もいると非常にきれいな倍音が出ます。最初のうちはさらさらという、ちょっとガラスがこすれるような音がするんですが、そのうちに、だんだんそれが低い音に変わってきて、色々な音が聞こえてくる。なぜ倍音声明が瞑想法として非常にいいかというと、これは注意して聴いていないと、自分が何の音を聴いているのかわからないからです。

ここは宗教的な訓練をされた方がたくさんいらっしゃいますので、倍音声明のご経験のある方もいらっしゃると思いますが、倍音声明で自分に聞こえる音というのは、ひとりひとり違うんです。僕の合気道の師匠である多田宏先生は、イタリアで合気会を設立されてイタリアで五〇年近く合気道の指導をされているのですが、イタリア合気会で倍音声明をして、イタリア人たちに何が聞こえるか訊くと、グレゴリオ聖歌が聞こえるとか、大聖堂の鐘の音が聞こえるとか、天使の声が聞こえるとかいう感想を述べるのだそうです。日本で倍音声明をすると、お経が聞こえる、鐘の音が聞こえる。

つまり、この倍音声明でひとりひとりに聞こえてくる倍音というのは、外在するもののようでありながら、実は「自分が最も聞きたいと思っている音」を選択して聞いている。どうしてそういうことが起きるかと言うと、倍音を脳は「上から降ってくる」ように聞くからです。そして、あらゆる社会集団はそれぞれの神話やコスモロジーに基づいて、固有の「天上から到来する音」についてのイメージを持っている。ですから、倍音を聞くというのは、種族のコスモロジーを身体的に感知するという経験に等しいわけです。そして、ひとりひとりの霊的な成熟度に応じて、聞こえる音が違ってくる。

『荘子』に「天籟《てんらい》」という言葉があります。古来、解釈の難しいとされた言葉ですが、僕はこれは倍音のことを言っているのではないかと思います。「天籟」というのは「天の奏でる音」のことです。『荘子』斉物論によると、子游が南郭子綦《なんかくしき》という賢人に「天籟とは何のことか」と訊ねると、子綦はこう答えます。「夫《そ》れ万《よろず》の不同を吹きて、其《そ》れをして己《おのれ》よりせしむ。みな、其れ自ら取れるなり（さまざまの異なったものを吹いて、それぞれに固有の音を自己のうちから起こさせるもの、それが天籟である。万物が発するさまざまな音は、万物がみずから選び取ったものに他ならない）」

倍音の定義として、これはきわめて適切なものです。「万の不同を吹く」というのは、まさに周波数の異なる無数の波動が干渉し合う音声的な環境のことを指しているように思えますし、「其れ自ら取れるなり」というのは、その音声的環境から自分が聴くべき音を人は自分で選ぶのであるということであるとすれば、これは倍音のこととしか思われません。

古来「天籟」というこの語の解釈が難解とされたのは、倍音を聞くということがなければ、まず理解の及ばない音声的経験だからでしょう。

荘子が言うように、天籟はまさに「天上から到来する音」であり、かつ聴く者ひとりひとりにとって違う音として聞き届けられる。そして、そこに何を聴き取るかは、その人の宗教的成熟度、霊的成熟度に深く関わってくる。そして、どのような水準にあっても、倍音を通じて聴き取る音は、その人が最も聞きたいと思っていた当の音なんです。その音が天上から自分に向かってまっすぐに降り注いでくる。それが倍音です。ですから、音楽的愉悦としても、宗教儀礼としても、あるいは荘子のように哲学的成熟の指標としても、倍音を重んじるのは当然のことなんです。

そんなわけで、僕は倍音に関してこの一〇年くらいときどき考えてきたのです。倍音の一番肝心なところは、ひとりひとりの個別の霊的成熟度に合わせて、聞こえる音が変化するということなんです。そのとき、おそらくその段階において最も相応《ふさわ》しい音、自分が聞きたいと思っている当の音が聞こえてくる。このジャストフィット感が、その人の人間的な、あるいはさらに言葉を限定して言えば、霊的成熟にとっての導きの糸になってくる。

その倍音というのは、ここまでは単に周波数のこと、物理的な空気の振動のことを言っているわけですけれど、実はもっと広い意味でも使えるのではないかと思っています。

人間が経験する波動には音声的なもの以外にもさまざまなものがあって、空気の波動だけではなく、もっと違う度量衡でしか考量できない種類の波動もあるのではないか。その波動が輻輳するとやはり倍音が聞こえてくるのではないか、と。

音声的な倍音の場合ですと、例えば、何人もの僧侶が読経をしていてそこに倍音が生じるという場合には、僧侶たちの身体の大きさ、発声器官の構造、固有振動数も違う。ですから、音がずれる。音がずれるから、良質な倍音が生成する。倍音生成の必須条件とはそのことなわけです。だいたいの方向性は決まっているが、微妙な個体差があり、それが一斉にあることをするときに、そこに倍音的な何かが生まれる。そういうことではないか。

太宰治は倍音的文体の作家である

ふっと思ったのは、もしかすると「倍音的な文学」というものがありうるのではないか、ということです。それはたしか太宰治を読んでいるときに思ったことです。

太宰治を若い頃に耽読《たんどく》した方はご存知だと思うのですが、開巻一行読んだところでいきなり太宰治ワールドに引きこまれてしまう。自分のすぐ傍らに太宰治の息遣いが聞こえる、あるいは太宰治の興奮や含羞や高揚が共感できる。身体が触れるくらい近くに太宰治の身体性が感じられる。そういう経験をします。

よく、高校生の頃に「なんで太宰治は俺のことを書くんだ」と言う人がいますね。そういう種類の「妄想」を抱く人がほんとうに多い。でも、これは別に珍しいことではない。「なんで僕の気持ちがこんなにわかっちゃうんだろう」という経験は質の高い文学作品においては必ず発生することなんです。別に高校生を読者に想定して、高校生が妄想をいだくように狙って太宰治が書いているということではないんです。よく太宰治を批判する人が、「あれはハシカみたいなもので、子どものときには夢中になるが、大人になると卒業するもんだ」と豪語しますが、それは明らかな勘違いです。もし、作者がピンポイントで読者を操作しようとして戦略的に文章を書くというようなことをしたら、それは読むに堪えないものになる。そんなあざといタクティクス（戦術）によっては、決して文学的感動というのはもたらされない。そもそも、そんな操作的な文章と自分の身体が共振するという現象は絶対に起こりません。僕たちの身体が震え出すのは倍音的な文体によってのみなんです。

倍音的な文体というのはどういうものか。理屈はむずかしいことはありません。倍音声明の倍音と全く同じです。あるいは「天籟」の場合と同じで、「万の不同を吹く」文章が倍音的な文章だということになる。つまり、書いている作家のなかに、複数の人格が同時的に存在していて、彼らが同時に語っている。作家がひとつの言葉を書いたとき、その一語を、年齢も性別や気質も違うさまざまな人たちが、多様な声質で、多様なリズムで、多様な音色で、微妙にテンポがずれながら同時に発声する。そういう文章からは倍音が立ち上がる。

倍音というのは、先ほど言いました通り、それを受け取る受信者の側の霊的な成熟度、その人が内面化している「種族のコスモロジー」、思想、美意識、価値観、そういったものに則して分節されてゆく。ですから、「倍音的な文体」で書かれた文章を読んだ読者は、そこに自分だけに宛てられたメッセージを受信することになる。

僕は高校生のときに太宰治を読んで、「どうして俺のことを書くのだ」という妄想を抱いた口ですけれど、それが六〇歳になって読み返してみても、同じことが起きるわけです。「どうして俺のことを書くのだ」と思う。もちろん、高校生の頃とは全く異質の共感です。でも、ぐいっと鷲摑みにされるように、「太宰治には俺の気持ちがわかっている」という確信がする。一六歳のときも六〇歳のときも同じ感想を抱くというのは、太宰治が倍音的エクリチュールを駆使できる作家だからだということだと僕は思います。僕はどちらの場合でも、「自分が読みたいメッセージを読んでいる」んです。

僕はなんでも前のめりに考える方なので、太宰はすごいやと感心したその次には、なぜ太宰治に限ってこんな「術」が使えるのだろうと考えたんです。それは今の理屈からすると、太宰治のなかに複数の人格が同時に存在するからだということになる。そう考えると、色々と腑に落ちてくる。というのはあの人は、憑依系の文学者だからです。他者に憑依するということが、異常にうまい。他人の日記を材料にして、ちょっと書き換えて文学作品にしてしまうという芸当ができる。『正義と微笑』は堤康久さんという東宝の若い俳優の日記を素材にして作品にしてしまった。『斜陽』は太田静子の日記をほとんどそのまま筆写したものですが、すばらしい文学作品に仕上がっている。『盲人独笑』は葛原勾当《くずはらこうとう》という江戸時代の盲目の箏曲家が、木で彫った「いろは」四八文字と数字のはんこを押してつけたという日記の中の二六歳のときの一年分だけをちょっと変えている。太宰治の創作はごくわずかなんです。書き手は目が見えないから、嗅覚と触覚と聴覚と味覚が非常に発達していて、熱さや痛みや湿り気などについて異常に敏感である。太宰はそれに完全に同化して、日記の一部を書き加えている。このときの太宰治は盲人に憑依しているわけです。他にも『女生徒』とか『ヴィヨンの妻』でも、完全に女性になりきって書いている。

葛原勾当が語りながら、太宰治が語っている。太田静子が語りながら、太宰治が語っている。そういうことができる人なんです。自分のなかに、複数の語り手を同時に存在させることができる。それをコントロールできる。これがコントロールできなくなると、それが多重人格になってしまう。そのつど別人格が交替して出てくることになるけれど、それでは倍音は出ない。それはいわばオーケストラの楽器奏者がひとりずつ舞台に出てきて、自分のパートを演奏して、また引っ込む、というようなものです。それでは音楽にならない。交響楽が成り立つのは、ソリストが演奏をしているときでも、背後ではすべての楽器が低い音で絡みついてくるからです。だから、倍音的な文章が書ける作家のものであれば、それこそどんなに短い文章でも、わずか一行の文章でも、そこに倍音は発生する。例えば、太宰の『桜桃』は「子供より親が大事、と思ひたい」という忘れがたい一行から始まります。「と思ひたい」の前の読点ひとつにすでに書き手のためらいと前言撤回の思いがこめられている。「子供より親が大事、と思えるわけがない」というまったく逆の命題を語るもう一人の作者が同時にそこにいる。『晩年』は有名な「死なうと思つてゐた」から始まります。これは誰が読んでも「死ぬ気はなかった」という全否定の命題を対旋律として響かせている。太宰治というのは「こういうこと」ができる作家だったのです。だから、太宰の文章を一行読んだだけで、僕たちはまるで自分の声がそこから立ち上ってくるような気分にとらえられる。でも、それは太宰治が僕たちの感性に近いところにいるからではないんです。倍音が聞こえると、僕たちはそこに自分がいちばん聴きたかった当の言葉を読み出してしまう。だから、太宰治がすぐ自分の傍らにいるように思えるのは当たり前なんです。だって、自分で自分の声を聴いているんですから。

倍音が出せる作家は読者を「自分がいま一番読みたい言葉はこれだ」という幸福な錯

覚のなかに巻き込んでしまう。おそらく、太宰治がもう少し長生きしていれば、ノーベル文学賞をもらっていただろうと思います。川端康成より大江健三郎より、あるいは三島由紀夫よりも、まず太宰治だったんじゃないかなと思います。だって、太宰治こそは日本文学有数の倍音的文章の書き手であったわけですから。

村上春樹が掘り当てた物語的鉱脈

そして、太宰治の系列に直接連なるのがたぶん村上春樹だと僕は思っています。あの人も間違いなく倍音的な書き手だと思うんです。そうでないと、世界各国、十数ヵ国語に作品が訳されていて、世界に数千万単位の読者が彼の新刊の発表を待っているような事態は起こり得ない。今、一番人気があるのはロシアと中国で、あとアメリカ、ヨーロッパはもちろん、東アジアでも人気が高いですね。韓国、台湾、インドネシアなどなど。言語も宗教も政治体制も食文化も生活習慣も全く違うところで、読者たちが「ここにはまるで自分のことが書いてある」というふうに感じる。これは倍音的文体の効果以外のなにものでもないと僕は思います。おそらくそれは、村上さんが非常に努力をされて、ある種の倍音的な文体に至ったのではないかと。

全然ミッションスクールのミッションの話にいかないので、前の方で門脇先生が青ざめていらっしゃいますが（笑）、ちょっと待ってくださいね。最後にちゃんとオチはそこにいくはずなんですが、せっかくここまで話したのでもう少し脱線させてください。

村上春樹が倍音的な人だなと思ったのは、『走ることについて語るときに僕の語ること』というランニング論——実は文学論なんですが——を読んでからです。その本のなかに、最初の二作である『風の歌を聴け』と『1973年のピンボール』は実は習作であって、三番目の作品である『羊をめぐる冒険』を書いたときに、初めて「自分なりの小説スタイルを作りあげることができた」という手応えを感じたと書いています。そのとき、非常に重要なことを書いている。それは「自分の中にまだ手つかずの鉱脈のようなものが眠っているという感触も得た」（村上春樹、『走ることについて語るときに僕の語ること』、文藝春秋、二〇〇七年、五一頁）という箇所です。「手つかずの鉱脈」を掘り当てたんです。そこから石油がほとばしるように、汲めども尽きぬような物語が出てくることが直感されたんです。ここで言っている「鉱脈」というのは、本当に鉱脈のことなんです。

これはもうあちこちに自慢気に書いているので、また繰り返すのも恐縮なのですが、『羊をめぐる冒険』というのは、ある先行作品の枠組みをそっくり換骨奪胎しているんです。その先行作品というのは、レイモンド・チャンドラーの『ザ・ロング・グッドバイ』です。二つとも物語の骨格は同じです。主人公の「僕」のごく親しい友人が、ある事件をきっかけに自分の前から消えてしまう。なぜ、彼は姿を消さなくてはならなかったのか。その理由を「僕」は手探りしてゆくうちに、思いがけない出来事に遭遇してゆく……そういう話です。「僕」の友人は、彼自身のアルターエゴであり、かつ彼が持っていない種類の不思議な、退廃的な魅力を持っています。彼が消えたことで主人公は自分の中のたいせつな何かが奪い去られたような深い喪失感を覚えるのですが、この友人を喪失するという経験そのものが、主人公が生き続け、成熟してゆくためには不可避の行程であったことが事後的にわかる。アドレッセンスへの永遠のお別れ。その点について言えば、『ザ・ロング・グッドバイ』のフィリップ・マーロウとテリー・レノックスの関係と、『羊をめぐる冒険』における「僕」と「鼠」の関係はまったく同型的です。

そして、面白いのは、『ザ・ロング・グッドバイ』にもその先行作品があるということです。『ザ・ロング・グッドバイ』は一九五三年の作品ですが、チャンドラーが「本歌取り」したのは、一九二五年のスコット・フィッツジェラルドの『ザ・グレート・ギャツビー』なんです。フィッツジェラルドのこの作品も、ギャツビーという非常に魅力的で、しかし何か本質的な脆弱性と退廃を抱え込んだ青年が、さまざまな冒険の末に、愛する女性のために、全ての罪を一身に被って死んでゆく。それを語り手である「僕」(ニック)が愛惜するという話なんです。

そして、さらに興味深いことには、この『ザ・グレート・ギャツビー』にもさらに先行作品があって、それはアラン・フルニエの『ル・グラン・モーヌ』という作品なんです。天沢退二郎さんの和訳が岩波文庫から出ていますけれど、フランス語の「ル・グラン」というのは英語の「ザ・グレート」と同義です。『ザ・グレート・モーヌ』、「偉大なるモーヌ」。そういうタイトルの小説が一九一三年に発表されている。『ギャツビー』の一二年前です。ご存じのように、大戦間期にフィッツジェラルドはパリにいた。そして、フィッツジェラルドのパリ滞在中にフルニエのこの小説はベストセラーだったんです。ということは、フィッツジェラルドが『ル・グラン・モーヌ』を読んでいた蓋然性は非常に高い……ということを僕は自力で発見したんですが、残念ながら、最近出たアメリカのフィッツジェラルド研究者の研究書に、多分スコット・フィッツジェラルドはアラン・フルニエを読んで、その影響下に『ギャツビー』を執筆したのであろうと書いてあって、ちょっとがっかりしたのでした。

人間が人間であるために読まねばならぬ物語

アラン・フルニエ『ル・グラン・モーヌ』、スコット・フィッツジェラルド『ザ・グレート・ギャツビー』、レイモンド・チャンドラー『ザ・ロング・グッドバイ』、村上春樹『羊をめぐる冒険』、四つとも物語の基本的スキームは同じなんです。魅惑的で、優美で、怜悧で、しかしどこかに癒しがたい邪悪さと退廃を抱え込んだ若者が、彼が自分でしつらえた個人的な倫理規範に殉じるようにして、「私」の前から姿を消す。それによって「私」は深い喪失感を覚えるのだが、その喪失を経由しなければ、たぶん「私」は成熟することができなかったのだ……という話なんですね、これが、全部。

全く同じスキームをもった世界的な名作の鉱脈に、村上春樹は『羊をめぐる冒険』で突き当たったわけです。こつこつ「物語の穴」を掘っていたら、こういう話になった。読み返してみたら、それがチャンドラーとフィッツジェラルドの歴史的名作と「同じ話」だった。ずいぶんあとになってそのことには村上さんご本人も気がつかれた。だから『ザ・ロング・グッドバイ』と『グレート・ギャツビー』の翻訳をされたんだと思います。これが『羊』の先行作品ですよという、先行者に対するオマージュと、自分自身の文学的立ち位置の確認のために、あの翻訳はなされたのだと僕は思っています。村上さんがフランス語ができたら、きっと『ル・グラン・モーヌ』も訳されていたと思います。そして、もちろん、『ル・グラン・モーヌ』にも先行作品があるんです。何だか知らないですけれど、これはあるに決まっている。たぶん人類が物語を書き始めてからずっと書き継がれている「アドレッセンスの喪失の物語」があるのです。それは人間にとって必要な物語なんです。人間の住む世界に「骨組みと軸と構造を与える物語」というものがあって、これはそのような、人間が人間であるためには読まなければならない物語の一つなんです。太古から語り継がれてきた物語の鉱脈というのはほんとうにあるんです。そして、卓越した作家だけがその鉱脈に触れることができる。『走ることについて語るときに僕の語ること』のなかに、ひとつの鉱脈には当たったのだけれど、石油と同じで、いずれ鉱脈は汲み尽くされて涸れるので、涸れたらまた違う鉱脈を探さなければいけないと書いてある。これはまことに見事な分析で、たしかに物語の鉱脈は涸れてしまうんです。

太古から語り継がれるようなタイプの神話的文学には原型的なスキームがいくつかあって、『ル・グラン・モーヌ』から『羊をめぐる冒険』に至る物語群はその鉱脈の一つなんですけれど、一人の作家は同じ鉱脈からは傑作を一つだけしか書けない。たぶん、そうだと思います。村上さんは『羊をめぐる冒険』みたいな話を続けて書く気はなかったし、書けないことがわかっていた。このスキームで書けるのはここまで。さらに書き続けるためには、同じように無数に存在する太古から語り継がれている物語の鉱脈を掘り当てなくちゃいけない。でも、この『ル・グラン・モーヌ』鉱脈のさらに下層に向かって掘り進めば、もっと巨大な鉱脈が流れている。そのことについての直感的な確信は村上さんにはあったと思います。

そうやって穴を掘っていって、鉱脈に当たる。鉱脈から溢れ出すものによって涵養される物語というのは、当然のことながら、その中に複数の、もしかすると人類史始まって以来、これと同じ主題で語り継がれたすべての物語が絡みついている。そのような物語が倍音を発しないはずがあるだろうか。『羊をめぐる冒険』には少なくともあと三つ、世界文学史上の傑作が倍音形成に参加している。『羊をめぐる冒険』を読んだ読者は、たとえその人自身はチャンドラーも、フィッツジェラルドも、フルニエも読んでいなくても、主旋律に絡みつくように響いてくる対旋律を聴き取るはずなんです。

そのような倍音的な物語を読んだ人は、誰もが「これは作者から私宛てに書かれた個人的なメッセージだ」という幸福な錯覚に陥る。錯覚でも幸福だからいいんです。倍音を聞くのが音楽の喜びであるように、別の時代の、遠い異国の文学者の書いたものの中に自分宛てのメッセージを読み出すということが文学を読むことの本質的な喜びなんですから。

優れた文学者は必ずそのような深い伝統に涵養されて登場してきている、そういうことです。

選ばれないリスクを負うこと

さあ、一体この話がどうやって、「ミッションスクールのミッション」に繋がるのか、疑問を持っておられる方もいらっしゃるかと思いますが、ここまで来たらもう大丈夫です（笑）。

講演がはじまる前にみなさんと学長室でお話ししたときに話題に出たのですが、『大学時報』という出版物がございまして、そこに僕は先般、「選ばれないリスクを負うこと」というタイトルの文章を書きました。なんで書いたかというと、その半年くらい前に、「私大連」という、日本の私立大学一二〇校くらいが加盟している団体がありまして、そこの調査員の方たちが大学にやってまいりまして、インタビューをしたいと言って来られた。いったいどういうご用件でとうかがうと、実は日本の大学は歴史的淘汰の時代にあり、各大学とも生き残りに苦戦している。中でも女子大、小規模校、三大都市圏にないというのは非常に厳しい条件であり、その条件の大学はどこも志願者確保に苦心している。ところが、その中にあって、神戸女学院大学だけは志願者確保に成功している。教育の質も研究上のアクティビティも高い。どうしてあなたの大学だけが例外的な事例であるのか、その理由を述べよ、ということを尋ねられました。

その私大連の調査員の方たちの前で、学長と僕がお答えしたのですが、二人で顔を見合わせて、「いったい、どうしてなんでしょうね」って困ってしまいました。自分の学校の悪口を言うのは学内議論で慣れているのですが、自分の学校の自慢をするのはあまりしたことがない。ちょっと困惑したのです。

そのときに、たぶんこういうことではないかと考え考え申し上げたことがあります。

うちの学校はミッションスクールでありまして、開学して一三五年になります。明治八年、アメリカン・ボードという世界中にプロテスタントの宣教師を派遣していた団体がありまして、そこから派遣された二人の米国人の女性宣教師が、はるばるニューイングランドから大陸をこえ、太平洋を渡り、日本にやってきた。神戸女学院はイライザ・タルカット、ジュリア・ダッドレーというその二人の女性宣教師によってつくられた学校なんです。

でも、大谷大学のような浄土真宗の学校と成り立ち方が全く違います。というのは、こちらの大学の場合でしたら、開学時点で既に十分な宗教的基盤があったということです。現実に何百万という数の浄土真宗の信徒がいて、その中には宗教学を勉強したい、仏教についてもっと研究したいという若者が多少は存在した。

ところが、神戸女学院は信徒が全くいないところから始まった学校なのです。二人の女性宣教師が来日したのは、キリシタン禁令の高札が下ろされてまだ一ヵ月くらいの頃のことです。つまりサンフランシスコで乗船したときには、日本に行っても布教は禁止されているから何もできませんよと言われて、そういう状況をわかった上で船に乗り、着いたらさいわい高札がはずされていたということです。とりあえずキリスト教の布教をしても捕まることはなくなったというかなり否定的な状況に二人の宣教師は登場したわけです。そこから始まった学校なのです。この出発点における否定的棲息状況ということが、あるいはミッションスクールの場合は最大の強味ではないかという気がするんです。

その点では、大谷大学もそれほどには事情は違わなかったと思うのです。大学で仏教について学びたいという信徒たちが門前に群れをなしていたので、「では学校をつくろう」という話の順番ではたぶんないだろうと思います。初代学長である清沢満之《きよざわまんし》先生にしても、学校をつくってくれという圧倒的な「市場のニーズ」に応えて、「では」と言って建学したわけではない。むしろ仏教を学びたいと願う若者たちを創り出さなければならないという強い意志があって大谷大学をおつくりになったと思うのです。

当時日本には全くキリスト教信者がいなかった。そこにミッションスクールを作った。そこで教えたのは、キリスト教、英語、世界史、もう少し日本人向けの家庭科のような授業もあったようですが、どれも明治一〇年代の日本において、「実学」として要求されている科目ではありませんでした。今だったらネイティヴの先生が英語だけで教えてくれる学校ということで「英語を生かした職業に就きたい」というような少女がやってくるのでしょうけれど、時代が違います。英語運用能力に対する社会的ニーズなんかなかった。つまり神戸女学院はその出発点において、誰からも要請されないところに、いわば割り込むというのも変ですが、押しかけていって、そこでこういうことを教えたい、是非に教えたい、教わりたいという人がいなくてもとりあえず教えたいという奇妙な旗を掲げるところから始まった。教わりたいという人がいるから教えに来たのではない。教わりたいという人を創り出すために教えに来たのである。自分たちの旗印の下に集まってくる少女たちをひとりひとり見つけ出し、掘り起こしていかなければいけない。それは「市場のニーズ」に対応して教育プログラムを整備するといった今日の学校の作り方と全く逆のものです。

教育の本質はおせっかいである

つまり、マーケットをほぼ完全に無視して、「自分たちが教えたいこと」を基軸に学校を作ったわけです。神戸女学院の教育についての「ニーズ」はまだ明治初年の日本には存在しない。ならばそのニーズを創り出さなければならない。

実際そのようにして、最初の年に七人の少女が入ってきました。以後、順調に推移してゆき、日本で最初の女子大学として認可されました……というふうに入学式では学長や院長がさらっとお話しになるところですが、その話を聞くたびに僕がつい腕を組んで考えてしまうのは、その最初に入った七人の女の子たちは何を考えていたのだろうということです。

その七人のあと、順調に学生は増えていき、寄宿舎ができ、手狭になって、神戸の山の手から現在の西宮に移転して、学生の数もどんどん増えていくわけです。そういうふうに通史的に言ってしまうと、明治時代に外国人が英語で授業して、英語で教えたり、音楽したり、スポーツもさかんだったから、そういう「お洒落な学校」は女の子たちから人気あったんじゃないの……というふうにふつうは考えますけれど、それは本末転倒な話で、神戸女学院で学んで、そこを卒業した人たちが、そのあと社会的に注目を浴びるような活動をしていったせいで、「名門校」というラベリングができたのです。

僕が興味を持つのは、そうではなくて、一番最初に、この海の物とも山の物ともつかない小さな学塾に「通いたい」と言った七人の少女たちはいったい何に惹きつけられたのか、ということです。

神戸に在住していた三田藩士の娘さんが多かったというふうには聞いていますが。確かそのときに白洲次郎のおじいさんも三田藩の藩士で、神戸で商売をして成功して女学院の後援者の一人だったようです。新島襄もそうです。ですから、最初はそういう繋がりから少女たちをリクルートしてきたのだろうとは思うのですが、学校が学校として成立するためには、頭数が揃えばいいというものではありません。その子たちが「私たちはこの学校の最初の生徒であり、そうである以上、この学校が何のために存在するのかを身を以て証明するという責務を負っている」という責務の感覚を自発的に抱かなければ、学校は立ちゆきません。

もちろん、この最初期の生徒たちの中核をなした少女たちはこんな堅苦しい言葉遣いで自分たちの気持ちを語ったりはしなかったでしょう。けれども、間違いなく、「なんだかよくわからないが、あの学校へ行きたい」ということは直感したのです。お父さんの袖を引っ張って、「お父さん、山本通りに出来た、アメリカ人の女の人がオルガンを弾いている学校に行きたいのですけど」ということを言った。「あ、おまえがそうしたいなら、そうしなさい」という気楽なお父さんたちが何人かいて、そういう方たちのおかげで初期の学生たちが集まってきた。それからどんどん集まってきた。

最初の七人は「仕込み」だったのかも知れません。でも、そのあとどんどん生徒が集まってくるというのは、それなりの理由があったと思うのです。それは、神戸には他にもさまざまな女子教育機関があったわけですが、神戸女学院に通っている女の子たちは、何を習っているか知らないが楽しそうに通っている、と。スキップしながら通っている。ワクワク感のようなものがあって、その学生たちの「楽しそうオーラ」を感じた小さな女の子が「私も大きくなったら女学院に行きたい」というふうに親にねだるようになって、だんだん生徒が増えていったんじゃないかなと思うんです。

学校が大きくなってゆく過程というのは、それしかないような気がする。何をしているかわからない学校、でも、そこにはどうやら「ぜひこのことを教えたい」という強い意志を持った教師がいる。そのような強い意志を持った教師のまわりに子どもたちが集まってきて、集まった子どもたちがある種の知的な輝きを、微細なオーラを周囲に発信してゆく。感受性の鋭い他の子どもたちがそれに反応する。「輝いている子どもたち」がいると、「輝いている子どもたち」がいるところに私たちも行きたいという欲求が生まれる。そういう幸福な連鎖があり、学校というのは成立していったんじゃないかと思うんです。

僕は最近教育の本を出しました。大阪大学総長の鷲田清一さん、大阪市長の平松邦夫さん、相愛大学人文学科の釈徹宗先生（西本願寺の僧侶の方です）、その四人で本を出しました。タイトルは『おせっかい教育論』。

これはあるシンポジウムの記録なんですけれど、僕はそのシンポジウムの席で、教育の本質は「おせっかい」でしょうとポロッと言ったんです。それがタイトルに使われることになりました。

教育というのは、まず需要があって、それに対して「はい、これがお求めのものです」と言って差し出して、引き換えに代価を受け取るというものではないと僕は思います。教育は商取引ではありません。最初は無償の贈与から始まる。教わりたいという人がいなくても、「私にはぜひ教えたいことがある」という人が勝手に教え始める。聞きたい人がいれば、誰にでも教えますよという、教える側の強い踏み込みがあって教育は始まる。まず教える側の「教えたい」という踏み込みがある。それに対して、「教わりたい」という生徒の側の踏み込みがある。教える側の踏み込みと、教わる側の踏み込みが、両方成立したときに、初めて教育というのは成立するのではないか、と。

昨日も教授会研修会があってこんな話をしました。僕たちが若い人たちの間に踏み込んでいって、「俺はこんなことを教えたい」とうるさく言うのは構わない。構わないというか、それが仕事なんですから。学生の中にいくらでも踏み込んでも構わない。でも、そのときに、向こうが「じゃあ、この先生に就いて習ってみようかな」と思ったときに、絶対手を摑んで引っ張ってはいけない。先生は「教えたい」と言って踏み込んでゆくのだけれど、同じように学生の側も「習いたい」というときは申し訳ないけれどそれは自分の決断でやってもらわなければ困る、ということです。学ぶ決断だけは肩代わりできない。こちらから「教わらないか？」という呼びかけはするけれど、「では、私はあなたの弟子になって、あなたからものを習います」という師弟関係を取り結ぶときは、教える側は境界線のこちら側にじっと待って、生徒の側が、自己責任で、自己決定で、境界線を超えて踏み込んで来なければならない。

利便性や効能では学びは発動しない

弟子というのは、自分がこれから何を学ぶことになるのかよくわからないものです。

だいたい何かを「学ぶ」ときに、自分がこれから習う知識や技術や情報について、その実用性や価値について一覧的にはわかっていないんです。わかっていたら習う必要がない。人間が勉強しようと思うときのきっかけというのは、いつだって「なんとなく」なんです。あることをすごく学びたい。でも、理由はうまく言えない。それが、人間がものを学ぶときの、一番まっとうなマインドセットです。

ここには教師の方も多いからおわかりになると思いますが、「私はこれこれのことを勉強したい。というのは、これを勉強すると、こういう『いいこと』があることが期待されるからである」というようなことをぺらぺら言って来るやつはぜんぜん勉強しないものです。自分がこれから勉強することによって将来どのような報酬が受け取れるのか、あらかじめ一覧的な開示を要求するような人間は絶対に勉強しない。

僕はシラバスというのは書いてはいけないということを前から力説しています。大学教員の中には支持者が多いのですが、文科省は一貫してシラバスを書かないと助成金を減らすというような強い指導を加えています。シラバスというのは本当によくないですね。シラバスを読むと、学生たちがこれから学ぶことについて一望俯瞰できる。その努力がもたらす報酬があらかじめ一覧的に開示されている。それって、商品のスペックでしょう。「あなたがお買いになる商品はこういうような効能です。成分はこれこれです。一日何回服用してください」というのと同じです。スペックをちゃんと書かないと、商品の品質保証ができないというのと同じで、教育内容の品質保証がシラバスなんです。

僕はこれを考えついたのは、人間の知性のありようを全く理解していないビジネスマンだと思います。われわれは学校で缶詰を作っているわけじゃない。人間の知性というのは、効能がわかったことに対しては発動しないんです。これを勉強すると、こういう「いいこと」があるよと報酬を示されて動くような知性は知性的じゃないんです。人間の知性が活発になるのは、「これを勉強したい」のだけれど、どうして勉強したいか「わからない」というときです。勉強する以外に、この「もどかしさ」を解消する手段がないから、勉強する。それが学びの王道なんです。

落語に「あくび指南」というのがあります。あくびを習いにいく若旦那がいて、先生について色々とあくびの技術を習う。一緒についていったこれも暇なやつが、横でずっと見ているうちにあまりに退屈なので「ふわー」とあくびをする。すると、あくびの先生が「や、お連れさんのほうがお上手だ」という話。これはある種、「学び」の本質をえぐった笑話だと僕は思います。この「あくび指南」で、「俺はこれから師匠についてあくびを習おうと思うんだ」という若旦那には「あくびを習いたい」という明確な目的がある、彼は彼なりに、あくびを習うことの実利や有用性に関してそれなりの見通しがある。でも、ついて行った方はあくび指南に行く理由なんか何もないわけです。だいたいふつうだったら、そんなところについて行きません。まさかそれほど暇じゃないから。

でも、この若者はついて行っちゃった。それは「あくび習いに行く？　なんだかわかんないけど、行ってみようかな」とついフラフラと来てしまった。断ってもよかったんだけど、なんとなく来ちゃった。で、横で見ているうちに、免許皆伝のあくびをしてしまった。これは学びの比喩としてはほんとうによくできた話なんです。自分がなぜそこについて行って、習う気のなかったものを習うことになったのか、本人にはうまく言えない。でも、気がついたら学ぶ場にいた、というのが学びにとっておそらく最良の条件なんです。なぜ自分がそこにいるのかよくわからないけれど、気がついてみたらそこにいた、という状況で人間は自分の前にあることに対して最もオープンマインドになるからです。

教える側と学ぶ側の相互交流

「どうしてこの道に入ったのですか」という芸能人へのインタビューで、自分はその気はなかったのだが、友達が自分の代わりに勝手にオーディションに応募してしまった、という話がありますね。よくあるのが、友達がジャニーズか何かのオーディションを受けにいくので、「一人じゃ寂しいから一緒に受けにいこうぜ」と誘われて行ったら、友達の方は落ちて、自分だけ受かりましたという話。あと、姉が勝手にオーディションに応募して、受かりましたというのもよくある。もしかしたらどちらも都市伝説で、そういうふうに答えておくように、という事務所の指示があるのかもしれません。僕は半分本当だと思うんです。

芸能の世界に入る人というのは、半分がたは、「あくび指南」的に、自分で行く気はなかったんだけど、誰かに誘われてなんとなく引っ張られていって、気がついてみたら本職になっていた、という人じゃないでしょうか。半分以上かも知れない。

というのは、そういうふうにして芸能界に入ると、どうして自分が芸能界にいるのか、その理由がわからないからですね。なぜ自分はここにいるんだろう、いくら首をひねってても理由がわからない。でも自分はこの場にいる。明日のスケジュールも入っている。いったい私はここで何をしているのか。

こういう状況のときには、答えを出す方法はひとつしかありません。それは今の自分が採用しているものの見方、考え方、価値観や知的度量衡をいったん「棚上げ」することです。自分が使っている解釈の道具では、自分がここにいて、こんな仕事をしている理由は理解できない。それなら、もう一歩踏み出すしかない。自分がここにいる理由を語れるような別の言葉づかいを見つけ出さない限り、自分がここにいる理由がわからない。自分で必死に考える人もいるでしょうし、本を読む人もいるでしょう。「君にはこの仕事が合ってるよ」と言う人がいたら、「どうしてそう思ったんですか？」と訊いてみる。誰か「いかにもこの世界にしっくりなじんでいるように見える人」がまわりにいたら、その人に訊いてみる。そうやって巡歴しているうちに、ひとつの技芸なり、特技なりに精通して、「プロフェッショナル」になる。そういう流れがあると思うんです。

学びの出発点において、教える側と学ぶ側のインターフェイスに存在するものとは、極めて曖昧なものだということですよね。そこには、教えるべき実体が確固としてあるわけじゃないんです。少なくとも学ぼうとする側に輪郭のはっきりした「欠如《ニーズ》」があるわけじゃない。同じように、教える側にも「絶対にこれだけは教えなければ、死んでも死にきれない」というような必須のコンテンツがあらかじめ用意されているわけでもない。もっと相互浸透的な関係なんです。

神戸女学院大学の初期の授業というのは、ラテン語や西洋史といった東海岸のリベラルアーツスクールのカリキュラムをそのまま持ってきて日本でやったんだろうとぼんやり思っていたのですが、違うんです。最近知って驚いたのですが、裁縫とか、礼儀作法とか国語といった、かなり日本の女学校的なものも入っている。つまり、宣教師たちは、まず最初はリベラルアーツをやろうと思って、神戸に学校を開いたけれど、子どもたちが入ってくるようになって、そこである種の相互浸透が始まったんですね。日本の子どもたちは彼女たちにとって未知の学芸の体系、西洋型のリベラルアーツに惹きつけられたのだけれども、それは必ずしも一方向的なものではなく、教える側と教わる側の相互交流が始まると、そのインターフェイスで何か新しいものが生成する。そこで、教える側の「これだけは教えたい」というものもゆっくり変わってゆく。教える側、学ぶ側がそれぞれに自分の手持ちのカードを出し合って、そこに新たなものができあがる。一回的なもの、そこにしか存在しないような唯一無二の学びの場が生成する。これが、学校というものの、原基的形態ではないかと思うのです。

教えたい人間が引き受けるべきリスク

僕が教えるということは本質的に「おせっかい」だということが骨身にしみたのは、ある出来事のせいなんです。八〇年代の中頃、その頃僕が通っていた合気道自由が丘道場が商店街の再開発で取り壊されることになり、他の稽古場を探さなければならなくなった。それまで週に七回使えていた道場がなくなってしまったので、門人たちで手分けして、各曜日に道場を手当することになった。「内田君は木曜日にどこか近所で道場を探してくれ」と言われて、八方手を尽くして、家の近所の中学校の体育館を木曜の六時から八時まで借りられることになった。そこが僕の道場というわけです。最初のうちは自由が丘道場の仲間が来てくれたのですが、駅からずいぶん遠いということもあり、しかも平日の夕方ですから、だんだん足が遠のき、結局通ってくるのは僕が地元で集めた何人かの中学生とおばさんたちだけの五、六人しかいなくなった。始めて半年くらいして、人数が一番少なくなった頃、台風が来たことがあったんです。大学から帰ってきて、とりあえず、道場に行った。用務員さんが「あんた、今日もやるの」と言うから「やります」と言って鍵を借りて、体育館をあけて、地下室から畳を出してきて待っておりましたが、誰も来ない。台風ですからね、来るはずがない。一時間くらい薄暗い体育館の中で待っているのだけれど、誰も来ない。そのとき、腕を組んで考えたわけです。「うーん、これで正しいのかな……」と。誰も習いに来ない道場で一人嵐の中に座り込んで、来るか来ないかわからない門人が来るのを待っている。これは理不尽じゃないかな、と。だいたい、ただ同然のすごい安い月謝で教えているのにさ、ちゃんと来いよなと思ったり。だんだん気分が沈んできた。そのときに体育館の鉄の扉がガラガラとあいて、近くの中学生が顔を出した。「あ、先生いたんだ。今日台風だから稽古ないのかと思った」「台風でもやるよ」。それから二人で一時間くらい稽古をしました。

そのとき、外で嵐が荒れ狂う暗い体育館で腕組みしながら、誰も来ない畳の上に座って待っていたときに、僕は覚悟したんです。人に教えるって、多分こういうことだろうって。誰も「教えてください」と言ってこないけれど、こちらが「教えたい」と言って始めた以上、教える人間はこのリスクを引き受けなければいけない。そう思ったんです。誰かが扉をあけて来てくれるまで、待ってなければいけない。畳を敷いて、準備体操をして、呼吸法もして、いつでも稽古できるように備えていなければならない。それが「教えたい」と言った人間の責任の取り方じゃないか、と。そのときに、教育というのはたぶんそういうものだろうと思ったのです。二七、八歳の頃でしたが、それが僕のなかの起点的経験としてあるのです。その気持ちは今でも変わっていません。

旗印をかかげて頑張り続けるのが学校

話はだいぶ前に戻りますが。私大連の方たちと話したとき申し上げたのは、やはり学校というのはまずは「教えたい」という人間がいて始まるものでしょうということでした。「習いたい」というニーズがあって、「それじゃあ学校を作りましょう」という順序で学校は作るものじゃない。まず教える人が出てきて、学校は始まる。全ての教育機関の起点にあるのは「教えたい」という強い意志だと思います。

どんな学校でも、「このことを教えたい」という明確なメッセージが起点にはあったはずです。「ミッション・ステートメント」と言ってもいい。僕は簡単に「旗印」と言いますけれど、「この学校ではこれを教えたい」という旗印を掲げて、「それを教えてください」という人が来るまで待つ。それが、学校の基本のかたちではないかということです。

今の日本の大学は冬の時代で、淘汰が進んでいると言われております。経営不振で志願者減に悩んでいる学校というのは、どこもコンサルタントや予備校や進学情報産業の人を呼んできて話を聞くわけです。すると再建案が出てくる。でも、コンサルタントや広告代理店が言う再建案て全部同じなんです。「マーケットのニーズに合わせる」「ターゲットにする層を絞り込む」というようなことだけです。「この学校がダメなのはマーケットのニーズを見間違えているからだ」「もっときちんとマーケットの動向を見なきゃだめですよ」ということを必ず言う。彼らには「まず教えたいことがある」から学校は始まったという発想はないんです。企業の場合と同じで最優先は「とにかく利益を出すこと」なんです。「組織温存が大学の最優先の使命なんでしょ。だったらマーケットのニーズを見誤らずに、一八歳の子たちがこれを習いたいといったら、それを提供しなさいよ」と。「集客力のあるクライアントに魅力ある教育プログラムを提出するのが学校の責務でしょ」と。

僕はそれは違うと思います。だから、ずっとそう言ってきた。ビジネスはそうでしょう。でも学校は営利企業じゃない。学校というのは、「教えたいこと」がある人間が始めるものであって、「教わりたい」という人が今のところゼロでも、それでもじっと待つ覚悟がなくちゃ学校なんかできない。

日本の高等教育機関の場合がそうです。高等教育に対する市場の要請があって作られたものではありません。そうではなくて、「日本にも高等教育機関がなければならぬ」という、明治政府の強い意思があって、それが「高等教育を受けたい」と思う少年たちを創り出した。そういう順序なんです。

その発想が今日の大学の危機の時代においては、完全に転倒している。市場のニーズに追随して大学が次々と教育プログラムを変えてゆくと何が起こるか。簡単ですよね。日本中の学校が全部同じになるということです。

医学部に行きたい人が多いから医学部を作る。薬剤師になりたい人が多いらしいから薬学部を作る。弁護士がたくさん要るらしいから法科大学院を作る。市場が求めればそれに応じて次々と学部・学科を増やしていく大学があるとします。端から見ると、たいそうアクティビティが高い大学のように見えます。でも、それは反対ですよ。この大学は「市場のニーズに対してつねに遅れている」だけなんです。能動性《アクティビティ》が高いんじゃなくて、受動性《パッシビティ》が高いんです。

ニーズに応じて次々と新学部や新学科や新しい教育プログラムを打ち出せるのは、資金力のある学校に決まっていますから、市場追随してゆけば、いずれ少数の巨大な大学だけが生き残っていって、中小の小さな大学は蹴散らされていく。そして残った巨大大学はどれも見分けがたく似たものになる。市場のニーズに合わせて自己形成してきたのだから、当然です。

現実に、関西の四大学は新学部を作るたびに、学校間のスクールカラーの差が希薄化してくる。どんどん見分け難くなっている。高等教育機関の間に教育理念、教育方法、プログラム上の差がなくなるというのは、知的生成の条件としてはきわめて危険なことです。日本の知的未来を考えたときに、見回すと全部似たような学校だけというのは絶望的な光景だと思うんです。

教育機関にも生物学的多様性を

生物学的多様性はどんなものについても確保されなければなりません。当たり前のことなんです。さきほど言いました通り、倍音というのは、音質も音量もリズム感も身体のつくりも違う人たちが同時に声を出すから倍音が出てくるんです。全員同じ声の人たちが声を揃えたら倍音は出てこない。つまり、学びの場で倍音が聞こえてこないということは、「自分が学ばなければならない唯一のことがここにある」という種類の「妄想」が育たないということです。私のためにこの学校があり、この学校のこの学部のこの学科のこの先生がずっと前から私が来るのを待っていたのだという幸福な幻想が持てないということです。みんなのためにつくられた学校ですから、どなたのニーズにもお応えできますよと言われて、「ああ、それはうれしい」と思う子はいません。「みんなのための学校」というのは、「ここにいるのは、あなたでなくてもいいのだ」ということを告げている学校でもあるわけだからです。「あなたなんか、別に来なくても構わない。だって、代えはいくらでもいるんだから」というようなことを宣告するところに胸を夢で膨《ふく》らませて学びに来る学生がいるものでしょうか。

日本の知的未来を豊かなものにするためには、どうしたって、学生たちひとりひとりが、私はこの場所にいていいのだ、いなければいけないのだ、ここで学ぶのは自分の宿命なのだという自覚がなければ立ちゆかない。大学は無数のピースで出来上がっている構造物で、そこに自分が「かちり」と収まらない限り、構造物は完成しない。そういう種類の帰属感と責任感がなければ、学びの場というのは機能しないのです。ここで自分が学ぶことによって、この学校は完全なものになるのだというふうに、自分がここにいることの必然性を強く感じられるような学生たちを一人でも増やしてゆくこと、それが学校の責務なんです。

何百万もの若者たちひとりひとりにそのような感覚をもたらし来すためには、当たり前のことですが、多様な教育機関が併存していなければならない。教育理念も、教育方法も、サイズも、学部構成も、カリキュラムも、まったく違う学校が、日本全国に散らばって、共生しているというのが、知的生成のためには最も好ましい状態だと僕は思います。

そういう状況であれば、若い人たちが耳を澄ませていれば、必ず自分もそこに行きたい気がするという学校を、自分を惹きつけるような響きを発している場所を聞き当てることができると思う。

でも、今みたいに、どんどん学校が輪切り状態になってくると、実際に今一八歳の人たちは、進路を選択するとき、そのようなセンサーを働かせて学校を選んではいませんよね。自分の成績と偏差値を見て、あるいは志望学部というのをだいたい決めておいて、ざっくりスクリーニングして、こことここだったら受かりそうで、ここはちょっと難しそうだから、ここを滑り止めで受けようかという形で判断している。そういうふうに学校を選択してゆくということは、その人個人としても、日本という国の知的未来にとっても、よいことではありません。

そうではなくて、学ぶ人はセンサーを働かせて進路を選ぶべきなんです。自分の身体の中で、なぜだか知らないけれど、その学校のその学科のその専門分野のことを学びたいような気がする、という感じを探り当てる。志望理由なんかわからなくていいんです。「お前はどこに行きたいんだ」と進路指導の先生に訊かれて、「なんとか大学のなんとか学部です」と答えると、さらに「なんでそこなんだ」と訊かれる。「なんとなく」と答えるとふつう先生は怒り出す。「なんとなくで決めるな!」って。

でも、僕はこれは逆だろうと思っているんです。「なんとなく」で決めてもいいんです。いや、むしろ「なんとなく」で決めた方がいいんです。「なんとなくあそこに行きたい」というのは、脳より先に身体がそっちの方に向いているということなわけで、頭であれこれ考えて、自分の偏差値はこれくらいで、ここはどれくらいのレベルで、家から何時間くらいで、ここで下宿したら家賃がいくらで授業料はいくらだとか……そんな数値的な計算で出た結論なんて、知性とは何の関係もない。そんな計算をいくらしても、知的なアクティビティは一ミリも高まらない。

教育機関の存在理由はひとつしかありません。それは若者たちの知的アクティビティを高めていき、彼らを市民的成熟に導くということに尽くされるわけです。どうすれば若者たちが、知的に高揚するのか、どうすれば霊的に成熟するのか、そのことだけを考えるのが大学の責務だと思う。それ以外のことは論じるに足りないと僕は思っています。

ミッションスクールは旗印を鮮明にせよ

もう時間ですから、話をまとめたいと思います。今日僕が申し上げたかったことは、ひとつは教育機関というのは多様でなければならないということ。多様なサイズの、多様な教育理念、多様な教育方法を持った学校が、それぞれに自分の教えたいと念じたことを旗幟鮮明《きしせんめい》に掲げて、多数並立していること。これが一番大事であると。

旗印を掲げるということは、「選ばれないリスク」を引き受けるということなんです。旗を掲げるということは、「みなさん来てください」という学校は「旗を掲げていない」ということです。そのために立てているわけですから。

旗を立てると、旗を見たとたんに、「ああ、この学校に行きたかったんだ」と思う人が出てきます。それでいいんです。日本に大学は七〇〇あります。志願者が自分の行きたい学校に行って、学びたいことを学べるためには、そのすべての大学の学部学科がそれぞれに明確な旗印を立てて、「うちはこういうことを教えます。それが学びたいと思う人は来てください。そういうのは要りませんという人は他へどうぞ」とはっきり宣言すべきなんです。「選ばれないリスク」を引き受けることによってしか、自分が何を学びたいかわからない人たちに強いメッセージを送ることはできない。「選ばれないリスク」と、「自分が何をやっていいかわからない」という志願者たちへのメッセージ力の強さは完全にトレードオフの関係なんです。リスクを冒さなければ、メッセージは力を持たない。「選ばれないリスク」を冒せない学校は、結局は何のメッセージも発信できなくなる。「何を教えたいか」を明らかにしない学校は、何を学んでいいのかわからなくて困惑している高校生たちに、何のメッセージも伝えられない。

でも、そこで「何を学びたいかわからない高校生」たちを責めるのは、筋が違うだろうと思います。高校生が大学で何を学びたいかよくわからないというのは当たり前なんです。「理学部に行って脳科学を専攻したい」とか「経済学部に行って金融工学を専攻したい」とかてきぱきいう高校生の方がよほど例外的でしょう。何を学びたいかよくわからない高校生たちに対して、彼らが見たことも聴いたこともないような学問分野がある、彼らが経験したことのないような教育方法がある、彼らの日常語彙では語れないタイプの建学理念があるということを告げ知らせることの方が僕はたいせつだと思います。なんだかよく意味がわからなかったけれど、あの旗印に「びびび」と反応したという子たちを、一人二人と拾いあげていくというかたちでしか学校教育は成り立たないと思うんです。

初等中等教育の場合はまた別です。今まで話してきたのは高等教育の場合に限ります。「ミッションスクールのミッション」というのは、要するに旗印を鮮明にするということです。特に宗教系の大学の場合、ここ数十年間に建学の理念がだんだん希薄化していき、クリスチャンのミッションスクールでも、宗教儀礼や必修のキリスト教学をなくしていったり、礼拝の参加義務を緩和したり、入学式・卒業式から宗教色を払拭していったりする傾向があります。「だって、宗教色を払拭しないと、志願者来ませんから」ということを平然と言う人がいる。率直に言って、そういうことを言う人に、大学教育には関わって欲しくない。いいじゃないですか。「宗教色がある学校には行きたくない」

という人にわざわざ頼んで来てもらうことはない。そういう学校ならぜひ行きたいという人だけ集めてやればいい。僕はそう思うんです。

そうでないと、やっている甲斐がないと思うんです、今ここに来て、日本社会は大きく変動しています。従来のビジネスモデルや教育モデルに基づいて大学を考えていくことにはもうほとんど意味がないし、有効でもないと思うんです。

大谷大学もいいじゃないですか、このサイズではなくても。高々と旗印を掲げて、それで学生が減っていったら減ったでいいじゃないですか。浄土真宗の学校なんか厭だなあというような学生に来てもらうこと、ないですよ。学生数が減ったら、減ったなりにダウンサイズして、寺子屋みたいなものになっても構わないじゃないですか。教育機関の真の価値は財務内容でも在学生数でもなく、そこでどのような人間を生み出したかということで考量するしかないんですから。

大阪には、懐徳堂《かいとくどう》という五人の船場の商人が私財を出してつくった有名な私塾があります。緒方洪庵の適塾も私塾でした。小さな家に何十人もの若者が寄宿して、本当に狭くてたいへんだったみたいです。西日の当たる部屋でオランダ語を輪読するときは、大阪の夏って暑いですから、全員真っ裸になって輪読をしたそうです。見るからに暑苦しそうですけど、『福翁自伝』にはそういう描写があります。そしてもちろん、近代史上最も成功した学校というのは、吉田松陰の松下村塾です。松下村塾は玉木文之進という人が作った私塾ですが、そこから明治維新を担った人物を輩出します。高杉晋作、久坂《くさか》玄瑞《げんずい》、吉田稔麿《としまろ》、前原一誠、伊藤博文、山縣有朋、品川弥二郎などなど。それだけの人物が松陰の私塾から出た。教える気のある人が教える気でやっていれば、回天の英傑が生み出せる。そう考えると、学校の規模なんていうのは副次的なことなんです。教えたいという気持ちが明確にあり、それに対して教わりたいという人がいれば、人の数は少なきゃ少ないでいいんです。

ほんとうはこういうところで吉田松陰とか福沢諭吉といった名前を挙げるのはあまり穏当ではないと思うのですが、幕末明治に学校教育を担った人たちの気概を見ていると、その時代の人たちの肚のくくり方こそが、僕たち大学人が参照すべき教育の原点ではないかと思うのです。神戸女学院の建学者である二人の女性宣教師や、大谷大学の清沢満之先生の気概というものを絶えず参照すべきではないかと思います。

以前、神戸女学院大学でダウンサイジングを提案したとき、理事会でたいへんな反論を受けたことがあります。そのとき当時の学長が僕の側にきて、「気持ちはよくわかる」と言ってくださいました。学生がだんだん減っていって、今から一三五年後に生徒数が七人になって、その次の年にゼロになって消えるんで、いいじゃないですか。なにごとにも始まりがあって終わりがある。何でもかんでもどんどん右肩上がりになってゆけばめでたいというものではないでしょう、建学の理念が全うできないのであれば、消えていくというのも一つの選択肢ではないかと申し上げたら、ぽんと肩を叩かれました。最後七人になってというのはちょっと悲しい気がしますが、やはりそれくらいの覚悟でミッションスクールの旗印を高く高く掲げていかなければならないのではないかと思うのであります。

私がミッションスクールの教師をやるのもあと半年で、あと半年しかやらない人間が高等教育いかにあるべきかと言うのも、いささか無責任のそしりを免れないのでありますが、先生方、ここに集われた学生諸君も、ぜひ大谷大学のミッションを原点に帰って見極めていただきたいと思います。「選ばれないというリスク」を引き受けない限り、ここで学びたいという若者たちに強いメッセージを送ることはできない。非常にシンプルな内容のお話を致しましたが、今日の演題である「ミッションスクールのミッション」ということを、この言葉によってまとめてみたいと思います。ようやくなんとか演題に落ち着きました。ご清聴ありがとうございました。

Ⅴ 教育に等価交換はいらない

守口市教職員組合講演会 二〇〇八年一月二六日

教育問題の「犯人探し」はもう止めよう

今日は私の勝手でこんな時間に講演を始めさせていただいて、申し訳ございませんでした。昼から午後三時まで、私は芦屋で合気道の指導をしておりまして、それをすませてからこちらにうかがいましたので、少し遅くなりました。それで普段の講演の時はもう少しちゃんとした格好なのですが、今日はそういう事情で非常にカジュアルな格好で参りましたこと、どうぞお許しください。

今ご紹介いただいた通り、私は神戸女学院大学で教師をしておりまして、専門はフランス現代思想で、他にも武道論を中心に研究しておりますが、近年は大学をめぐる状況が危機的だということもあって、教育現場から講演のご依頼を受ける機会が増えてきております。他の講演はほぼ全部お断りしているのですが、教育現場からの講演依頼だけは万障繰り合わせて引き受けるようにしています。

もう三、四年前の話ですが、『先生はえらい』（ちくまプリマー新書）という本を書きました。教育に関する議論はつねにかまびすしいわけですが、特に二〇〇三、四年頃、日本のメディアの論調は「すべての教育問題は現場の教師に教育力がないからだ」という議論にほとんど集約されるような雰囲気がありました。その時に現場の教師にエールを送るような発言をしている人がメディアにほとんど登場してこないことに苛立ちと憤りを感じました。ちょうどその頃、筑摩書房から「中高生向けの本を何か書きませんか」という依頼があって、「内田さんが今、中高生に一番言いたいことは何ですか」というので、しばらく考えて……「先生はえらい」という言葉かな、とお答えしました。

そうした根本的なところから立て直していかないと、日本の教育問題は解決しない。現場では教育崩壊とか学力停滞とか、さまざまな否定的な現実があるわけですが、その原因は誰にあるのか、文科省が悪いのか、現場の教師が悪いのか、親が悪いのか、それとも子ども自身が悪いのか……すべて「犯人探し」に終始している。原因を特定し、元凶とおぼしき人や組織をつるし上げてバッシングする、それを教育論であると思っている風潮がありました。そうした不毛な教育論議にはもう終止符を打ち、より建設的な方向に議論を向けなければ、と思いました。

教育をめぐってあまりにも多くの問題が噴出してきている。同一の論点でこれだけ多くの問題が同時多発的に起きているということは、個別的なエラーや手違いではなく、いわば地殻変動的な巨大な制度劣化が私たちの足元で起きているということです。それは師弟関係というものの本質を私たちがとらえ損なってしまったからではないか、そういう視点から書いたのが『先生はえらい』という本でした。

僕の主張は、ほとんどその「先生はえらい」という言葉に尽くされてしまうのですが、それは教育における、師弟関係と「学び」についての考えを根本的に立て直す必要があるということでした。

そもそも「学び」とは何か、学校という制度は何のために存在するのか、あるいは師弟関係はどのように構造化されているのか、といった教育の根幹にある一連の問いについて、私たちの社会では原則的な合意がない。社会的な合意が解体している。

まずは教育についての「最低限、これだけは国民的に合意しておきましょう」という点を確認してからでなければ、話は始まらない。その基本的合意を怠ったのでは、どのような施策を講じても日本の教育崩壊は止まらない。僕はそう思っております。ですから、原理的なところからの教育の再構築を声をかぎりに訴え続けて、いわば「伝道」のようなことをしているわけです。

そんなわけで、最近は教育に関して「話を聞きたい」という依頼がぽつぽつ来ているわけですが、ついこの間、これは教育現場以外ですが、東京都庁から私のところに「都庁まで来て、東京都の教育関係者を相手に一席論じてくれないか」という依頼がありました。最初はお断りしたのです。と言いますのも、実は私、石原慎太郎東京都知事を訴えている原告団の原告でして(笑)、ご存じの方もいらっしゃるかもしれませんが、彼は「フランス語は数が数えられない言葉だ」といった暴言を吐いたことがあります。私は以前東京都立大学の助手をしていたので、都立大が解体改組されてゆく過程を興味深く眺めていたのですが、石原知事は人文学部を眼の仇にして、「人文科学なんか意味がない」といわんばかりに、文学研究の場をどんどん潰してゆきました。かつての同僚たちも非常に苦しい思いをしました。私も仏文学者の端くれですから、「フランス語では数が数えられない」とまで言われてしまうと、果たして公人がそのような妄言を吐いてよろしいのか……というわけで、名誉棄損で知事を訴えた在留フランス人とフランス語の教師たちから成る原告団のメンバーになった次第です。

知事を告訴している人間に「都庁に来て講演をしてくれ」というものですから「それは無理でしょう」と申し上げた。「仮にも都庁の主である都知事を訴えている人間を呼んだりすると、皆さん方の進退に関わるのではないですか」と申しあげたら、「上と相談してみます」と言って電話を切られて、しばらくしてから「ＯＫです」という返事があり、またびっくりしました（笑）。「石原慎太郎って、やっぱり人望がないんだな」というふうにも思えますし、「そのくらい、こと教育問題についてはみんな危機感を持っている」ということのようにも思えます。多少問題のある人選だとしても、よほどとっぴな意見を述べている人間でも呼んで来ないと、今やっている教育改革施策を推し進めても、どうも展望はなさそうだ、と。そういうことを都の教育行政関係の方たちはたぶん実感されているのでしょう。

その頃、内閣情報調査室からも会いたいという電話がありました。内閣情報調査室というのは内閣官房の中にあって、機密情報を司る、いわば日本のスパイの元締めですね。そこから「日本の教育の現場が今どうなっているのか、これからどうなるのか。政府としても非常に懸念しているのだが、今巷間に流布している教育議論を読んでも、どうも打つ手がなさそうだ。だが、『下流志向』（講談社）という先生の著書を読んだら、なんとなく違うことが書いてあったので、そのレジュメを作って官房長官に渡しました」という話をうかがいました。当時の官房長官は安倍晋三だったのですが、「読まれましたかね？」と訊いたら、「いや、読んでいないかもしれませんけれど、一応レジュメはあげておきました」（笑）という話でした。

その頃に文科省の私学行政課長ともお会いして、その時の対談は、朝日新聞出版から刊行された『狼少年のパラドクス』（『街場の大学論』と改題して、二〇一〇年に角川文庫に収録）の巻末に採録されました。その時も、お話をうかがっていると、教育が危機的な状況にあるということと、今のようなやり方を続けていては展望がないという点については課長さんと僕の認識が一致しました。

それぞれ立場は違いますが、こと教育問題に関する限り、日本人の全体が深く強い危機感を持っていて、これまでの「これが教育崩壊の諸悪の根源で、こいつさえ排除すればすべては解決する」という類の議論ではもうどうにもならないということについても無言の合意ができている。

商品としての「教育サービス」

今日の教育の危機の本質とは何か。そこから話を始めたいと思います。それに関連して、まずは最近のトピックで気になったことからお話しします。

つい先日、福岡にあるサイバー大学のニュースが新聞記事にも出ていました。このサイバー大学というのは、創立が二〇〇七年四月ですから、去年開学したばかりの新しい大学です。ソフトバンクが一〇〇％出資している株式会社立大学で、前に早稲田大学でエジプト考古学を専攻していた吉村作治という人を学長に招いて、すべての授業をインターネットで行うという新しいタイプの学校です。

以前から、「ユビキタス教育論」を唱える人たちがいて、「インターネットを活用すれば教室も校舎も要らない」とか「教師と学生が同じ時間、同じ場所にいなければいけない対面的教育は非効率である」というようなことを主張しておりました。そういう乱暴な議論を真に受けた人がサイバー大学のようなものを作ってしまったわけですが、つい先日この学校の不祥事が新聞に出ていました。「一年生六二〇人のうち、本人確認をしないで単位を出した生徒が一八〇人いた」ことについて、文科省から勧告が入った。要するに「本人確認をしないで単位なんか出していいのか」ということですが、インターネットで教育をすれば、当然そういうことが起こり得るだろうと私ははじめから思っていました。

これはテクニカルな問題ではなくて、そもそもこのサイバー大学的なユビキタス教育の理念からすれば、「本人確認なんかどうだっていい」ということなのです。だって、誰でも、いつでも、どこからでも、教育サービスにアクセスできるシステムを作り出すことに意味がある以上、アクセスするのが「いつ」であるか、「どこから」であるか、さらには「誰」であるかには副次的な意味しかないんですから。インターネットというのは「そういうもの」なんです。

クレジット会社が本人確認をしないでクレジットカードを発送することはありえない。郵便局が本人確認をしないで書留を渡すこともありえない。価値のあるものを渡そうとするならば、受け取り人にそれを受け取る資格があるかどうか、きちんとアイデンティファイするに決まっているわけです。全体の三〇%近い学生に対して本人確認を怠ったということは、基本的にこの大学が、学生たちに与えようとしているものに「価値がない」と思っていたということをはしなくも露呈している。

では、彼らが出した「単位」とはいったい何だったのか。「商品」なんですよね。商品であるなら、店員に向かって「これください」と言って、カウンターにお金を置いた人がいたら、その人に黙って渡せばいい。それが「誰であるか」ということには何の重要性もない。だから、コンビニのレジでは買い手に本人確認を要求しない。「代金を出す」という行為そのものが、その人がその商品を欲しがっていることを過不足なく表現しているわけですから、完全な等価交換が成立している。だから、コンビニでは本人確認のシステムをきちんと作るということを誰も考えない。

サイバー大学の制度設計をした人はたぶん「コンビニを作るつもり」で大学を作ったのだと思います。この発想そのもののうちに今日の教育崩壊の本質が露呈していると僕は思います。

彼らはこう考えている。教育サービスは商品である。授業料はその対価である。単位は店頭のキャベツや大根と同類のものである。そこにマーケットがあり、商品のクオリティーに関わりなく、「これが欲しい」という人がいて、要求しただけの対価を差し出すのであれば、それは立派な商品であり、これは合法的な商取引だ、と。

たしかにマーケットとはそういうものです。商品に商品としての価値がほんとうにあるのか、ということには副次的な意味しかない。誰がそれを買うのか、ということにも副次的な意味しかない。それがフェアな等価交換であると当事者たちが認知しさえすれば、余人が容喙《ようかい》する余地はない。「その商品には価値がない」とか「君が払った代価は高すぎる」とか言う権利は、第三者にはない。商品の価値は、交換が現に行われているという事実そのものが基礎づけるわけですから。そこで閉じているんですから。

サイバー大学が単位認定に際して本人確認を怠ったのは、この教育機関にとって用事があるのは「消費者」であって、「固有名を持った個人」ではなかったからです。

こういう発想は、われわれのような旧来型の大学人からすると、まったく理解できないわけですけれど、市場原理主義的な人からすれば、どうして僕たちが理解できないのかがむしろ理解できない。

市場原理が導きだした「学位工場」

ほぼ同時期に問題になったのが、「ディプロマ・ミル」(diploma mill)、「ディグリー・ミル」(degree mill) をめぐるスキャンダルでした。週刊誌がアメリカのインチキ大学から、博士号や修士号をもらっていた日本の大学教授たちの実名リストを公開しておりました。

「ディプロマ・ミル」とは「証書工場」、「ディグリー・ミル」は「学位工場」という意味です。教育機関としての実体は何もなく、ビルの一室を借りて、デスクと電話があるだけの会社が「ナントカ大学」を名乗っている。しかるべき金額をそこに振り込むと、その大学の名義の博士号がもらえる。一応の形式としては、それなりのレポートを書いたり、論文を差し出す必要があるらしいのですが、それさえ要求しないところもある。安いところだと一〇〇万円ぐらい出すとナントカ大学という名前のついた博士号がいただける。そういうアメリカの大学の博士号のようなものを持って、それを履歴書に書いておくと「箔がつく」と思う人がいる。それをありがたがって「すごいですね」と感心してくれる人がいる。うっかりすると、その学位のおかげで就職条件が有利になったりする。それだったら、「安い買い物だった」という判断だって成り立つわけです。

こうした学位工場はアメリカではずっと昔から存在しています。なぜかというと、アメリカの市場原理には、こういったものを排除するロジックが存在しないからです。つまり一方に「学位を売りたい人」がいる。他方に「学位を買いたい人」がいる。その両者間で商取引が成立しているわけですから、第三者ががたがた言う筋合いのものではない。市場原理に照らせばその通りなんです。いかに無価値な商品であっても、それが「欲しい」という人がお金を出して買うことは誰にも止められない。無価値であることがわかった上で、買っている以上、それは合法的な取り引きなんです。「マーケットは間違えない」というのが、アメリカの市場原理の基本です。そこで交換が成立するのであれば、それは正しい行いがなされたということである、と。だから、アメリカでは学位工場を法的に規制することができなかった。

九〇年代から日本でも市場原理によって教育のグローバル化が進行しました。ご存じの通り、九一年には大学の設置基準が大綱化された。それまでは大学教育をするためには、うるさい規制条件がたくさんあった。それが緩和されて、例えばカリキュラム編成が自由になった。これは大学人としてはありがたいことでした。でも、もともとそれは「大学を作りたい」と言って手を挙げる人に門戸を開くためのものでした。以前でしたら校地面積とか専任教員比率とか教員の業績審査とか図書館の蔵書数とか、細かい条件がいっぱいありました。書類を整えて文部省に日参して、重箱の隅を突くような審査をクリアーしなければ何も出来なかった。

それが一気に簡便になった。文科省による「事前チェック」を大幅に緩和した。その代わり何をしたか。あの時、大学設置基準を緩和したロジックというのは、「もしもその大学がマーケットに選択されなければ自然に淘汰されるはずであるから、事前チェックは必要ない」ということでした。文科省のしかるべき役人たちが書類を見たり、現地調査をしたりして判断するよりも、その学校が志願者たち／学生たちによって選択されるか、されないか、マーケットに委ねればいい、と。選択されて生き残った大学はよい大学で、選択されずにつぶれた大学は悪い大学である、と。「マーケットの判断はつねに正しい」というアメリカ型市場原理によると、そういうことになる。マーケットに任せることで、たしかに文科省の審査業務は一気に軽減します。大学の側の自由度も一気に拡がる。いいことずくめのようでした。

実際に、日本の大学人は「ああ、これはいいことだ」と信じて、諸手を挙げてこの市場原理主義の導入を歓迎してしまった。そして、新設学部や新設学科ラッシュが起こり、同時に学位工場が日本市場にも参入する機会ができたわけです。

実はかつて十数年ほど前に一度、アメリカの大学が日本に大量に入ってきたことがありました。ご記憶でしょうか。今ではもうほとんど消えたと思いますが、九〇年代にアメリカの大学が大挙して日本全国に分校を展開したことがありました。日米貿易摩擦の解消のためという外交的理由からのできごとでしたが、南イリノイ大学新潟校とかミネソタ州立大学秋田校とか、それぞれきちんとしたアメリカの大学だったのです。地方自治体が地元振興のために校地を提供したりして、誘致して、一時期全国に十数校あったのではないでしょうか。でも、いずれも十年ほどで廃校になりました。

最終的には学生がほとんど集まらなくなってしまったからです。最大の理由は、言語障壁でした。それらの大学では英語ベースで教材が作られていたからです。大学の授業の英語が理解できるくらいの学力のある高校生は、日本の難関校に入れますから。考えれば、当たり前のことです。

その後、教育プロバイダというものが、東アジアを席巻したそうです。これはインターネットを使った教育システムです。ネット上に学校がある。チャカチャカとキーボードを打ってレポートを書いたり、チャットをしたりすると、単位や学位がもらえる。そういう「学校」と言えるのかどうかわかりませんが、そういうものが東アジア各地に進出した。ある種の「ユビキタス大学」です。

けれども、教育プロバイダの教材も英語ベースなので、日本には入って来られない。日本の中高生の英語力は東アジアでは突出して低いので、それが幸いして、英語ベースの教育産業の侵入はうまくゆかないのです。

でも、先日『週刊現代』が告発していた学位工場は日本進出の失敗をきちんと学習しているらしく、ついに英語ベースではなくて日本語ベースに教材を変えて、日本語でレポートを書いてもアメリカの大学の学位を出します、日本語で書いた論文でも博士号を出します、というかたちに「進化」を遂げていました。

教育が「ビジネス用語」で語られる日本

さきほど学位工場を規制する法的根拠がないということを申し上げましたが、実質的にはそういうインチキ大学を規制することは可能です。そのためにアメリカには、「アクレディテーション（accreditation、信用供与）」という別のシステムがあります。

インチキ大学の「ブラックリスト」を作って「このリストに名前が載っている大学の学位は信用できません」と公開すると、営業妨害で巨額の賠償請求をされる可能性がある。だからアメリカではインチキ大学のリストを作れない。でも、その代わりに「この学校はちゃんとした学校ですよ」という「ホワイトリスト」を作ることはできる。それが「アクレディテーション」システムです。アメリカではこのシステムが非常に充実している。権威あるアクレディテーション機関の発行する「ホワイトリスト」に名前が載っていれば、その大学は入っても大丈夫、あるいはその学校の学位を履歴書に書いてきた人間は信用してもよいと、そういう信用供与システムができている。

それが日本にも入ってきました。大学における自己評価や格付けというのは、その流れなのです。

つまり、日本にはかつて存在しなかった「インチキ大学」を作れるように法的条件を緩和しておいて、その上で、そういった大学を排除するためのシステムを作ることを命じたということです。これ、おかしいと思いませんか。ちょっと前まで、日本にはそういう「実体がない大学」は存在しなかったんですよ。それなのに、実体がない大学を作れるように法律を変えて、次にそういう大学を検出し、排除するための新たな評価制度が設けられ、とにかくそこに膨大な人的リソースをつぎ込むことを命じている。この自己評価・自己点検のために過去十数年間日本の大学人がつぎ込んだ時間とエネルギーを、教育と研究に投じていれば、日本の学術はずいぶん大きな進歩を遂げただろうと思うと、僕は気持ちが暗くなるのです。評価関係の膨大な量のペーパーワークをしながら、僕はいつも深いため息をつきます。われわれは、まったくなんという無駄なことをしているんだろう、と。

もちろん、文科省や中教審にも大学基準協会にも一応の言い分はあります。それは僕にもわかる。もう少し成果主義的な環境に日本の大学教員を叩き込んだほうがよいのではないか、という気持ちもよくわかります。何しろ大学教員の二五%は過去五年間論文を一本も書いてないんですから。一度専任のポストを手に入れたら、あとは不祥事さえ起こさなければ、定年までまったく無為に過ごしていても、減俸や降格のおそれはない。こんな恵まれた雇用環境は他にはありません。

ですから、教員たちのアクティビティを高めるためにも「アメと鞭」は必要ではないのかという考え方にも一理はあるのです。僕だって、一〇年くらい前は、そういう意見でしたから。次々研究論文を発表し、何人もの学生院生を指導しているアクティビティの高い教員については研究環境を整備し、予算を付け、スタッフを増やし、何もしないで無駄飯喰っている教師の研究費は削るくらいのことは当然だろうと思っていました。

でも、いざそういう評価制度を導入してみたら、これがたいへんなことがわかった。同僚たちの、それも研究分野のまったく違う同僚たちの研究業績を比較して、格付けしようとしたら、あらゆる学術分野に精通しており、その人の公正さと判断力に学内の全員が信頼を置いている人を当てなければならない。当然ですよね。でも、そんな先生は、現に卓越した研究者であり教育者であるに決まっている。ご自身の専門領域ですぐれた成果をばりばり上げている先生に「その仕事を止めて、同僚たちの評価のための書類書きをしてください」と頼むんです。こんなの人的資源の無駄遣い以外の何ものでもない。評価活動の目的は研究教育活動の活性化のはずです。評価活動のペーパーワークに忙殺されて研究も教育も疎《おろそ》かになってしまってどうするんですか。

評価制度がもたらしたメリットとデメリットを比べてみると、どう考えてもデメリットのほうが大きい。なぜ、こうした不合理なシステムが日本に導入されたか。それはやはり教育をビジネスの枠組みで構想するための歴史的プロジェクトの一環と考える他ないわけです。それまでの伝統的な教育観を一掃して、「教育はビジネスである」という原理に基づいて教育活動の全過程を再編する。そういう滔々《とうとう》たる流れの中に、今われわれはいるわけです。すでに日本人の八割九割は教育というのはビジネスの一部であり、教育を語る上ではビジネスの用語、「マーケット」とか「費用対効果」とか「顧客」とか「ターゲット」という言葉がもっとも適切であると考えている。

日本人が教育をビジネスのタームで考えるようになった病的な兆候の最たるものは「教育投資」という言葉ですね。

本来、「教育投資」なんていう言葉は、聞いた瞬間に使用禁止用語にすべきような言葉なんです。それを今は誰もが恥ずかしげもなく口にする。「教育投資」という言葉は単語一つのうちに、「教育に対する投資はできるだけ早く、かつ確実に、投資した人間に利息付きで還付されなければならない」という物語をまるごと含んでいる。

では、教育が投資だとしたら、いったいその投資がもたらす利潤とは何でしょう。

みなさんが、ご自分の子どもに教育投資を行う。高い教育を受けさせる。すると、子どもたちの労働市場における流通価値、付加価値が高まる。子どもたちが学校で身につけた知識や技術がやがて労働市場に評価され、高い賃金や地位や威信をもたらした。その総額が投下した教育投資総額を超えた場合に「投資は成功だった」とみなされる。要するに、教育投資の総額と子どもの生涯賃金を比較して、投資額よりも回収額の方が多ければよい、と。

これはほとんど教育の自殺に近い考え方だと思います。

まず第一に、そうなってしまうと家庭というのは「ファクトリー（工場）」であって、子どもはそこで創り出す「製品」だということになる。各工場は生産工程を適切に管理し、よい素材を集め、優秀なスタッフを集めて、自分の工場の製品をより良質なものとなすべく全力を尽くす。さらにそれを市場に差し出して高い値がつけば、その工場は質の高い製品を製造している優良メーカーとして社会的な承認を得られる。そして設備投資や人件費がすみやかに回収できる……そういう発想ですよね。

たまに『プレジデントファミリー』とか『日経キッズプラス』みたいな雑誌からも取

材されるのですが、記者に「うちの雑誌、いかがですか？」とか訊かれると「こんな雑誌はすぐに廃刊にしなさい」と言ってるんです（笑）。あの種の雑誌の根本にあるのは、「子どもを使ったビジネス」をどう成功させるか、という考え方ですよね。どうやってピンポイントで効果的に無駄なく子どもに投資を行い、それを効果的に回収するか。そんなことばかり考えていると、そのうち自分の子どもに刺し殺されるよ、と脅かすんです。

みなさん、「実学」ということを軽々に口にされますが、あらためて「実学って何のことですか？」と聞くと、絶句してしまう。「実用性の高い学問のことです」というふうに答える人もいる。では、と重ねて訊きます。「天文学は実学ですか？　解剖学は実学ですか？　考古学は実学ですか？　数学は実学ですか？」すると答えられない。天文学が有用な学問であることは誰だってわかります。でも、自分の子どもが「天文学者になりたい」と言ったら、たぶん「そんな夢みたいなこと言うんじゃないわよ」って言うんじゃないですか。

みなさんがおっしゃってる「実学」というのは有用性とは関係がないんです。要するにそれは「教育投資が迅速かつ確実に回収できるような学問領域」のことなんです。医学部に入って国家試験に受かって医師になれば教育投資が効果的に回収できる。あるいは法学部に行って司法試験に受かって弁護士になれば、経済学部に入って一流上場企業に入ればなどなど。

実学における有用性というのは、つきつめて言えば「労働市場が高い値を付けること」つまり、「教育投資の元金がすぐに回収できること」のことなんです。それを平然と「実学」と称している。

教育の効果は数値化できない

教育の最終的なアウトカムは計量不能なんです。教育の効果は数値化できない。だから、教育を「投資と利益の回収」というスキームで論じるのは、はじめからお門違いなんです。

教育のアウトカムは、卒業後に得られた地位や年収でしか測定できないというのは、だいたい、いつ誰が決めたことなんですか。

「内田さんが学生を教えるときの教育目標はいったい何ですか?」とよく聞かれます。僕の答えは簡単です。「彼らが幸福な人生を送ること」

そういうと、みんな驚いた顔をする。でも、教育の目的にそれ以外に何があるんですか? 「幸福な人生を送る」。そこでの「幸福」とは実に計量しがたいものです。幸福を数値的に表現することは不可能です。

株式会社だったら、四半期ごとの収支ですぐわかるかもしれない。だけど教育の場合、こちらが学生に対してやったことがどういうかたちで実を結ぶかなんてことは、五年や一〇年みないとわからない。もしかすると、三〇年、四〇年かかるかもしれない。それどころか、臨終のときになって、「今にして思えば、私の人生がこんなに充実していたのは、大学で受けた教育のおかげだった」というようなことをぽろりと言うことだってありうる。現に、うちの大学の場合は、何十年も前の卒業生が遺言で全財産を学校に寄付するということが毎年のようにあります。先日は長く英語の先生をされたあと、生涯独身で亡くなった卒業生の方が、たぶんずいぶんと節約してお貯めになった三〇〇〇万円の遺産を全額学院に寄付されました。その方は自分の八〇年の人生を振り返ったときに、「私の人生をかたちづくったのは、あの学校で受けた教育だった」というふうに最後に総括されたわけです。

教育のアウトカムというのは、教育を受けたものが自分の人生を回顧したときに自己決定するものです。学校側が「これこれの有用な知識を教えてやったじゃないか」といくら言い立てても、習った側が「そんなこと、教わった覚えはないね」と言えばそれっきりです。逆に、教師に教えた覚えがなくても、学生の方が「こんなに素晴らしいことを教わりました」と言えば、それは教育のアウトカムに計上するしかない。

学校で自分が何を学んだかは事後的に、遡及的にしかわからない。ある出来事に遭遇して、「なんだ、学校で習ったことは何の役にも立たないじゃないか」と思うこともあるし、思いがけなく「ああ、あのとき学んだことは、こんなときに役に立つものだったのか」と思い知ることもある。つまり教育のアウトカムは人間が生きている限り、毎日毎時「書き換え」られてゆくということです。新たな経験をする度に、学んだことの意味や価値は変わってゆく。だから、教育のアウトカムが数値的に計量できるはずがないんです。それくらいのことは原則論として言ってもいいと思うのです。

でも、市場原理者たちはきっぱりと「数値化できない教育効果はゼロ査定する」という立場を取ります。都立大の人文系学部を潰したときのロジックもそういうことでした。「人文系学部のこの教師たちはいったい競争的資金をいくら取ってきたのだ?」と訊ねてくる。金が取れない学問は、市場的に存在理由がない学問ではないのか。それなら存在する必要がない。教育活動の意味は、今、ここでマーケットが「いくら」値を付けるかで決まる。そういうロジックによって、日本の教育は今土台から蝕まれています。

教育現場を覆う消費者マインド

先日、品川区が通いたい小学校を子どもたちが自由に選べるシステムにしました。すると、生徒が集まりすぎる学校と、全然来ない学校に二極化した。そして、生徒の獲得に成功した学校の校長の談話が出ていました。校長曰く、「うちの学校では、教育コンテンツは商品である」「保護者たちはお客様だと教師に言い聞かせております」。僕はそれを読んで、ほんとうに目の前が真っ暗になりました。「教育は商取引ではない」という根本的なことがこの人にはわかっていない。

これから教育を受けようという側の子どもたちは、自分が受ける教育の内容をまだ理解していないわけです。これから自分が受けるはずの教育の意味や有用性が理解できないという事実それ自体が、彼らが「教育を受けなければならない理由」なわけです。

でも、商品の場合、そういうことはあり得ない。目の前の商品に関して、その有用性も意味もわからずに買うという消費者はいない。消費者は、商品購入に先立って、目の前に並んでいる商品の価値や有用性を熟知しているものと想定されています。だから、複数の競合商品の中から最も費用対効果のよいものを選び出すことができる。それが「マーケットは間違えない」という市場原理の基本にある考え方です。

学校を「店舗」、子どもたちや保護者を「顧客」、教育活動を「商品」というふうに見立てると、どうなるか。消費者であるところの「お子さまたち」や「保護者さま」の前にさまざまな教育コンテンツを差し出して、その中で一番費用対効果のいいものを「お客様」にお選びいただく、と。そんなことをしたら、その後子どもたちがまじめに勉強するはずがないという単純な理屈がどうしてわからないのか、僕はそれが不思議です。

だって、「お客様は神様」なんですよ。「神様」というのは単に店舗や従業員に対して上位者としてがみがみ注文をつけることができるという意味だけではありません。全知全能のものとして、「そこで行われていることはすべてお見通しだ」と宣言できる存在だということです。子どもが「そこで行われていることはすべてお見通しだ」とうそぶきながら教室に登場してきたときに、学びが成立すると思いますか？

現にそうなっている。だから学びが成立していないのです。子どもたちは、小学校に入ってくる段階でもうすでに、消費者マインドをほとんど身体化しています。

消費者マインドというのは要するに、教室で机に向かい、教師の話を聴いているとき、教師はある種の商品を提供しているというふうに見立てることです。それに対して、自分たちは五〇分ほど黙っている、一箇所に座っている、恭順な様子を示す、ノートを取るといったことを「対価」として支払う。これらはすべて子どもにとって「苦痛」なわけですけれど、その苦痛を貨幣の代わりに教師の差し出す教育サービスという商品の代価として差し出す。

だから、この商品はあまり欲しくないと子どもが判断したら、代価を切り下げる。授業を聴かない。立ち歩く。私語をする。これによって子どもたちは「授業を黙って拝聴するという苦痛」という貨幣を細かく減額しているわけです。子どもたちは主観的には別にさぼっているわけでもないし、授業妨害しているわけでもありません。まじめに等価交換に励んでいるんです。だから、教師に「私語するな」と叱られるとびっくりする。びっくりするどころか「私語なんかしてねえよ」と怒鳴り返す子どもさえいる。そのような消費者マインドはもう小学生の段階から深く内面化しています。

お金に換算できない意味や有用性を「学ぶ」

小学校の先生からうかがった話ですが、一年生の教室で授業を始めて、ひらがなを教えようとすると、そこでもう「はい」と手が挙がるそうです。「先生、ひらがなを学ぶとなんの役に立つんですか？」そういう質問がすでに出てくる。

子どもは先生が「はい、ひらがなを学ぶと、これこれこういう『いいこと』があります」と商品の効能の説明をするのを待っているんです。商品を買おうとしているわけですから、これは当然のふるまいです。店舗にものを買いに来たら、「すみません、これは何の役に立つんですか？　これを買うとどういう『いいこと』があるんですか？　ほかの競合商品と比べてどのあたりがアドバンテージですか？」という質問をする。それをしないでものを買う消費者がいたら、それは「愚かな消費者」である。「賢い消費者になりなさい」と生まれてからずっと教え込まれてきたんですから、「はい」と手を挙げるのは当然なんです。

この消費者マインドはもう教育の全段階に瀰漫《びまん》しています。大学でも同じですよ。前にある大学で「先生、現代思想を勉強するとどんないいことがあるのですか？」って訊かれたことがあります。見ず知らずの学生のくせに、僕の方に一〇〇％説明責任があると思っているんですよ。自分は腕組みして「商品説明聴いてやるよ」という態度なんです。「お前の説明に納得がいったら現代思想勉強してやるけど、説明がつまんなかったり、オレにわかんない言葉とか使ってたら、勉強しないぜ」というわけです。ほんとに。そういうふうに教師に訊くのが学生にとっての権利だと思っている。思わずぶん殴ってやろうかと思いましたけど（笑）。

でも、怒りをこらえて、こんなふうに説明しました。「悪いけど、僕がこれから教える話は、君にはまだその価値が計量できないものなんだよ。喩えて言えば、君には君自身の価値判断のモノサシがある。そして、そのモノサシを持ってきて、『先生がこれから話すことの価値は何センチですか？』と訊いていた。でもさ、もし僕がこれからする話が、ものの重さや時間や光度にかかわることだったら、そのモノサシじゃ計れないでしょ。世の中には、度量衡そのものを新しく手に入れなければ、何の話かわからないこともあるんだよ」

六歳の子どもが手を挙げて「先生、それを学ぶと何の役に立つんですか？」と言うとき、子どもは子どもなりに「有用性のモノサシ」を持っているわけです。でも、問題なのは、その六歳児のモノサシで世界中の価値がすべて計れると思っていることです。だから、そういうときは、「バカモン、子どもは黙って勉強しろ！」と言うのでいいんです。

「いいから黙って勉強しろ！」と言わないといけない場面て、ほんとうにあると思うんですよ。でも、「いいから黙って勉強しろ」という断定を基礎づけるロジックを今の現場の教師たちは持っていない。

「いいから黙って」という言葉が物質的な迫力を持つためには、「君には君がなぜ勉強しなければいけないのか、その理由がわからないだろうが、私にはわかっている」という圧倒的な知の非対称性が必要なんです。子どもが「あ、この先生は私が『私について知らないこと』を知っている」と実感しないと、「いいから黙って」は奏効しない。

意味や有用性はあとになってから実感するもの

近代までの幼児教育は基本が素読でしたね。四書五経を暗誦させる。明治の始めごろまでは教育といえばまずそれだった。吉田松陰が叔父の玉木文之進から素読を習うときの逸話が司馬遼太郎の小説に出てきますが、松陰がまだ小さい頃、田んぼの畦道《あぜみち》に座らせられて、漢籍の暗誦をさせられる。玉木文之進が田を耕していて、一畝《ひとうね》耕して戻ってくるまでに、指示された箇所を暗記する。覚えていなかったら張り倒されるという非常に過酷な授業をしたわけです。

子どもに四書五経の素読なんかさせたって、学問的有用性はまったくないんです。では、いったい何を教えているのかというと、「子どもには理解できないような価値が世界には存在する」ということそれ自体を教えているわけです。「お前が漢籍を学ばなければならない理由を私は知っているが、お前は知らない。」という師弟の知の非対称性そのものを叩き込んでいるわけです。極端な話、漢籍の内容なんかどうだっていいんです。子どもに「手持ちの小さな知的枠組みに収まるな」ということを殴りつけて教え込んでいる。子どもに「オープンエンド」ということを教え込んでいる。それさえわかれば、あとは子ども自身が自学自習するから。

松陰は一一歳のときにはもう藩主に御前講義をするところまで知的成長を遂げるわけですけれど、学問を始めてわずか数年でそのレベルに達するというのは、勉強したコンテンツの量の問題ではありません。どれほど想定外の情報入力が流れ込んできても、まるごと受け止めて、自分自身の知的スキームを組み替えることができるような恐るべき知的柔軟性を松陰が身につけていたということでしょう。

話がやや横道に逸れますけれど、三浦雅士さんがこんな話をしています。中学校の国語で万葉集や古今集を習う。意味がよくわからないままに、受験勉強だから丸暗記する。

そのまま何年か経って、ふと風景を見ているときに、「しづこころなく花の散るらむ」とか「人こそ見えね秋は来にけり」なんていう言葉を呟いていることがある。その瞬間に初めて言葉と身体感覚が一致する。自分の中に記憶されていた言葉と、それに対応する身体実感が対《つい》になる。

ふつうは感動が先で、それを「言葉にする」という順序でものごとは起こると思われているけれど、そうでもないんです。最初に言葉がある。その言葉が何を意味するのかよくわからないままに記憶させられる。そして、ある日その言葉に対応する意味を身体で実感することが起きる。神経衰弱でペアのカードが見つかったみたいな感じですね。実感たしかにその言葉を自分は知っていた。でも、ただの空疎な言葉でしかなかった。実感の裏付けがなかった。それが、ある瞬間に言葉が意味を受肉することが起きる。

ということを三浦さんが書かれていました。これは玉木文之進の教育法にも通じると思うんです。まず言葉がある。「怒髪《どはつ》天を衝《つ》く」とか「心頭滅却すれば火もまた涼し」とかいうのは言葉だけいくら覚えても、十歳やそこらの子どもに身体実感の裏づけがあるはずがない。でも、言葉だけは覚えさせられる。それによって、自分自身の貧しい経験や身体実感では説明できないような「他者の身体」、「他者の感覚」、「他者の思念」のためのスペースが自分の中にむりやりこじ開けられる。そして、成長してゆくうちに、その「スペース」に、ひとつずつ自分自身の生々しい身体実感、自分の血と汗がしみこんだ思いが堆積してゆく。そんなふうにして子どもは成長してゆくんです。だから、子どもに「子どもにはわからない言葉や思想」をむりやりにでも押し込んでおくということはたいせつなんです。

これが「学びの王道」だろうと僕は思います。子どもの実感をベースにして、それにぴったりの言葉を探して出すことを支援するというのが現在の言語教育ですね。僕はこれは間違っているとは言わぬまでも、偏っていると思います。

六歳の子どもに、自分の身体実感にぴったりの言葉だけを用いて語れと命じたら、「だるい」とか「うざい」とか「きもい」とかいうような言葉をいくつか並べるだけになるに決まってます。それらの言葉はまさしく彼らの身体実感をありありと表しているでしょう。そのまま放っておけば、そういう十数個の形容詞をＴＰＯによって、イントネーションや表情の変化だけで何通りにも使い分ける……というタイプの言語表現には熟達するかも知れません。でも、それでは学びというものが成立しない。幼児のときの自分が設定した狭苦しい「自我の檻」から一生出られない。

教育計画に一覧性を要求すべきではない

皆さん実際、毎日のようにご自身のお子さんたちと顔をつきあわせて、そのときにほぼ全員が同じ感想を持たれると思うのですが……なんでこの子たちは「何でも知ってるよ」というような顔をするのだろう、と。たぶんそういう印象を抱かれていると思います。

特に授業に対して不熱心な子どもたちに共通して感じるのは、単なる怠慢や不注意ではないんです。彼らはだいたい「わかったような顔」をしているんですよ。「すべて、わかっているんだよ」と。「おまえがやろうとしているようなことは全部お見通しなんだよ」という顔をする。これは先ほど言ったとおり、消費者マインドを刷り込まれた子どもの共通性格なんです。自分の前に登場してきた未知のものに対して、一覧性を要求する。彼らはこれを正当な要求と思っていて、親も教師もそれに同意している。これが一番いけないと思います。

子どもたちにはこれから学ぶことの価値も意味も実はわかっていないという根源的な事実を教えるのが、教育の存在理由なわけですから、子どもに「みんなわかっているんだ」という態度を絶対に許してはいけない。でも、現在はまったくその逆になっている。というか、その逆のふるまいが奨励されている。子どもが学び始める前に、学ぶ内容の一覧性を要求するのは当然である、と。教える側にも、一覧的に開示する義務がある、と。そう平然と言い放つ教育学者や教育官僚が、現にいるわけです。

その最たるものがシラバスです。学習便覧のたいへん詳細なもの、と思っていただければよいです。これから一年間に自分が教えることの計画を紙に書くわけですね。教育目標、教育方法、教材、評価方法、履修するとどのような知識や技術が身につくか、それどころか「何月何日にはこれこれこういう項目を教える」ということまで仔細に書くことを要求される。これまたアメリカから来たシステムなのですが、その通りに授業を行わない場合、処罰される。というのは、シラバスは一種の労働契約だからです。

先生はしかじかの教育商品を提供すると約束し、それに対して学生は授業料を前払いした、と。しかるに先生は何月何日にこれを教えると言っていながら、それを教えなかったではないか、それは契約違反であるから授業料を返せ、という言い分が成り立つんです。実際にアメリカではシラバスはそれくらいの拘束力がある。ジョブ・デスクリプションだから、その通りにやらないと契約違反である、と。

　これは教育の場では許されないことだと僕は思っています。僕は今教務部長ですので、立場上全教員に「シラバスを書いてください」と指示しなければいけない立場なのですが、自分ではシラバスにはまったく意味がないと思っている。だいたい僕の場合なんかは、教室に行って、学生たちの顔を見ないと、何を話すか決まらない。

　授業の前に教師が「これから五〇分間の時間割を発表します。最初の五分間はこれをやって、次の五分間はこれをやって……」とタイムテーブルを公開した方が学習能率は上がるでしょうか。僕はそうは思わない。もちろん「今日はこういう話をする」という大枠の設定はした方がいい。でも、細かいところは示さない方がいい。「今日は富士山に登ります」というような大筋の進行方向だけ示す。そして、授業では、足ごしらえの話をしたり、おにぎりの作り方について話したり、霧の中で迷ったときの適切なふるまいを教えたり、山伏の修行法について話したり……どんどんトピックが変わってゆく。学生の方は自分が何を今聞いているのかよくわからない。どこに連れて行かれるのかわからない。いったいどうやって富士山にたどり着くんだろう。でも、こういうときが学生たちのセンサーは一番感度が上がっているんです。富士山なんか実はどうだっていいんです。センサーの感度が上がっていて、「乾いたスポンジが水を吸い込むように」未知の知見が流れ込んでくるという経験そのものがたいせつなんですから。

素晴らしい校舎には「学びの比喩」が込められている

もう二、三年前の話ですが、たしか関西大学が大阪の高槻あたりの駅前に三〇階建てのキャンパスビルを建てるという記事が新聞に出ていました。その後、地域住民の反対があって、建物の高さはだいぶ低くなったらしい。それにしても、キャンパスを高層ビルにして、そこに幼稚園から大学院までが入居する予定という記事を読んだときには、こういうことを考える大学人は頭が狂っているのではないかと思いました。こんなことを思いついた人間も、それを承認した理事会も、設計しようとしている建築家も、みんなどうかしている。

たしか超高層ビルの低層階に幼稚園や小学校が入り、その上に中学校、その上に高校、その上に大学、一番上に大学院がある……というような触れ込みでした。これはまさに「一覧性」幻想の物質化した姿そのものですね。自分の学びの過程が幼稚園から大学院まで、空間的に表象されて、一望できる。幼稚園に入ったところから大学院の博士課程を出るまでの全行程が一望できる。これを見た子どもの中に学びへの意欲が起動すると思っている人間は、あまりに人間理解が浅いと僕は思います。

この超高層キャンパスでは、学年が上がるときに文字通りエスカレーターで一階ずつ階層が上がってゆくわけです。これに一番近いのは、あのフリッツ・ラング監督の映画『メトロポリス』ですよね。あれはある種の逆ユートピアの地獄を描いたわけですけれど、息が詰まりそうな閉鎖性が全編を覆い尽くしている。貧乏人は日の差さない地下にいて、階層が上がるにつれて、階が上がり、支配階級は地上に暮らしている。垂直方向で階層化されているから、自分の社会的な位置が空間的に一望できる。自分の未来までもが一望できる。つまりメトロポリスの地獄性とはそこに未知性の入り込む余地がまったくないということなんです。すみずみまですべて既知によって埋め尽くされていて、人々はその単一的な価値観で格付けされた世界から絶対に出られない。その閉鎖性が

『メトロポリス』の恐怖なんです。

超高層キャンパス構想を思いついた人は『メトロポリス』を見たことがない人なんでしょう。自分が地獄を再生産していることに気づいていないんですから。自分の人生が一望されてしまうという事実がどれほど子どもの心を傷つけるか。同時に、学びの動機を損なうのか。そのことにこれを考えた人たちは誰も気づいていない。誰も反対する人はいなかったのでしょうか。僕はそれにぞっとするのです。

手前味噌になりますけれど、僕の勤めている神戸女学院大学はウィリアム・メレル・ヴォーリズというアメリカ人の設計者が設計した建物です。同じ建築家の作品が関西学院や明治学院や西南学院の校舎や教会建築に残っています。神戸女学院大学もその代表的な建築物の一つです。

ヴォーリズは「校舎が人を作る」という名言を残しました。「居心地のいい建物だと教育効果が上がる」という程度の意味でふつうは解釈されるのでしょうが、僕は長くその建物の中で暮らしてきたので、途中で「あ、これは意味が違う」ということがわかった。ほんとうに「校舎が人を作る」ということをヴォーリズは考えていたということがわかった。

ヴォーリズの校舎には、「隠し部屋」とか「隠し屋上」とか「隠しトイレ」とか、とにかく狭いスペースであるにもかかわらず、そこらじゅうに「隠しナントカ」があるのです。だから、新入生は軽々にその全体像を把握できないように作ってある。そこここに謎が仕掛けてあって、意味のわからないへこみや、ドアがいっぱいある、そして、すべてに共通するのは、自分でドアノブを回して部屋に入ると、階段を登ると、廊下の奥まで行くと、そこには必ず「次の部屋に続く扉」か「窓」がある。窓から「その窓以外のどこからも見ることができない景色」が見える。好奇心に駆られて、校舎の暗がりにさまよい込んだ学生はその行為の報償として、「他の誰も見ることができない美しい風景」を受け取ることができる。これを「学びの比喩」と言わずして何と言うべきでしょう。

「学校の怪談」という話はたくさんあります。でも、「会社の怪談」というのはあまり聞かない。会社はどこに何があるか、ぜんぶ一覧できるようになっているから。役員室とか社長室とかいうところには簡単には入れませんが、でも、どこにあって、どんな間取りかくらいはわかる。学校は違います。必ず謎めいた暗がりがあって、何のために使われているのかわからない部屋とか、どうやったら開くのかわからない扉とか、どこに通じているのかわからない階段とかが必ずある。そういうふうに伝統的に設計されてきたんだと僕は思います。

学びには「謎」や「暗がり」が必要だ

教育というのは非常に惰性の強い制度です。惰性が強いというのは、「昔からこうだったから、簡単には変えられない」という言葉が強い説得力を持つということです。ところが教育に市場原理が侵入してきた頃から、「惰性的なものはすべてよろしくない」という話になってきた。政治家もビジネスマンも教育評論家もメディアも、口を揃えて「教育制度は惰性的で、なかなか制度を革新しようとしない。これではグローバル化する世界の変化についてゆけない。ただちに変化せよ」と言い立てたわけです。でも、僕はこの主張は間違っていると思う。

たとえば学校の教師のメンタリティーというのは、そんなに簡単に変わるものじゃない。医者もそうですし、警察官もそうです。景況が変わったり、雇用環境が変わったり、産業構造が変わったりすると、それについてどんどん変わる職業的メンタリティーというものがあります。でも、社会がどれほど変わっても、簡単には変わらないものもある。医療や教育や司法にかかわる人間のメンタリティーはそれほど簡単には変わらないし、変わるべきでもないと僕は思います。そういう制度は政治体制が変わっても、市場動向が変わっても、それに影響されて変わるべきではない。

学校というのは子どもたちのイニシエーション、通過儀礼の場としての機能を担っています。「子どもを大人にする」のが学校の仕事です。イニシエーション儀礼を持たない社会集団は存在しませんから、人類史が始まってからずっと「学校のような社会制度」は存在したはずです。もちろん、形態はずいぶん変わったでしょう。でも、担っている社会的機能に変化はない。人類史と同じぐらい古いシステムなわけですから、学校が人類学的な惰性を持っているのは当然です。そして、惰性の強い制度では、現にその制度を管理運営している内部の人間でさえも、自分が管理運営している制度の意味をよくわかっていないという現象が起きる。

僕は「それでいい」と思うのです。親族とか学校とか、あるいは医療とか葬礼とか宗教とか司法とか、そういう歴史の古い制度はその起源がもう歴史の彼方に消えている。最初にその制度を設計した先祖たちが何を考えてそういうものを作りだしたのか、僕たちは教えられていないわけです。だから、それらの制度の中には、どうしてそういうことをしなければならないのかよくわからない決まりが多々ある。「昔からずうっとこうなっているんだ」というしきたりがいっぱいある。その一つひとつが「謎」なわけです。僕は、謎は謎のままでいいと思うんです。「何でこういうふうになっているのか、さあ、この謎を解いてごらん」と、謎は僕たちにむかっていわば挑発してきているわけです。そして、たぶん長い間われわれの先輩たちも、それぞれの仕方でこの謎に挑戦して、それぞれの解答を出した。でも、今までのところ教育制度の謎について最終的にそれをすべて解いたという人はいません。

謎はそれに最終的な正解を与えるためのものではありません。歴史的条件が変わり、場所が変わっても、どこでもさまざまな解答の企てを励起すること、それが謎の機能だと僕は思っています。

僕自身にしても、教育とは何か、学校とは何かという問いに対して、十代からさまざまな個人的解答を試みてきました。そして、それは全部間違っていた。だから、今僕がしゃべっているこの話にしても、構造的に間違っているんです。でも、それでいいんです。五十代までの教育経験に基づいて、僕は今教育とは何かということをしゃべっているわけですけれど、あと十年教え続けたら、たぶん僕が言うことはまた変わるはずです。かなり大きく変わる可能性もある。そのことを、「教える」という仕事に携わるものは喜びとしてよいのではないかと僕は思います。

教育というのは、その目的にしても、方法にしても、決して最終的な単一の「正解」に到達しないものです。だから、学校というのはさまざまな謎を含んだまま存在していいし、存在しなければならない。学校には、「謎」や「暗がり」がなければいけない。「なぜ学校という制度が存在するのか」あるいは「教育とは何なのか?」という問いに答えはないんです。もし、教師が「教育とは何か?」という問いに最終的な正解を自分は出したと思ったとしたら、その人は教師としてはたぶん機能しなくなってしまうでしょう。どうしていいかわからなくて、じたばたしているのが教師の常態だからです。そりゃ当然です。だって、子どもたちは時代が変わり社会が変わればどんどん変わるからです。消費文化のただ中に生まれた子どもたちをどう教育するかなんて話は、ルソーを読んでも、コンドルセを読んでも、デューイを読んでも、出てくるはずがない。だから、教師がじたばたして、おろおろするのは当たり前なんです。今、ここで、「子どもをどう教育すればいいか、私には全部わかっている」という人がいたとしたら、その人は教師には不向きだと僕は思います。

僕には自分にわかることしかわからない。いろいろな学校があって、いろいろな教育理念があって、いろいろな教育方法があって、いろいろなタイプの教師がいて、それぞれが自分の教育観を掲げてじたばたしているというのがたぶん一番健全なんだろうということしかわからない。教育に関して「正しい唯一の教育制度がある」ということを言う人間が間違っているということはわかる。僕にわかるのはそれだけです。

「矛盾に耐えて生きる」ことで成熟する

なかなかはっきり言う人がいないと思うので、最後にもう一度言っておきたいことは、先ほどの繰り返しになりますが、教師の仕事というのは「すべての子どもに対してドアを開く」受容性と同時に、「子どもがそれにしがみついている狭隘な価値観を壊す」否定性と、その両方を持っていなければならないということです。受け容れるが、否定する。否定するが、受け容れる。これはたいへん大事なことです。

この間、僕は「矛盾」という言葉について改めて考えたことがあります。矛盾というのはご存じの通り、『韓非子』に出てくる逸話です。「どんな矛でも貫くことができない盾」と「いかなる盾をも貫く矛」を二つ並べて売っていた武器商人がいて、前を通りかかった人物が「この矛でこの盾を突いたらどうなるのか？」と聞いたら商人が絶句した、という話です。子どもの頃から何度もこの話を読んできました。ただの笑話であろうと思っていたのですが、もしそれが単なる笑話であったら、「矛盾」という成語が今日まで語り伝えられてきたはずがない、とふと思ったわけです。矛盾にはそれとは違う意味があるのではないか。

というのは、『韓非子』というのは、いかにして強国を作るかという、きわめてリアルな目的だけのために書かれた本なわけです。その中にこの逸話が出てくる。それは実は「徳のある君主（賢者）が礼によって民衆を徳化して治める国家」と「強権的な君主（勢者）が厳しい法律を以て治める国家」のどちらが国家としてよろしいか、という議論の中で出てくるのです。ふつう韓非は儒家の徳治を否定して、法治を唱えた法家の思想家だと教科書では習います。でも、韓非が法治の方が有効だとほんとうに思っていたなら、徳治と法治は「矛盾」しないことになる。もしほんとうに韓非が勢者による統治が正しいということを述べたいのであれば、『韓非子』は賢者による統治の失敗例と、勢者による統治の成功例の事例集であってよかったはずです。でも、そうじゃないんです。『韓非子』には賢者統治の成功例も、勢者統治の失敗例も両方とも採録されている(その方が多いくらいです)。どうも、韓非は徳治と法治の両極の間でふらふらしているのが、健全な政治の様態だと思っていたのではないか。韓非の関心はどうやって国を強くするか、という点にしかなかった。その韓非が採用したのが「矛盾」という「解けないソリューション」だったのではないか、と僕は思うのです。

現に、『韓非子』二柄篇にはこんな言葉もあります。「明主の其の臣を導き制する所の者は、二柄のみ。二柄とは刑徳なり」。すぐれた君主が臣下を制御する手立ては二つしかない。それは刑と徳である。刑とは「殺戮すること」、徳とは「慶賞すること」とあります。韓非がほんとうに勢者による強権的法治の有効性を信じていたら、「二柄」ではなく、「一柄」について語っていたはずです。ということは、韓非は統治の要諦とは「相容れないものを相容れないままに共存させること」だと考えていたのではないか、そう思われるのです。

というのは、これは僕自身が長く武道を稽古してきた実践的な経験から言えることなのですが、武道の術理というのは「両立しないことを両立させる」点にあるからです。「蓋《け》し兵法者《だ》は勝負を争わず強弱に拘らず」と沢庵禅師の『太阿記』の冒頭にありますが、「勝とうと思うと勝てない」というのは武道的には自明のことです。敵を想定し、それとの強弱勝敗に固執すると、人間の心身の能力はあらわに低下する。勝ち負けを考えない、強弱勝敗の埒外《らちがい》にあるときに、活殺自在の自由な境地に達する。勝ち負けを考えると負ける。勝ち負けを考えないと勝つ。強くなろうと思うと弱くなる。強くなろうと思わないと強くなる。これは長く武道をやってきた人間にとっては、ほんとうに「当たり前」のことなのです。でも、「『勝ち負けを考えないと勝てる』のなら、なんとかして勝ち負けのことを考えないようにして、勝ってやろう」というふうに考える人はすでに「勝負を争っている」ことになる。

勝つわけにゆかず、さりとて負けるわけにもゆかず、強くなるわけにもゆかず、さりとて弱くなるわけにもゆかず。どうも困ったものだ……と矛盾に引き裂かれてあるのが武道家の常態のようなのです。

親族の基本構造にあるもの

別にそれほど奇妙な話をしているわけではありません。卑近な例で言うと、米ソの宇宙開発がそうでした。六〇年代にアメリカとソ連が宇宙開発競争をしているとき、宇宙工学技術は異常な速度で進歩を遂げました。ところがソ連が崩壊して、アメリカが宇宙工学を一元的に支配するようになったら、その後、何が起こったかというと、NASAの宇宙工学の壊滅的な質的低下が起こったわけですね。つまりこれこそまさに「矛盾」なんです。「どちらが先に宇宙を支配するか」競っているときに、宇宙工学は飛躍的に進歩した。しかし一方が競争から下りて、「矛盾」がなくなってしまったときには、宇宙工学を前に進めていた何かが消え去ってしまった。

そういうことって、身の回りにいくらでもあると思います。そして、その代表が子育てなんです。子どもを育てるのも宇宙工学の場合と同じです。ソ連が宇宙を制するかアメリカが制するかの激しい競争と対立があるときに、宇宙工学が開花したように、子育ての原理が激しく対立し、矛盾するときに、子どもはすくすく成長する。子どもは葛藤のうちにあるときに成長するんです。結論めいたことを言ってしまうと、教育というのは子どもを「葛藤のプロセス」にたたき込むことに尽きるんです。「単一の価値観や単一の言葉遣いにしがみついていたのでは、自分の経験を説明することができない」という、その葛藤の中に巻き込むことなんです。

文化人類学者クロード・レヴィ＝ストロースはその『親族の基本構造』という本の中で、親族というのは、最低四つの項から成り立っているという仮説を立てています。ここに父と母と息子がいたとします。その三項では親族として不十分である。これに第四の項として、「母方の男の兄弟」つまり「おじさん」が加わらないといけない。レヴィ＝ストロースはそう言うんです。つまり「お父さん、お母さん、息子、おじさん」の四人をもって「親族の基本構造」とする、と。なぜなら、核家族では子どもが成長できないからです。男の子が成長するためには、どうしても、父親の他におじさんがいなければいけない。

文化人類学が観察した限りのすべての社会集団では、父親とおじさんはこの男の子（息子／甥）に対して、相反する態度をとるそうです。父親が息子に対してきわめて権威的で、親子の交流が少ない社会では、おじさんが甥を甘やかす。反対に、父と息子が親密な社会では、おじさんが恐るべきソーシャライザーとなって、甥に社会規範をびしびしと教え込む。

男の子の前に二人の成人男子が「ロールモデル」として登場してくる。それぞれが彼に対して相反することを言う。一人の男は「こうしなさい」と言い、もう一人の男は「そんなことしなくていいんだよ」と言う。一人は「この掟を守れ」と言い、一人は「そんなの適当でいいんだよ」と言う。同格の社会的な威信を持った二人の同性のロールモデルがまったく違う命令を下す。この葛藤のうちに子どもは幼児のときから投げ込まれている。というのが、親族の基本構造なんです。

何のためにそんな葛藤を仕掛けるのか、その理由はもうおわかりですね。子どもを成熟させるためです。子どもを成熟させるプロセスというのは、装飾を剝ぎ取って言えば、「それだけ」なんです。子どもというのは「こうすればよろしい」という単一のガイドラインによって導かれて成長するのではなく、「この人はこう言い、この人はこう言う。さて、どちらに従えばよいのだろう」という永遠の葛藤に導かれて成長するのです。というのは、子どもはいずれ「二人の同性の年長者は僕に違うことを言うことによって、いったい何を言いたいのだろう」という問いに向きあうようになるからです。それは成長しないとわからない。でも、成長すれば、すぐわかる。「あ、なるほど。この二人は僕に『成長しろ』と言っていたんだ」と。成熟とは、矛盾にひき裂かれて、その矛盾に耐えて生きるという経験を経由することでしか獲得できないのです。

とにかく「異論を立てる」ことが大事

さあ、長くなりましたから、もう話をまとめることにします。

さきほども「学校にいろいろと抗議をしてくるクレーマー親がいて、困っている」というお話を伺いました。昔なら、片方の親が学校に抗議しようとしても、たいていはもう一人の親が「そんなこと先生に言うもんじゃないよ」とたしなめるということがあった。でも、今はそういう抑制が効かなくなっているそうです。両親揃って学校に対して、異口同音のクレームをつけにくる。つまり、両親の間でさえも子育て方針について矛盾がないというわけです。葛藤がない。家族の間で価値観が統一されている。これは子どもが成熟する環境としてはきわめて不利な条件だということになります。

せめてそれに対して、学校の教師だけは、両親と違う価値観を告げなければならないと思います。「うちの両親はこれが正しいと言っています」と子どもが言ったら「それはどうかな」と教師の側は言う。これは社会的な機能として、そうしなければいけない。理非の問題じゃなくて、構造の問題として、そうしなければならないんです。

うちの父親は明治生まれで、大正時代に師範学校を出て、小学校の先生をやっていた人です。戦前の公立小学校の先生はみんな師範学校を出ているわけですが、師範というのは、要するに「勉強はできるけれど家が貧乏な子」が行く学校なわけですね。お金のある家の子は中学校に行った。貧しい家の子は授業料は無料だから師範に行かされた。だから、非常に屈託がある。そういう若者たちが教壇に立つことになります。この先生たちは「この世の中はフェアなものじゃない」という経験知と、「世の中ではバカなやつらばかりが威張っている」というルサンチマンが身にしみている。だから、子どもたちに対して「君たちはこの不公平な社会を直して、才能のある人間がちゃんとその才能が発揮できるような社会を作るんだぞ」ということを吹き込んだ。つまり、戦前の日本では、社会の現状を否定するような価値観の人たちばかり集めて初等教育の先生に任じたわけです。

後から思うと、これはなかなかよくできたシステムだったと思いますよ。当然、その子たちの親の言うことと先生の言うことはずいぶんニュアンスが違う。子どもたちが中学や高校に進学し、社会人になると、そこでまた違うことを言う大人たちに遭遇する。「親はこう言い、小学校の先生はこう言ったけれど、実社会はまたずいぶん違うな……」という葛藤が続く。それでいいんです。

一番大事なことは、ロールモデルとなる大人たちが異なる価値観を持っているということなんです。同一の価値観に収斂《しゅうれん》してはならない。「今の世の中はこれでいいんだよ」という人がいたら、「世の中、これじゃいけない」ということを言う人が同時にいなければならない。

僕が日本の教育行政に一貫してきびしく批判的なのは、教育行政官たちが、教育内容を統一し、子どものあり方を統一して、みんなが同一の価値観、同一の社会観を持つように規格化・標準化することを教育の目標に掲げているからです。その発想の根本が間違っている。そんなことをしたら、みんな幼児のままになってしまう、ということです。というか、その教育行政の「成果」はもう現実のものとなっている。今の日本の教育崩壊というのは、子どもたちの成熟機会を大人たちが寄ってたかって破壊し続けてきたことの結果なんです。

ですから、僕がこうやって喉を嗄らして教育現場に行って伝道活動をしているのは、とにかくせめて皆さんだけは、なんとかしてこの社会における特異点となっていただき、子どもたちが単純な価値観の中に巻き込まれて規格化されることを阻止していただきたいと思うからです。

親たちが信じている功利的な育児方針、子どもを製品と見なすような価値観に対してきっぱりと「ノー」と告げる役割は、教員たちが担わなければ誰が担うのか。保護者もうるさいでしょうし、子どもたちもさっぱり言うことを聞かないでしょうし、教育委員会も文科省もあれこれ文句を言ってくるでしょうけれど、現場の先生方には日本の教育を守るために、とにかく「異論を立てて」いただきたいと思います。

聞くところによると守口市は、教職員組合の組織率が八六%とかで、教員たちの間でも合意形成が非常によいらしいのですが、それはよろしくないですね。もっとみんな激しくバトルをしなくちゃダメですよ。「先生たちの言っていることはおかしいよ」とか「先生たち、みんな言うことがバラバラじゃないか」ということを子どもたちが言ったら、大成功（笑）。子どもたちが、「親とも意見が違う、先生同士の言うことも違う。何を信じたらいいんだ」と言い出したら、「おっ、よくぞそこまで申した！」という感じで（笑）。そういう経験を子どもにさせるのが一番大事なわけですから、学校でも先生方同士でも、激しいバトルをどんどん展開していただきたい……ということを、私から皆さんへのエールとして、最後に贈らせていただきます。どうもご清聴ありがとうございました。

Ⅵ 日本人はなぜユダヤ人に関心をもつのか

日本ユダヤ学会講演会　二〇一〇年五月二九日

日本ユダヤ学会への恩返しとして

ご紹介いただきました、内田でございます。

今ご紹介の労をとってくださいましたのは、日本ユダヤ学会の石川耕一郎会長でございまして、私はこの日本ユダヤ学会の理事をしております。実は私、この学会以外のすべての学会を辞めてしまいましたので、会員として残っているのは、今やこの日本ユダヤ学会だけなんです。

ここの理事役も、たぶん十何年か前にご指名いただいて、理事の名簿に名を連ねてはいますが、理事会に来たのが、今日で二回目。ずっとさぼっておりました。一応、二年に一度、うちの大学で学会の関西例会をやりまして、その時に幹事役をやって、教室を取ったり、先生方の懇親会の幹事をしたりして、会員としての責務も部分的には果たしておりますけれど、しょせんその程度で、とても理事というような仕事はしておりません。本当は今日も理事会だけなら来る予定ではなかったのですが、そんな怠惰な私をずっと暖かく会員の一隅に加えてくださっている日本ユダヤ学会に、そろそろ恩返しをしなければいけないと思って、公開講演をお引き受けいたしました。

「日本人はなぜユダヤ人に関心をもつのか」というコロキアルなタイトルからもおわかりいただけるかと思いますが、実は学会員でありながら、どうして自分がユダヤの研究をしているのか、ときどきふっとわからなくなるのです。専門的なユダヤ研究からも久しく離れておりますし、この分野での論文らしい論文ももう六、七年書いておりません。日本ユダヤ学会会員として過去二〇年間の業績としてご報告できるのは、エマニュエル・レヴィナスの『困難な自由――ユダヤ教についての試論』(国文社/二〇〇八)の翻訳を出したぐらいです。『私家版・ユダヤ文化論』(文春新書/二〇〇六)という本も出しまして、これは第六回小林秀雄賞までいただいたのですが、中身は、二〇年ぐらい前からポツポツと書きためた研究論文をまとめただけでありまして、新しい学術的知見はほとんど含まれていないという、我ながら情けない研究者なのであります。

今日もその理事会の席上で、日本ユダヤ学会会員の方々の学術研究の論題を聞いているうちに目が回りそうになりました。凄いんですよ、どんな研究をしているかというと、例えば「ヒエロニュムスのヘブライカ・ウェリタス」とか「イツハク・アバルヴァネルをめぐる〈神権政治〉の変遷」とか「一九・二〇世紀転換期のスロヴァキア国民主義運動における反ユダヤ主義」とか「世紀転換期ブダペストのユダヤ系知識人」とか、もうすごいでしょ。「シャブタイ派思想の『反律法主義』とその再考――ガザのナタンの規範主義と反規範主義」とか……題名を読んでいるだけで頭がくらくらしますね。博士課程の方や若い大学の先生が発表されていると思うのですが、私なんかはもう話についていけません。

ですから、自分もそろそろこの日本ユダヤ学会から追放される身になるのだろうと思っていたわけです。今日この講演をお引き受けしたのは、その「そろそろ足を洗わなきゃ」と学者の看板を下ろそうと思っていた最後にあたって、学者としての短い生涯ではありましたが、自分のユダヤ学研究の来し方を顧みておきたいと思ったからであります。

この「ユダヤ学研究」というのは、私が比較的真剣に取り組んだ唯一の学術分野です。過去三〇年にわたる我がユダヤ学研究を振り返って、いったい何で私はこんなことを研究していたのか、それについて改めて考えてみたいと思います。

なぜ私はユダヤ研究を志したのか?

講演タイトルは、「日本人はなぜユダヤ人に関心をもつのか」とありますが、これは日本人全体にまで広げるのは非常に僭越な話でありまして、実際には「内田樹はなぜユダヤ人について話したがるのか?」ということです。それについて考えてみます。

実はこれ、けっこう真剣な話なんです。なぜ私はユダヤのことを研究し始めたのか?

昔からよく聞かれる質問が二つあります。ひとつは「どうして内田さんは武道をなさるのですか?」という質問、そしてもうひとつが「どうして内田さんはレヴィナスの研究をしているのですか?」という質問。

この二つをよく質問されるのですが、うまく答えられたことがない。ただ、わかるのは、これらはほぼ同時期、一九七五年頃に始まったということです。

私は一九七五年に二五歳になりました。その時から合気道のかなり集中的な稽古を始めました。それと同時に、ユダヤ関係の本も読みだしました。しばらくしてエマニュエル・レヴィナスの哲学に出会って、レヴィナス研究とレヴィナスの翻訳を自分のライフワークにすることを決めました。なぜその時期に、そうした私自身の知的なキャリアの転換期が訪れたのか。それは私自身の個人史的な意味しかない出来事なのか。あるいは同時代全体を含む、ある種の思想史的な流れというか、二〇世紀後半の日本人の無意識の潮目の変化に関わる出来事なのか、ということを考えましたので、今日は講演用に一応ハンドアウト(事前資料)を作って参りました。ふだんこういうものはあまり使わないのですが、とりあえずご参考までにお配りしておきました。

私がこの早稲田大学で、「日本ユダヤ学会」の前身に相当する「日本イスラエル文化研究会」で学会発表をしたのが一九八二年のことですから、もう二八年前になります。その時は向こうのキャンパスの「社研」の暗い部屋で、モレス侯爵という一九世紀末のフランスの反ユダヤ主義者の事績に関する発表を致しました。それが、ユダヤに関する研究を私が人前で発表した最初の経験です。研究発表を聞いてくださったのは、当時のイス研（日本イスラエル文化研究会）の会長だった小林正之先生。それから安斎和雄先生、大内宏一先生といった早稲田の先生方。宮澤正典先生、石川耕一郎先生といった古手の会員の方が何人かいらして、たぶん五、六人の聴衆を前に、ユダヤについての生まれてはじめての発表をしたわけです。そのときが最初で、今日はたぶんこれが私にとっては人前でユダヤに関してお話しする生涯最後の機会だと思います。早稲田に始まり、早稲田に終わった私のユダヤ研究ですが、その最後の場に、このように賑々しくお集まりいただきまして、本当にありがたく思っております。

話を二八年前に戻しますと、当時の社研の部屋は本当に暗くて寂しくて、そこで数人の専門家を前にして、一九世紀末フランスの反ユダヤ主義者の思想的業績や履歴についてぼそぼそ発表しているときに、「いったい自分はなぜこんなことをしているのだろう？」とふっと考えました。私は幼稚園時代から「やりたくないことは絶対にしない」人間ですので、自分がこの薄暗い部屋で、よく知らない先生方を前にして、一九世紀フランスの反ユダヤ主義者についてぼそぼそレポートをしている以上、それは、「これをやりたい」と思っているからやっているに違いない。これをやることの必然性に深い確信があるからやっているに違いない。でも、それがどんな必然性なのか、それがわからない。それを自分では言葉にすることができない。それをもどかしく思っていました。でもまあ、これから後長く研究していれば、なぜ自分がユダヤ研究をしたいのか、いずれちゃんとした言葉で言えるようになるだろうと、漠然と思っておりました。

爾来三〇年の歳月が経ちました。でも、実は未だによくわからない。よくわからないのですが、今日は意を決して、わからないなりに、ある種の仮説を立ててみたいと思います。それが、僕だけに該当する話なのか、ある程度の広がりがある話なのか、ちょっとわからない。でも、ある程度の広がりがあるのではないかという気がしています。

「日猶同祖論」はなぜ激烈に批判されるのか？

昔話になりますけれど、その頃は毎回の研究例会が終わるたびに、大隈会館に行って晩ご飯を食べながら、イス研創設者の小林先生を囲んでお話を聞きました。小林先生はちょっと喉の具合がお悪くて、かすれた声でお話しになるのですが、先生のお話には独特の説得力がありました。そして、そういう場面で先生のされる話のほとんどは「日猶《にちゆ》同祖論」にかかわるものでした。

日猶同祖論というのは、「日本人とユダヤ人は祖先が同じである」という奇々怪々なイデオロギーのことです。これがいかによろしくないものであるかということを、小林先生はかすれた声で縷々《るる》説かれるわけです。私が初めて小林先生にお会いした時には、日猶同祖論という言葉さえ知りませんでしたので、先生が何の話をしているのか、さっぱりわかりませんでした。酒井勝軍《かついさ》とか、小谷部《おやべ》全一郎とか、そうした名前が先生の口から次々と出てくるわけですが、もちろん、そんな人のことを僕は知りません。どうして小林先生はそんな話をこれほど熱心に語られるのか、よくわからなかった。だって、日本人とユダヤ人の先祖が同じなんて思っている人間がいるわけないじゃん！って思っていましたから。

ところが、小林先生のお話を聴いていると、どうもそういうふうに思っている人間が明治以降たくさんいて、そのような妄想的なイデオローグが日本政府の政策決定にまでかなり強い影響力を与えていたという歴史があるらしい。それどころか、現代もなお、そうした奇想を語る人が繰り返し出現しているらしい。

僕はそこのところがよくわからなかった。考えてもみてください。どうしてユダヤ人と日本人の祖先が同じでありましょうか？「失われた十支族」の末裔とか、日本語の中にはヘブライ語が入っているとか……なんで、大学の歴史学の先生がそんな荒唐無稽な奇譚を真剣に批判しなければならないのか。その緊急性が僕にはよくわからなかった。

これはお買い求めになった方はご存じかもしれませんが、日本ユダヤ学会が出している「ユダヤ・イスラエル研究」という学会誌の末尾には、このイス研の設立趣旨が採録されております。その中にも日猶同祖論についての言及がある。「我々の研究は日猶同祖論的な研究とはまったく方向を異にするものである」と大書してあるんです。自分たちの研究が「何であるか」ではなく「何でないか」を強調している。かかる荒唐無稽なイデオロギーとはめざすところが違うのだとことさらに謳っている。そのことの意味が僕にはよくわからなかった。それが喉に刺さった小骨のように、ずっとひっかかっていたわけです。

この日本ユダヤ学会は、歴史学者、文学研究者、宗教学者、言語学者などなど、いろいろな専門家が集まって学会を構成しています。研究テーマは、先ほどいくつか挙げたようにトリビアル……と言っては語弊がありますが、高度に専門的な論点で、それについて、深く掘り下げるような研究をなされている。もし、こういう研究の全体が、日猶同祖論批判をめざしているということであるならば、日猶同祖論というのは、これらの研究を逆転したかたちで表象したものということになる。さて、それはいったい何なのでしょう。

ユダヤ人のふりをして『日本人とユダヤ人』を書いた日本人

今学期、私のいる神戸女学院大学の大学院では、「○○と日本」という授業をしております。「○○」には任意の国名を入れる。例えば「アメリカと日本」とか「韓国と日本」とか「中国と日本」とか。発表者が自分の好きな国名を入れて、当該国民国家と日本の関係について、比較文化的に、あるいは国際関係論的に論じていく。そういうゼミを行なっております。

「韓国と日本」とか「中国と日本」とかいう発表が続いて、先週は「ユダヤと日本」という発表がありました。

内容に関しては、ごく一般的な発表という他ないのですが、その時に僕は発表者に「ユダヤと日本」という組み合わせはカテゴリー・ミステイクかも知れないよと注意しました。韓国や中国は、どちらもある地域に集中していて、共通の言語や文化を持っている。そういう国民国家を日本と比較して論じることは可能だけど、「ユダヤと日本」というのは、そもそも比較になじまないんじゃないかな、と申し上げたわけです。だって、ユダヤというのは国民国家じゃないんですから。

ご存じの通り、ユダヤ人というのは地域的に集住しているわけではありません。世界中に散らばっている。当然、人種的にもずいぶん大きな隔たりがある。イエメンのユダヤ人は外見はニューヨークのユダヤ人よりはむしろイエメンのアラビア人に似ている。使用言語も違います。英語を話すユダヤ人もいるし、ヘブライ語を話すユダヤ人もいるし、イディッシュを話すユダヤ人もいる。同一宗教の信者でもない。祖先はユダヤ教徒ですが、今ユダヤ人と言われている人は必ずしもユダヤ教徒ではない。改宗してキリスト教になった人もいるし、無神論の人もいる。何らかの集団文化を共有しているのか。儀礼や生活習慣の中には先祖伝来のものが残っていますが、それが全世界に散らばった人々を結束するほどに強固なものかどうか、僕にはよくわからない。

少なくとも日本人のように、特定の地域に集住しており、共通言語でのコミュニケーションが可能であり、生活習慣、宗教性、美意識などにおいてつよい共通性がある。そういう民族集団とユダヤ人を同列に論じることはできないだろう。そう申し上げたわけです。

でも、自分でそう説教しておきながら、「明らかにレベルが違うもの」を同一に論じるという態度そのものが、もしかすると日本人がこの問題を考える時の癖なのかもしれない、という気がしたのです。

皆さんご存じの通り、「日本とユダヤ」を同列のものとして扱うという枠組みを最初に提示したのは、山本七平さんです。彼はイザヤ・ベンダサンという名前で『日本人とユダヤ人』（山本書店／一九七〇）というベストセラー本を書いて、日本人とユダヤ人の間の相同について比較文化的な分析をしました。最初はユダヤ人が書いた本だというふれこみだったのですが、後に著者イザヤ・ベンダサンはユダヤ人ではなくて、山本七平さん自身だったということが明らかになりました。

この「日本人がユダヤ人のふりをして『日本人とユダヤ人』という本を書いた」ということ自体が、日本人のユダヤ人問題に対する特徴というか、どうにも逃れられない宿命的な傾向性を表わしているような気が僕にはするのです。というのは、『ユダヤ人と日本人』というタイトルの本を書こうと思うユダヤ人は、たぶん存在しないからです。そんな本を書きたがるのは日本人だけです。

ユダヤ人は日本人に（たぶん）何の関心もない

『私家版・ユダヤ文化論』にも書きましたけれど、「日本人にとってユダヤ人は何か？」というテーマについては無数の本が書かれています。実際に本屋さんに行けば、「ユダヤ」というコーナーにたいへんな量の本が並んでいます。「ユダヤの大富豪に学べ」や「ユダヤ人の世界支配の陰謀」というようなものから、うちの学会員が書くようなアカデミックな本まで、多種多様な本が並んでいる。「ユダヤ」というキーワードでａｍａｚｏｎを検索すればわかりますけれど、膨大な点数の書物が日本国内では出版され続けている。でも、その逆の「ユダヤ人にとって日本人は何を意味するのか？」という問いを、ほとんどの日本人はしない。そんな問いがあると想像したこともない。ユダヤ人たちはいったい日本人にどんな関心を持っているのでしょうか？　ユダヤ人の本屋に行ったとき、その書棚に「日本」というタイトルの本がいったい何冊ぐらいあるのでしょう。

これは調べる方法がないわけじゃありません。僕が調べたのは『エンサイクロペディア・ジュダイカ（Encyclopedia Judaica）』という、全一六巻で総頁二万三〇〇〇ページのユダヤ百科事典です。ユダヤに関するすべての事項をほぼ網羅している。その二万三〇〇〇ページのうち〝Japan〟の項目に、いったい何ページが割かれているか？　それを調べれば、ユダヤ人が日本人に対して持っている関心の度合いが、ほぼ近似的に測定できるであろう、と僕は考えたのです。

『私家版・ユダヤ文化論』でも書いたので、覚えてらっしゃる人もいるでしょうけれど、二万三〇〇〇ページの『エンサイクロペディア・ジュダイカ』の中で〝Japan〟という項目に割かれているのは……わずか二ページでした。二万三〇〇〇分の二。〇・〇〇九％です。これが平均的ユダヤ人の脳内における日本人が占める割合です。

この〝Japan〟という項目に何が書いてあるか、読んでみました。最初に日本に行ったユダヤ人として、一八七五年（明治八年）にアレキサンダー・マークスが横浜に上陸した、と書かれています。その次の人がこれで……と、その後のユダヤ人の日本到来の歴史がいろいろ書いてある。明治時代の話ですね。

そのアレキサンダー・マークス氏が横浜に上陸したと一二行目に書いてある。その前には一一行しかない。つまり日本の開闢《かいびゃく》からマークス氏の横浜上陸までが一一行しかないんです。さらにこう書いてありました。

「一九世紀末までユダヤ人にとって日本は存在しないも同然の国であった」

僕はそれを読んで、ちょっと感動したわけです。つまり、日本人はユダヤ人に関心があるけれど、ユダヤ人は日本人に関心がない。このほとんど一方的な、片思い的な関心に感心したのです。

もちろん、ユダヤ系アメリカ人とか、ユダヤ系フランス人とか、そういう方たちが、例えば日本に住んでいて、あるいは日本の企業とビジネスをしていて、そのせいで日本文化に興味がある、日本経済に興味があるとかいうことはあるでしょう。でも、その場合は、『エンサイクロペディア・アメリカーナ（Encyclopedia Americana）』の〝Japan〟や『ラルース大百科事典』の〝Japon〟という項目を見れば、平均的アメリカ人、平均的フランス人の日本に対する関心のほどがわかる。たぶんそれは「二万三〇〇〇分の二」よりはかなり大きい数字になると思います。ところがユダヤ人に特化した『エンサイクロペディア・ジュダイカ』では「二万三〇〇〇分の二」なんです。ユダヤ人の脳のデータ容量のうち「日本」というタグがついたのは、〇・〇〇九％にすぎない。でも、例えば紀伊國屋書店に行って、そこで「ユダヤ」という字が含まれた本を網羅的にかき集めてきたら、どうなるでしょう。おそらく全書籍の三％ぐらいまでは行くんじゃないですか。いや、もっと行くかも知れない。この関心における劇的なまでの非対称性は、いったい何ゆえに生じてきたのだろうか。僕はそれに興味を抱いたのです。

ユダヤ人が備えている桁外れに高い知性

ユダヤ人の側が日本人に示す、この劇的なまでの無関心と比すべき劇的な数字がもう一つあります。

そもそも「ユダヤ人は……」という時に、その言葉が厳密に何を指し示しているかについて、まだ定義を下さないままに僕はこの言葉を使っています。たしかにユダヤ人の定義というのは、本当に難物なんです。でも、「国民」の定義は世界中どの国民でも曖昧と言えば曖昧で、程度の差しかないといえば、そうなんです。

それを言い出したら、「日本人」だって、決して一義的な定義に耐える言葉じゃない。在日コリアンは日本人か、アイヌは日本人か、ブラジル移民は日本人か、縄文時代の列島住民は日本人か……そういうことを言い出したら、「日本人」だって曖昧です。「アメリカ人」だって「中国人」だって、全部そうです。一義的に定義されない言葉は使ってはならないということになったら、僕たちは一言も口がきけなくなってしまう。例えば、「神」という言葉はどうします。「神」は人知を越えた存在ですから、人間の言葉で「神」を一義的に定義するということはありえない。では、「神」という言葉は使ってはならないということになると、『神』について人間は一義的定義を持たない」というセンテンスさえ口にできなくなる。

言葉というのはまず定義があって、それから使うというものじゃありません。まず使ってみて、それが「ぴたりとはまる場合」と「うまくはまらない場合」があることがだんだんわかってきて、その試行錯誤を積み重ねているうちに、次第にどういう意味で自分たちがその言葉を使っているのかが絞り込まれて来る。そういうダイナミックな順逆の転倒のうちで言葉の意味は確定されるわけですから、これはしばらく我慢してもらわなければならない。

「ユダヤ人」という集合的な呼称も、一義的な定義を示してはいないけれど、僕は使わせてもらいます。その前提で参りますと、現在世界にはユダヤ人が一三二〇万人おります。かたや日本人が一億三〇〇〇万人ですから、ほぼ一〇分の一。

「ユダヤ人は優秀だ」とよく言われます。よく引かれる数値的なエビデンスとして、ノーベル賞受賞者数が挙げられます。イスラエルのホームページにも、「ノーベル賞を受賞したユダヤ人」という項目があります。それによると、一九世紀の終わりから二〇〇五年までで、一八〇人ほどのユダヤ人がノーベル賞を受賞しています。医学生理学賞を受賞したユダヤ人が全受賞者の二六%、物理学賞が二五%、化学賞が一八%です。ユダヤ人の総人口が一三二〇万人で、世界の総人口が約七〇億人ですから、世界人口の中のユダヤ人の比率は〇・二％ということになる。人口比では世界の五〇〇分の一にすぎないユダヤ人がノーベル医学生理学賞の四分の一を取っている。この比率は異常ですね。

ちなみに日本の例を見ますと……って、こんなことを比較してもあまり意味がないんですけど、四八人のユダヤ人が医学生理学賞をもらっている間に、日本人の受賞者は一人。四四人のユダヤ人がもらっている物理学賞で、日本人は四名。二六名のユダヤ人が化学賞をもらっている間に日本人は四名。日本人だってけっこう受賞しているんです。でも、もともと人口比で日本はユダヤの一〇倍ですから、医学生理学賞については、ユダヤ人研究者は日本人研究者の四八〇倍の受賞率ということになる。こんな数字には意味がないのですが、それでもユダヤ人科学者の受賞率が異常な数値であることに変わりはありません。

そこで僕は考えたわけです。もしかすると、ノーベル賞における日本人受賞者とユダヤ人受賞者の差と、日本人がユダヤ人に対して抱いている関心とユダヤ人が日本人に抱いている関心の差は、かなり同期しているのではないか、と。

何度も言いますが、「こんな数字に何の意味があるのだ?」とすごまれたら、僕だって答えようがない。何の意味もないかもしれない、単なる思いつきなんです。でも、日本人であるわれわれがユダヤ人に惹きつけられる最大の理由は、彼らが桁外れに高い知的なパフォーマンスを現に達成しているということの事実だと思うんです。この圧倒的な知的な達成の差がわれわれ日本人を眩惑しているのではないか。

「親ユダヤ」と「反ユダヤ」は背中合わせ

今から三〇年ほど前、僕がユダヤについての勉強を始めた頃、広尾にあったＪＣＣ(Jewish Community Center)にときどき通っておりました。図書室でユダヤ関係の文献を調べたり、ラビにお話を伺ったりしておりました。その頃のＪＣＣのラビは、マイケル・シュドリックさんという若いアメリカ人で、たいへんフレンドリーな方で、僕の初歩的な質問にもていねいにお答えくださいました。

ある日、僕が「でも、日本人の反ユダヤ主義者っていませんよね？」と申し上げたら、彼が「いや、全くいないことはないですよ。実際に、こんな手紙が……」と言って、引き出しから一通の手紙を取り出して見せてくれました。それは日本人が書いた分厚い手紙で、便箋何枚にもぎっしり文字が詰まっていました。そこには、ユダヤ人がいかに優秀であるかをほめたたえた文章が書き連ねてありました。「あなた方が世界中のすべての政治的権力を握っており、経済的実権も握っており、メディアも支配していることを私は存じております」という調子で書いてあって、最後に「ですから、どうぞ私もお仲間にお加えください」とあった(笑)。

ラビは「これが典型的な反ユダヤ主義的メンタリティなのです」とおっしゃっていました。つまりこの手紙を書いた日本人には、ユダヤ人の圧倒的な知性や情報量、あるいは政治権力とか組織力に対して深い敬意を抱いている。けれども、その敬意から世界を支配しているのはユダヤ人であるという妄想まではもうあと一歩しかない。「このような過剰に親ユダヤ的な言動をなす人は、同じ前提から、簡単に反ユダヤ主義者になる可能性があります」とラビはおっしゃって、それが深く胸に響いた記憶があります。

それ以降、日猶同祖論について、これはなかなか一筋縄ではゆかないものだというふうに僕は考えるようになりました。同じイスラエル文化研究会に所属し、今日もいらしている宮澤正典先生が、日本における日猶同祖論、日本における反ユダヤ主義研究の第一人者で、浩瀚《こうかん》な研究書を書かれております。僕も一生懸命読み、そして、どうしてこれほど大量のユダヤ本が日本では出ているのだろうと驚いたのです。

「日猶同祖論」の起源

日猶同祖論をもちろん学会員の方は熟知されていますけれど、今日いらしている学生の方は、何のことやらちっともわからないと思いますので、どういうイデオロギーなのか、簡単にご紹介したいと思います。短いハンドアウトを作ってきました。その「日猶同祖論の系譜」というところをご覧ください。ちょっと読んでみますね。

日本人とユダヤ人の同祖論を最初にいいだしたのは日本人でもユダヤ人でもなく、スコットランド人ノーマン・マクレオドである。かれの一八七五年の『日本古代史の縮図』にそのことが書かれている。(……)マクレオドとその神学に対して、当時日本にいた外国人の社会は冷淡だった。一八七四年二月十日「ジャパン・メイル」紙は「水曜日の昨夜、マクレオド氏は『ミカドと宮と公家様などとイスラエルの失われた十部族との結びつき』について講演した。聴衆はわずかで、その注意をひくことができたのも、ほんの数分だった」と報じている。

(デイヴィッド・グッドマン、宮澤正典、『ユダヤ人陰謀説』、一九九九年、講談社、一〇四～五頁)

これは宮澤先生とデイヴィッド・グッドマンさんが書かれた『ユダヤ人陰謀説』という本からの引用です。このマクレオドこそが初めて日猶同祖論を日本に持ち込んだスコットランド人です。どうしてスコットランド人がそんな話をしたかというと、この「なんとかユダヤ同祖論」というスキームそのものはすでに世界各地に存在するものだったからです。「アメリカ・インディアンとユダヤ人は同祖である」とか「アメリカの黒人祖である」といった説もありました。マクレオドは自分の知っている話をそのまま日本にあてはめてみただけなのです。社会の周縁へと排除された人たち、抑圧された階層の人たちが、「自分たちはユダヤ人と同祖である」という不思議な物語を語り出す。これは世界各地に見られる現象です。残念ながら、日本以外の諸国における「〇〇人・ユダヤ人同祖論」がどういう物語構造を持ち、どういう歴史的条件の下で生まれてきたのかについての学術的研究があることを、寡聞にして知りません。探せばみつかるとは思うのですが、あまりにも変な主題なので、真剣に研究している方はたぶんあまりいらっしゃらないのでしょう。

わかっていることは、日猶同祖論が同祖論の始めではないということです。さまざまな先駆的形態があり、日猶同祖論はその変奏の一つにすぎない。スコットランド人のマクレオド氏も、おそらくはそういう物語をどこかで聞きつけ、そのような妄想に身を浸したことがある人だったのでしょう。スコットランドとイングランドの歴史的関係を考えると、イングランド人から周縁集団として迫害された長い歴史を持つスコットランド人が、同じ被迫害集団であるユダヤ人との同一化の物語になじんだというのはわからない話ではありません。

四人の「日猶同祖論」者たち

このマクレオド氏が提唱した日猶同祖論は、最初は在留外国人向けになされた講演でした。当時横浜にいた少数の外国人居留民を相手に英語で話した。だから、その内容が日本人に広まったということは、まず考えられない。実際に、この講演が行われてから、日本人による本格的な日猶同祖論が登場するまでには、かなりの時間的なインターバルがあります。三、四〇年の間が空いて、そしてある時に突然、奔流のように日猶同祖論が登場するのです。

このあたりのことはすべて、宮澤先生とグッドマン氏の研究に依拠しています。でも、ぜひみなさんにも基礎的な了解を共有していただきたいと思います。では、代表的な「日猶同祖論者」をご紹介いたしましょう。代表的な日猶同祖論イデオローグ、中田重《じゅう》治《じ》、佐伯好郎、小谷部全一郎、酒井勝軍……この四名です。

まずは中田重治（一八七〇〜一九三九）。

中田は一八七〇年（明治三年）生まれで、アメリカに渡って、ムーディ聖書学校で学んだ人物です。このムーディという人はアメリカの大覚醒運動の代表的な伝道師の一人です。ショービジネスに近いスタイルの伝道活動を行なったことで知られています。今日の福音主義のテレビ伝道師たちの原型ですね。数万人の観衆を集め、バンドをバックに、スポットライトを浴びて登場して、ラップのような凄まじい早口で福音を説く。そういったスタイルの元を作った人物です。こういった伝道師たちがどのような活動をしたかについては、リチャード・ホーフスタッターが『アメリカの反知性主義』（みすず書房／二〇〇三）で詳しく論じています。

シカゴにあるムーディ聖書学院でキリスト教を学んだ後、中田重治は日本に帰ってきて、東洋宣教会ホーリネス教会をつくります。これはかなり立派な教会組織で、数十の教会を擁して、数千人規模の教会員たちを傘下に従えた一大キリスト教勢力だったわけです。その中田はこんなことを言っています。

世界中に散在しているイスラエル人に神の選民たる自覚を起こさしめることで、そのために日いずるところより登る天使が用いられるのである。
（中田重治、『聖書より見たる日本』、一二四頁）

中野は『聖書より見たる日本』という本を書いて、聖書本文中の「日が出る」とか、「東」とか言う記述は、すべて日本を意味するという強引な解釈を施し、元寇における神風から日露戦争の勝利まで、すべては聖書の中に予言されていると述べた人であります。

佐伯好郎（一八七一〜一九六五）。

次は佐伯好郎です。佐伯はトロント大学を卒業後、東京帝国大学で文学博士号をとった学者です。「渡来民秦《はた》氏とはユダヤ人である」という、今でも週刊誌の記事に時々出ることがありますが、京都の太秦《うずまさ》がユダヤの聖地であるというようなことをたぶん日本で最初に言いだした人です。

この間もある人とおしゃべりしたときに、「京都の太秦にはヘブライ語で書かれた碑があるそうですね」と訊かれました。そんなの嘘でしょとお答えしたら、びっくりされていました。僕がユダヤを研究していると言うと、「そういうこと」を研究しているのだと思う人が意外に多いんです。「日本人の祖先はユダヤ人ですよね」って本気で言われて応接に窮したこともあります。けっこう立派な方から（笑）。そういうことを経験するにつけ、日猶同祖論なる思想が日本人の一部には親しく内面化されていることが知れるのです。それだけ、日本人を惹きつける力があるということでしょう。

小谷部全一郎（一八六七〜一九四一）。

小谷部全一郎、この人は慶応三年生まれで、イェール大学で哲学の博士号を取得します。一九二四年に『成吉思汗ハ源義経也』という本を書いて、これが戦前の大ベストセラーになったそうです。一度は読んでみたい本ですね。その小谷部全一郎が、こんなことを書いています。

　堂々たる神州の民は須《すべか》らく胸襟《きようきん》を開き、我等と同じく罪なくして排斥せらるゝ猶太《ユダヤ》民族に同情を寄せ、彼らを光明に導き（……）日本の使命たる神国樹立、四海同胞、乾坤《けんこん》一家の天業に共力する所あらしめよ、是即ち皇祖の所謂八紘を掩《おお》ふて宇《いへ》となさんとせる聖旨に合し（……）。

（小谷部全一郎『日本及日本国民之起源』、一三四頁）

八紘一宇というのは、日本軍国主義の有名なスローガンですけれども、この「八紘を掩ふて宇となす」、「四海同胞」、みんな仲間だというわけで、その同胞の中にユダヤ民族が入ってくる。そして「ユダヤ民族と手を携え、彼らを光明に導き、その後の世界を共に支配しよう」という話になっていくわけです。

酒井勝軍（一八七三〜一九四〇）。

上の三人はそれほど積極的に軍国主義イデオロギーに親和したわけではありませんが、酒井勝軍は確信犯的なイデオローグとして、さらに踏み込んで「日本とユダヤが合体し、協力して、欧米列強を撃ち払い、我々が世界の支配者になる時だ」ということを言い出しました。

之と同時に、我日本も亦極東の一孤島否一異教国なる不名誉なる地位よりして、一躍世界の神州帝国たる地位に登り来り、基督《キリスト》教を奉ずる欧米諸国を眼下に見下すべき権威直ちに降り来るべし、何となれば彼等は日本は神の秘蔵国にてありしを発見すべければなり。

（酒井勝軍『世界の正体と猶太人』、一三四頁）

凄いですね。根本にあるのは、日本が極東の「一孤島一異教国」という劣位にあるという自覚です。その自己認識を踏まえて、「一躍世界の神州帝国たる地位に登り来り、基督教を奉ずる欧米諸国を眼下に見下す」べし、という話になる。この時代の日本の青年たちの欲望がほとんど「ダダ漏れ」している。

明治期の日本人がユダヤ人に投影した「霊的長子権」

ここに挙げた中田重治、佐伯好郎、小谷部全一郎、酒井勝軍に共通するのは、四人ともキリスト教徒であり、若い時にアメリカに留学していて、同時代の青年たちに比べてきわめて高い教育レベルに達していた人間たちだった、ということです。

おそらく、日本にやって来た欧米の宣教師たちに、少年期に接触して、強い感化を受けた。そして、世界に伍していくためには、日本も近代化しなければいけない。国際化が、今の言葉で言えば「グローバル化」が喫緊の国民的課題であるということを強く感じて、アメリカに渡って行った。

当時、明治二〇年代ぐらいにアメリカに渡るということは、それなりの資力も必要だし、個人的な能力も高い人間でなければできないことでした。郷土の期待を一身に担って、近代日本須要の前途有為の青年として、アメリカに渡って行った。その青年たちがまるで感染症に罹患したように、日猶同祖論者になって帰ってきた。

いったい何が起きたのか？　これは僕の想像ですが、おそらく彼等はアメリカに行って、彼我《ひが》の桁外れの文明の違いを経験したのだと思います。それまでは必死になって近代化の努力をすれば、いずれ欧米列強に伍していけるのではないかという淡い期待を持っていた。でも、アメリカに実際に行ってみて、これでは勝負にならないということが骨身にしみた。このまま手を拱《こまね》いていたのでは、遠からず日本も欧米列強に蹂躙《じゅうりん》され、その植民地になってしまうのではないか。そういう不安が、日本にいたときよりも、アメリカに行ってからの方が亢進した。そして、その心理的不安から逃れるために、ある種の「物語」に嗜癖するようになった……僕はそんなふうに想像します。

たぶんこの四人は、お互いに何の接点もない。むろんスコットランド人マクレオドとも何のかかわりもない。四人がそれぞれ独自に「日本人とユダヤ人は同祖である」という物語を紡ぎ出していく。誰か主導者がいて、それに習ったというのではなくて、自分自身のイニシアティブで日猶同祖論を語り出したというところに僕は興味をそそられるわけです。

いったい彼らは何をしようとしていたのでしょうか。『私家版・ユダヤ文化論』で書きましたので、ここは自分が書いた文章から該当箇所を読ませていただきます。

この物語は明治大正期に欧米先進諸国に対する文化的な後進性と政治的な劣等感に苦しんでいた青年の感受性にとって間違いなく快いものであったろう。
しかし、このようなユダヤ人との幻想的同一化によって「神州日本」の霊的卓越性を基礎づけようとする政治的幻想はファンタジーではすまされない危険な背理を含んでいた。もし、ユダヤ人と日本人が同じ理由から迫害されているのであるとすると、日本人の抑制された欲望（「欧米諸国を眼下に見下すべき権威」を占有すること）は、そのままユダヤ人の欲望でもあるということになるからである。

つまり、日猶同祖論者は「日本人もユダヤ人もともに同じ迫害を受けている仲間である」というふうに考える点では「親ユダヤ」なのであるが、そこから「ユダヤ人もまた日本人と同じく、傷つけられた霊的威信を回復して、再び世界を睥睨《へいげい》する地位に就こうとしている」という展望を語るとき、それはただちに「反ユダヤ」に転化する。

日猶同祖論という思想の特徴は、このユダヤに対する親和的・共感的態度が、ユダヤに対する恐怖と無矛盾的に同居しているという点にある。

（内田樹、『私家版・ユダヤ文化論』、文春新書、七一～二頁）

うん、わかりやすい文章ですね。読んで、思わず「そうだな」と思ってしまいました（笑）。さらに続くので、ハンドアウトの二枚目をご覧ください。

酒井の日猶同祖論は、その先行者に見られたユダヤ人に対する親和的・共感的な要素をほとんど含まない純然たる反ユダヤ主義である。彼の目的は、神国日本の霊的優位を論証することだけである。そして、「神国日本の霊的優位」という無根拠な妄想と「帝国主義列強による植民地化の恐怖」という否定しがたい現実を「架橋する」ために、キリスト教世界における「霊的長子権」保持者でありながら、現実の政治過程では被迫害者であるユダヤ人のポジションは論理的な「レバレッジ（梃子）」だったのである。

（同書、八二頁）

なかなかいけますね、このロジックは（笑）。「霊的長子権」というのが実はキーワードなのですが、アメリカに行った明治の青年たちは、そこでユダヤ人の移民たちが続々とキリスト教国アメリカにやってくる光景に立ち会いました。

ユダヤ人のアメリカ移民の最初の大きな波は一九世紀の終わりにありました。東欧や帝政ロシアでポグロム（ユダヤ人に対する集団迫害）が盛んに行なわれた時期に、大量のユダヤ移民がアメリカに入ってくる。『屋根の上のバイオリン弾き』のテヴィエはその時代の移民のひとりです。その東欧やロシアからやって来たユダヤ移民に対してアメリカ社会はきわめて冷淡でした。

アメリカは移民の国で、移民によって活性化した国なんですけれど、それにもかかわらずというか、それゆえに、つねに後続する移民集団に対する集団的な迫害が行なわれます。最初はアイルランド系移民が迫害され、次にイタリア系が迫害され、次にユダヤ人が迫害され、「黄禍論」でアジア系が迫害され、最後に、メキシコ系移民が迫害される。インディアンと黒人は一貫して迫害され続けました。後から来た移民集団には住むところも、仕事もない。肥沃な農地も、うまみのある仕事も、先行した移民集団があらかた独占してしまう。だから、ニューカマーたちは西部開拓に身を投じるか、地味の痩せた山地に入るか、新しいビジネスを創出するしかありません。ユダヤ人たちはもともとヨーロッパでは農地所有を禁じられていましたから、農業のノウハウを持たない。だから、西部開拓に身を投じるという選択肢がなかった。となると、新しいビジネスを創出するしかありません。結果的にユダヤ人たちは東海岸にとどまって、そこで金融とジャーナリズムとショービジネスという、先行する移民たちによる参入障壁のなかった業界で大きな成功を収めることになるわけです。

日本の知識人の琴線に触れた「日猶同祖論」

この日本青年たちがアメリカ留学したときは、まだユダヤ人移民が続々と東欧ロシアから到来していた時代でした。ほとんど無一文で、着の身着のままでアメリカにやってきたユダヤ移民たちにアメリカ社会はきわめて冷淡でした。そこで日本の青年たちはユダヤ人差別の実相を見てしまう。

イギリス系移民やドイツ系移民やフランス系移民や、そういった帝国主義国家からの移民集団がユダヤ人を迫害している。同じように、自分たちアジア系の移民も蔑視にさらされている。同じように迫害され、白眼視されて、人種差別を受けて苦しんでいる少数集団として、日本の青年たちが被差別者同士の共感をユダヤ人に抱いたというのはありそうなことです。

日本からアメリカにやって来た青年たちは、幕末から続く「神州日本」の尊王攘夷的なメンタリティの尻尾を多少は引きずっていた。「自分たちの国が世界に冠絶する神州である」というところまで夜郎自大ではないにしても、列国に侮られるようなものではないという自負があった。でも、それは、現実の彼我の文明差、端的には為替レートの差によって木っ端微塵に打ち砕かれてしまう。プライドだけは高いが、実力のない日本の青年が、ユダヤ人に出会う。宗教史的事実からすれば、ユダヤ教徒たちの方がキリスト教に先行している。「霊的長子権」を保持しているのはユダヤ人であるにもかかわらず、まるで賤民のような扱いを受けている。高貴な血筋でありながら、成り上がり者たちに足蹴にされている落魄したユダヤ人のうちに、「尊王攘夷」のプライドを叩き潰された青年たちはおのれ自身を投影した。ユダヤ人がとりわけ迫害されるのは、彼らがキリスト教より古い、キリスト教の母胎となった信仰を保持しており、知的にもキリスト教徒たちに卓越しているからである……という「物語」は日本の青年たちにとってきわめて甘美なものであったと思います。そうか、日本人が迫害されるのも、理由は同じなんだ。諸民族のうちでもっとも神に愛された民であるからこそ、世俗の人々は日本人をユダヤ人を憎むのだ、と。続きを読みますね。

日猶同祖論が列強による日本の軍事的（あるいは文化的な）「植民地化」という趨勢に抗して、祖国の政治的・文化的独立を堅持しようとした「憂国の至情」より発したものであったこと、これは認めてよいと思う。行論そのものは支離滅裂でおよそ学問的検証に耐えるものではないが、それにもかかわらず、このような理説が久しく（近年に至るまで）、化粧を替えては繰り返し再登場してきたことを考えると、このような論理的架橋のうちには、何かしら日本人の心の琴線に触れるものがあったと考えることができる。

（同書、八二頁）

わざわざ傍点が振ってありますが、これは昨日このハンドアウトを刷りながら、「ここが大事なんだよ！」と思って私が傍点を振りました。そこがわれわれ日本人の琴線に触れるわけですね。たぶんこれユダヤ人の方は全然興味のない話なんでしょうけれど、われわれには琴線に触れるんです。

日本の若者の反米感情がピークに達した七五年

先ほどお話ししましたように、僕自身は一九七五年を機にして、ユダヤ研究を始めました。なぜ急に自分がユダヤ研究を始めたのか、実はよくわからないんです。少なくとも、二五歳まではユダヤにはまるで何の興味もなかった。ところが、たしか七五年ぐらいから、モーリス・ブランショというフランスの思想家、批評家の書いたものを読み出した。非常にわかりにくいのですけれど、実にかっこいい文章を書く。これほどわかりにくい文章を書く人は他にはおるまいというくらいにわかりにくい。でも、それがよかったわけです。その頃は、わかりにくければ、わかりにくいほどよかった。まさに現代文明を「眼下に睥睨」するようなものを読みたいと思っていたからです。ブランショはまさにヨーロッパ文化を眼下に見下していた。知の高みにいるわけです。こちらとしては、そういう頂点にある視点に自己を同一化したい。良い悪いではないし、好き嫌いでもない。「欧米文化を眼下に見下す権威」に同一化したかったんです。アンドレ・ブルトンのものを愛読したのも、たぶん同じ理由ですね。「フランス文化なんてゴミだぜ」という啖呵を当のフランス文化の最先端にいる人が切る。これは非フランス人からすると、きわめて爽快なわけです。「かっこいい」思想家や作家に憧れるのは、そういう無意識の欲望のなせるわざなんです。

ともかく、その頃の僕はひたすら「かっこいい欧米のインテリ」を追い求めておりました。その人が「欧米の文化なんて、全部ゴミだぜ」というのを聴きたかったからです。なにしろこちらは敗戦国民ですから。マッカーサーに「精神年齢は一二歳」の「四等国民」とレッテルを貼られた人間ですから、文化的には心底いじけ切っている。だから、この屈辱感を晴らすために、欧米の先進文化なんか「ゴミだぜ」ということを誰かに言って欲しかった。そういう「破壊者」探しの旅の果てに、ブランショ経由でエマニュエル・レヴィナスにたどりついた。そして、レヴィナスの本を読んだ瞬間、電撃に撃たれたように「これだ！」と。「これこそ私が師事すべき人だ！」と直感したわけです。

そのようにして、二〇世紀最大の哲学者たるレヴィナスに弟子入りを決めたわけですから、「レヴィナスを一読しただけでこの人こそ師たるべき人だと思ったオレはなかなか見識が高い」と後になって人に向かって威張っていたのですが、よくよく考えるとどうもおかしい。だって、当時の僕がそんなに見識が高かったはずがないから。これにはもっと違う理由があると考えたほうがいい。

なぜ七五年を機にして、僕が武道とユダヤ研究に向かったのか。もちろん文脈はそれぞれバラバラなんです。それが実はさっき繋がったのです。

日本ユダヤ学会の前身である日本イスラエル文化研究会ができたのは一九六〇年です。ちょうど今日は「安保条約五〇周年」ということだそうで、早稲田のキャンパスにもそういう立て看板が立ってました。学会長の石川先生に、立て看の話をしたら、「そういえばイス研ができたのも五〇年前のことでしたね」と遠い目をされた。それを聴いて、へえっと思ったんです。イス研って、六〇年安保の時にできたんだ。そして、あ、そうだったのか。それですべて納得がいった（笑）。

一九七五年というのは、アメリカがベトナム戦争で負けた年なんです。もちろん皆さんの大半はまだお生まれじゃないと思いますけれど、僕と同年代の方はご記憶でしょう。一九七五年というのは、日本人の反米感情がそのピークに達した年でした。一九六七年から始まった、この早稲田大学もその一大拠点だった、あの全国学園闘争、新左翼や過激派の運動は、今から思うと、反米＝ナショナリズムの運動だったんです。

六〇年代後半から七五年にかけて、約一〇年間、日本の若者たちを高揚させ、熱狂させた反米民族闘争が、アメリカのベトナム戦争敗戦というかたちで終焉を迎えて、闘争目標を見失った若者たちがなんだかがっくりと肩を落としながら、それぞれに自分たちの私的空間に召還してゆく。一九七五年というのは、そういう時代でした。

とりあえず個人史的にはそうでした。それまでの日本社会には、多少でも「公共的」な気分が横溢していました。ある種の共同体幻想があった。日本人全体が連帯して、アメリカのベトナム侵略を止めさせ、在日米軍基地を撤退させなければならない。そういう国民的規模の政治的な気分があったのが、急速に勢いを失った。その虚脱感のうちにいた僕が行き着いた先が、武道とユダヤ研究だったんです。

これって、よくよく考えてみたら、明治四〇年代に日猶同祖論に飛びついた青年たちと構造的には全く同じじゃないですか。

神州日本の霊的な卓越性、あるいは文化的卓越性の本質をなすものとして伝統的な日本武道がある。欧米の人間には逆立ちしても絶対理解できないような深い文明的な至宝が日本にはあるんだ、と。そう思って、僕は武道に向かった。それと同時に、アメリカを代表とする帝国主義列強を眼下に睥睨する霊的・知的な高みにあるユダヤ教思想に憧れた。尊王攘夷気分と霊的卓越性への憧れ、それを僕はなんとか個人的に結びつけようとしていたわけです。

実は「反米」だったのか？

都立大で助手をしていた頃、勤務のある昼間は学校にいて、研究室でずっとレヴィナスの翻訳をしていました。夕方六時になると「では、失礼します」と言って、自由が丘道場に行って合気道の稽古をする。そういう判で捺したようなルーティンを八〇年代の終わりまで、一〇年近く僕はやっていた。

武道の稽古とレヴィナス研究は、根っこでは「同じもの」だということには確信がありました。でも、「武道とレヴィナスのどこが同じなんだ？」と訊かれると、答えられない。「同じだ」ということについて、自分では確信があるのだけれど、それが言葉にならない。

ずっと「どうしたらこの二つは繋がるんだろう？」と考えてきました。どちらも人間のポテンシャルを開花させるための方法だということはわかるんです。日本の伝統的な武道は生きる知恵と力を高めるためのノウハウです。ユダヤの方には、レヴィナスが哲学者的に体現しているような知の技法がある。マルクス、フロイト以来、近代のユダヤ系の思想家が誰もが実践している、ある種の思考のマナーがある。平たく言えば、自分の脳の創造性を最大化するための技術がある。そういう技術がなければ、前述したようなノーベル賞の独占状況は説明できないわけです。ユダヤ人たちは民族的な文化として、おのれの知的なパフォーマンスを最大化する方法を知っており、それを継承している。

そういう説明をしている限りは、つじつまが合っている。武道によって生きる知恵と力を高め、ユダヤの弁証法を学ぶことによって知性のパフォーマンスを最大化する方法を学ぶ。まことに合理的です。そういう説明をとりあえず自分ではしていた。武道とユダヤ思想はともに内田個人の心身の能力を高めるためにやっていることなのである、と。

ずっとそう思っておりました。

ところが、最近になって、それは違うなと思ったんです。それだけじゃないな、と。これはもしかすると「反米かな?」って思ったんです(笑)。

僕の中で武道とユダヤを結びつけているのは、「アメリカを眼下に睥睨したい」というナショナリスティックな欲望ではないのか、と。まさかこの三十数年間、自分が全力を尽くしてやってきた心身の訓練とユダヤ研究の究極の目的が、「反米かよ……」というので、かなりショックを受けたんですね。

でも、このいろいろなことをやってきてみたら、行き着く先がなんとも貧しい政治的な幻想だった……という発見が、僕にとってはむしろ新鮮な感じがしたのです。「なるほど、人間というのは、ほんとうに歴史的・政治史的な文脈の中で生き死にするものだなあ」って。

七〇年代のリアルタイムでは、圧倒的な軍事力を持っているアメリカが、アジアの小国を蹂躙していました。でも、僕たちはそれに対してなす術もなく傍観している。なす術もないどころか、アメリカのベトナム侵略の後方支援基地としてそれを支援し、かつベトナム特需で経済的に受益している。その一方で、ベトナムの農民たちは文字通り竹槍で「本土決戦」を戦い抜いている。

それを見ると、敗戦国であり、アメリカの軍事的属国となってしまった日本のみすぼらしさ、疚しさ、悔しさがしみじみ感じられる。だから、僕は全共闘運動というのは、そういう属国民のルサンチマンから生まれたある種の自己処罰の運動だったと思っているのです。

果たされなかった攘夷の戦い

一九六七年一〇月には第一次羽田闘争がありました。僕はその時にテレビを観ていて、ほんとうに足が震える思いがしたのです。佐世保と羽田が三派系全学連の華やかな政治的デビューだったわけですけれど、どちらも舞台は「港」なわけです。佐世保にはエンタープライズ、アメリカの空母が来るというので、若者たちが追い払いに行く。羽田は佐藤栄作がベトナムの米軍をいわば激励するために出かけるところだった。そんな真似は許さない、と。これ、どう考えても「攘夷」です。

学生活動家と言ったって、ほんとうにわずかな数なんですよ。向こうは空母ですから、二〇〇〇、三〇〇〇の学生が行って、追い返せるわけがない。「品川沖に黒船が来た！」と言って、鎧着て、槍かついで行くようなものです。そして、学生の扮装はヘルメットにゲバ棒。それと旗なんです。

ヘルメットって、みなさんはご存じないでしょうけれど、全然役に立たないんですよ。

あんなもの、ペラペラですからね。すぐ脱げちゃうし。にもかかわらず、どの党派も必死になって、ヘルメットにカラーリングした。中核とか、Zとか、MLとか、みんな色つけて、額のところに描くんです。兜の「前立て」だから。

「ゲバ棒」というものがありましたでしょう。今どきの若い人は「ゲバ棒」ってすごく危険な武器だと思っているかもしれませんが、あれは「たるき」と言って、舞台の大道具を作ったり、立て看の枠を作ったりするときに使うヘナヘナの材木なんです。うっかり強く人を殴ったら、木の方が折れちゃうくらい。突かれると痛いけれど、ぶたれてもそんなに痛くないんです。その後、「内ゲバ」の時代になると、「鉄パイプ」という凶器が出てきますけれど、最初の反米闘争はあえてヘナヘナな木材が武器に選ばれた。武具としての有効性がきわめて低いものがあえて選ばれたということは、ゲバ棒というのは記号だったということです。「蟷螂《とうろう》の斧」的ふるまいというのを、記号的に表象するとあれになる。上陸してくる米軍戦車を竹槍を以て防ぐという「果たされなかった本土決戦」の記号的再演なわけです。

そして、旗。党派ごとに巨大な赤旗、黒旗を掲げていましたけれど、あれは紛れもなく「旗指物」ですね。旗って重たいんですよ。竹がこんな太くて、そこにでかい旗がついている。振り回せやしない。雨が降って濡れたりすると、もう持っているだけで手がプルプルと震える。武器としての有用性なんかまるでないのです。でも、みんな旗を持ちたがる。ブントの戦旗派が「一人一旗」という華々しいパフォーマンスをしたことがあって、デモ隊そのものは二〇〇人ぐらいしかいないんだけれど、全員が旗を持って歩くと、ほんとうにかっこいいんです。デモを見物している人たちから思わず拍手が沸くという。本質的に審美的なものだったんですよ。

佐世保、羽田闘争のとき、日本の学生たちは「黒船」を攘《はら》うために兜をかぶって、竹槍と旗指物掲げて出かけたんです。それは「本土決戦になったら竹槍で最後の一兵まで戦う」と揚言していたにもかかわらず、ポツダム宣言を受諾した大日本帝国戦争指導部に対する、戦後世代からの強烈な「ノー」だったと僕は思います。

日本人は一九四五年に本土で戦わずして敗れた。本土決戦をすべきだったというんじゃないんです。はじめから決戦をする気がないなら、「そういうこと」を言うな、と。「そういうこと」を信じて何百万人もの青年が死んだ。その死んだ青年たちを供養するためには、どこかで、記号的にではあれ、あるいは儀礼的にではあれ、アメリカ相手の「本土決戦」をやらないと、かっこうがつかないだろう、と。そういうことだったんじゃないかと思います。そうだからこそ、僕はテレビで佐世保や羽田の全学連の学生たちのパセティックな戦いぶりを見たときに、足が震えた。「こういうことを誰かがやらなくちゃいけなかったんだ」と思ったからです。六〇年安保もそうだったし、六七年からのベトナム反戦闘争もそうだった。いずれも本質的には「攘夷」闘争だったと僕は思います。

安保闘争も反基地闘争もベトナム反戦闘争も、さきの戦争で死んでいった青年たちに対する「供養」だったと僕は思っています。供養が果たせたのかどうか、それはわからない。たぶん果たせなかったんでしょう。でも、日本中の何十万という若者たちが、その数年間、供養の儀礼に参加したことはたしかです。そして、「ベトナム反戦」という当面の政治課題がなくなったところで、何をしていいのかわからなくなった。新左翼の連中がその後行った先は、宗教、ニューエイジ、武道、有機農業、エコロジー、だいたいそっち方面でしたね。「大地と触れあいたい」とか、「日本の文化の精髄に出会いたい」とか、「霊的深みに達したい」とか、だいたいそっち方面に行ってしまった。でも、そういう選択肢が際だったという理由が今になるとよくわかります。僕自身がそうだったから。

アメリカを睥睨する知的ポジションに立ちたい

今でも覚えているんですが、七五年頃、東大の本郷キャンパスの銀杏並木を歩いているとき、友だちから「内田、これから日本はどうなると思う?」と聞かれたことがありました。その時、「これからの日本は武道と宗教の時代になるよ」と答えた覚えがある

（笑）。何を根拠にそんなことを断定したか、もう覚えていないのですが。二四歳のときの実感としては、とにかくこれからもう一度、日本文化の根底にある「何か」を再生し、賦活させなければ、日本人は救われないということは確信していた。

でも、それだけじゃやっぱり足りないんです。グローバル化する世界で、宗教と武道だけでは分が悪い。それだけでは国際競争には勝てない。もう少し広い射程で、とりあえずの「仮想敵」であるところのアメリカに対して、そのアメリカを含めて全世界を高みから睥睨するような知的・霊的な視点を獲得せねばならぬ、と。そのことも何となくはわかっていた。

僕が仏文を選んだのは、たぶんそのためだと思います。フランスの文学と思想が、その時点で、非アメリカ的な知性のひとつの達成点でしたから。六〇年代のフランスというのは、とにかく華やかでした。サルトル、カミュ、メルロ＝ポンティ、レヴィ＝ストロース、フーコー、ラカン、バルト、デリダ、レヴィナス……。その時代にこのラインナップに拮抗できるような知的な卓越を示し得た国は他にありません。それから後の人文科学系の必読文献の九〇％ぐらいは、六〇年代のフランスが発信していた。ですから、僕がフランスに飛びついたのは当然なんです。

でも、その時に僕が求めていたのは「アメリカを睥睨する知的ポジションに立ちたい」ということだったんです。アメリカは軍事的、経済的には超大国ですけれど、哲学とか思想の面では、フランスの足元にも及びません。だいたい、アメリカ国籍の世界的な学者も作家も、おおかたユダヤ人だし。

そして、フランス文学をやっているうちに、その中でも一番「睥睨」しているのがモーリス・ブランショだと思うに至った。どういう根拠でそう思ったか知りませんけれど、とにかく威張り方が半端じゃなかったからかな（笑）。ところが、ブランショを読んでいるうちに、どうもブランショが「こいつにだけはかなわない」と思っている人がまだいるようである。それがエマニュエル・レヴィナスという人らしい。じゃあ、この人がきっと「世界を睥睨するランキング第一位」なんだな、って（笑）。

二五歳の、ろくに本も読んでいない子どもとはいえ、人間の直感というのは侮れないものですね。まあ、こっちも必死ですから。手持ちの知的リソースも、時間も限られている。にもかかわらず、やらなければいけない知的な課題は巨大です。「世界を睥睨する知的視点に立たねば」という、とんでもない野望を持っているわけですから。

そして、そのままレヴィナスに行ってしまった。実際にパリでレヴィナス先生にお会いして、「いや、これはほんとうにすごい人だ」と確信した。本を読んでも、全然意味がわからないのだけれども、とにかく、「これで勝てる」と思ったわけです。いったい何に「勝つ」気だったのか、そのときにはわかりませんでしたけれど。

二五歳から三〇歳ぐらいにかけて、僕は学問上の師を探し求めていたわけですけれど、僕を駆り立てていた最大の理由は、酒井勝軍の言い分ではないですけれど、「欧米列強を眼下に見下し」たいという切実な欲望だったわけです。今にして思えば。そのような知的に卓越した境位が世の中にはあるに違いない。あればそれに自分を同一化したい。太平洋戦争に負け、安保闘争に負け、ベトナム反戦闘争で負け、ずっと負け続けてきた「近代日本の負の遺産」の正統継承者であるところの私がなすべきことはそれではないか、と。

日本ユダヤ学会の「優しさ」の理由

もちろんこれは、僕のきわめて個人史的な話でありまして、アカデミックな業績を着々と重ねていらっしゃる日本ユダヤ学会の会員の皆さんが、私と同じような、こんな怪しげなモチベーションで研究をされているはずはないとは思います。ですが、広い文脈で見た場合、やはり学会員の方々も、あれだけユダヤ人の問題に対して深くこだわっていくというのは、自分の研究対象である人について、過去の中世のユダヤ教の神学者であっても、あるいは現代の作家であっても、この人たちのことを突き詰めていけば「世界を睥睨する視点」に立てるのではないか、というような、自分が研究している対象の絶対的な知的卓越性に関する信頼と期待が、どこかにあるような気がするのです。

「この人のことを研究してみたら、案外大したことのない人間だったということになるかも知れない」と思っていたら、研究なんてできませんから。

　でも、われわれ日本人とユダヤ人の間には千里の逕庭《けいてい》がある。言語も違う、宗教も違う、食文化も違う、生活習慣も違う。向こうは一神教で、こっちは多神教。向こうは砂漠の荒野で、こっちは温帯モンスーンの湿田。共有できるような文化的バックグラウンドがほとんどない。加えて、向こうからは〇・〇〇九％しか関心が持たれていない。にもかかわらず、強く惹きつけられる。それはやはりユダヤ人の知的卓越性に対する敬意だと思うんですね。

　いろんな国についての専門家がいます。アメリカ専門家、中国専門家、北朝鮮専門家とか。でも、例えば北朝鮮の専門家という人の話をテレビや新聞でうかがうと、ほとんどの人は「北朝鮮が好きじゃない人」なんですね。「早く北朝鮮なんか地上からなくなってしまえばいい」と内心思っている。「北朝鮮の政治体制が大好きで、北朝鮮が永遠に続くことを祈念している」という専門家もたぶんいるんでしょうけど、メディアにはあまり出てきません。

　中国専門家もそうですね。中国専門家というのも「中国が滅びたらいい」と思っている人と「中国が繁栄すればいい」と思っている人の二種類しかいない。中国に対するニユートラルな観点から、特に何とも思わないけれど、研究対象にしているという研究家は少ないです。アラを探そうとしている研究家か、素晴らしい可能性を感じている研究家か、そのいずれかに偏る。それは他の国もだいたい同じです。

その中にあって、ユダヤ研究の人たちというのはぜんぜん違う。他に類例を見ない。僕の知る限り、とりあえずユダヤの欠点を探そうとしている研究者というのは、まったくおりません。じゃあユダヤ人を手放しで誉め称えているのかというと、そうでもない。

何かを肯定的に論じる場合でも、「それで終わり」にならない。そこから突き抜ける先がある。「この先にとんでもないものがある」と思っている。それをきわめるためなら自分の一生を賭けてもいいと思っている。寝食を忘れてユダヤのことを研究していれば、いつか、いつか報われるという確信があるように見える。そういう「研究すれば、いつかは報われる」という確信に類したものは他の地域研究者にはあまり見ることのできないものです。

もちろん地域研究で立派な仕事をすれば、大学の専任ポストやシンクタンクに採用されるというかたちで「報われる」ということはあるでしょう。でも、ユダヤ研究者がめざしている「報われる」というのは、そういうことではない。一生涯、寝食を忘れてすべての時間を費やして研究していった果てに、もしかするとある「叡智的なもの」に触れられるのではないかと思っている。ユダヤを研究する人間だけしか触れることのできない境位に達せるのではないかと思っている。

一生懸命研究すると、研究論文の点数が稼げて、大学の専任ポストが手に入って、科研費が増えるとか、そういうことで研究をやっている人はたくさんいますけれど、「この研究を通じて、ある知的境位に到達できるのではないか」というような気持ちで研究している人は、他の分野ではあまり見ることがないですね。人文社会科学系ではまずいない。

自然科学はユダヤ研究に近い。自分が研究していることを突き詰めてゆくと、その先に世界のすべての現象を説明できるような統一原理が発見できるのではないか、と。そういう法外な夢をもって研究している人が自然科学の最先端にはときどきいます。日本ユダヤ学会の研究者たちを見ていると、何かそれに近いものを僕は感じるんです。みんな目がキラキラしている（笑）。あと、すごく優しいんですよね、ユダヤ学会の人たちは。

目標がはるか上にあるがゆえの穏やかさ

なぜ僕がここ以外の全部の学会を辞めた、というかそれらから放逐されて、日本ユダヤ学会にだけいるのかというと、ここは誰も意地悪をしないからなんです（笑）。「何言ってるんだ、君は。こんなことも知らんのか、勉強し直してこい！」とか、そういうことを誰も言わない。ずっとそうなんです。三〇年前に来て、ずいぶん雑駁な研究発表をしたときも、先生たちはみんなニコニコ笑っていて、「はい、よく頑張りましたね」という感じの扱いを受けました。「えーっ、こんなのでいいんですか？」って、ちょっと驚きました。

当時の僕は、フランスの反ユダヤ主義政治思想とユダヤ教哲学を研究していたのですけれど、そういうことを専門的に研究している人って、イス研には他に誰もいなかった。イス研のメンバーの研究分野って、すごく分野が散らばっていますから、「まあ、この辺は、内田君がやるしかないんだから、あまりいじめて辞められても困るし……」というわけで、諸先輩にしてみれば、なんとかおだてて、だましだまし使って、「この辺のことはこの子に任せておこう」みたいな感じだったのでしょう。とにかく優しく遇していただきました。

他の学会はだいたい「ラットレース」なんですよね。閉鎖された集団の中で優劣を競っている。だから、学会でも若い人を励ますようなコメントを聴く機会はまずないです。権威者が、若い研究者をがみがみ叱り飛ばす。でも、若い研究者が人前で喋ったら、だいたいボロを出すに決まっているんです。いいじゃないですか。みんなで「よし、頑張った！」と言って励ましてあげればいいのに。学会がほんとうに研究共同体であれば、そうなるはずなんです。気が遠くなるほど広大な研究対象が現に目の前に広がっているなら、みんなで手分けしてやるしかない。「猫の手も借りたい」と思っていたら、若い人を叱り飛ばして、「もうやめちまえ」みたいなことを言うはずがない。だから、査定して、格付けして、能力のない人間を追い出すということをやっている学会って、要するに「猫の手も借りたい」わけじゃない、ということですよね。それどころか、今いる研究者だけでも多すぎるってことですよね。じゃあ、それって、「気が遠くなるほど広大な研究対象が目の前に広がって」「人手は足りてます」っていうことでしょう。自分が寝食を忘れて一生涯研究しても究《きわ》めきれないかもしれないと思うからこそ、「後事を託す」ために若い研究者を育てるわけじゃないですか。世代を超えた協力がなければ、絶対に果たせないほどの研究対象の奥行きと深みを実感していたら、研究共同体はフレンドリーな空間になるはずなんですよ。

だから、イス研も日本ユダヤ学会も、とても優しいところが僕はすっかり気に入ったのです。ここでは研究者の相対的な優劣を競っているわけじゃない。限られた資源を奪い合うラットレースをしているわけじゃない。格付けをしたり、差別化したり、選別したりするために研究をやっているわけじゃない。

もちろん、日本ユダヤ学会の会員のみなさんが、遠い目標を持っているということと、僕の「ユダヤ人に一体化して、知的に世界を睥睨したい」という「攘夷」的野望とは関係ないですよ。僕のような特殊なモチベーションは学会全体に拡大して説明できる話じゃないんですから、そのようにご理解いただいては困ります。

だいたいふだんだったらこんな話はしないんですけど。今日は僕のような不真面目な会員を受け容れて、ひさしく厚遇してくださった諸先輩方に、そのご恩返しをせねばということで引き受けた講演ですので、「なぜ自分はユダヤのことを研究したのか」という個人的な問いについてのお話を申し上げました。今日の話を振り返りますと、あらためて、自分自身を取り込んでいる巨大な政治思想史的な文脈の閉域性というものを感じます。自分では自由奔放に活動しているつもりで、実はより大きな手によってコントロールされていたようである、と。

まあ今年で六〇歳になり、大学も辞めますので、アカデミック・キャリアも、年度末をもって終わりです。あとは武道家として生きていこうと思っておりますので、その別れのご挨拶として、この学会の場で「なぜ私はユダヤ人について語るのか」についてずいぶんと正直にお話しできて、よかったです。ご清聴、ありがとうございました。

文庫版付録　共生する作法

部落解放研究第三五回兵庫県集会　記念講演

二〇一四年一一月二二日

「自我」という枠組みをどこまで拡大できるか

おはようございます。内田です。

今日の演題は「共生する作法」ですが、枕に解散総選挙（二〇一四年一二月一四日）の話をしようと思います。

解散総選挙となると新聞社などがよく「今回の解散に名前をつけるとしたら何ですか？」という質問をしてきます。僕のところにも毎日新聞から質問がきました。いつもなら「なんとか解散」と名前をつけても、誰も記憶していないので断るのですが、今回は何となくジャストフィットな名前を思いついたので『朝三暮四解散』というのはどうでしょうか」と言うと、採用してくれて、記事になりました。

「朝三暮四」というのは、『荘子』や『列子』に載っている中国の古い逸話です。狙公《そこう》という人が、猿が大好きでたくさん飼っていた。ところがどんどん猿が増えてきたので、猿の餌を減らさなくてはならなくなった。そこで猿のところに相談に行き、「君たちの餌を減らさなくてはいけなくなった。今までは、栃の実を朝に四つ、夕方に四つあげていたけれど、これからは朝三つ、夕方四つ与える。それで勘弁していただきたい」と言ったら、猿がみんな怒り出した。狙公は「悪い、悪い。それなら朝四つ、夕方三つにする」と言ったら猿が喜んだ、という話です。それだけの話です。でも、これは非常に奥の深い話だと思います。意味がよく分からないから。何で猿なのか。猿とは一体何なのか。猿と人間の違いはどこにあるのか。考えてみてください。一日に支給される「七個」という量は変わらない。前は一日八個もらっていたわけですから、前よりは減っている。でも、朝と夕方で配分を変えると、あるときは怒り、あるときは喜ぶ。今回の選挙でいうと「消費税」が「栃の実」に当たるわけです。

「猿」が猿である所以《ゆえん》は、朝方栃の実を食っている自分と、夕方栃の実を食っている自分が「同じ猿」であることがわからないということです。つまり「自我」とか「私」という感覚が非常に狭い。今の自分だけが自分であって、夕方の自分は自分じゃない。そう思っている。過去と未来、あるいは空間を左右に広げていって、自分と集団を共有している人間にまで自我を広げていく。あるいは過去の自分や未来の自分、そういうものも自我の変容態だとして受け容れる。それができないのが「猿」だということですよね。荘子は「夕方の自分も朝方の自分も同じ自分だ」と思える能力が人間を人間たらしめていると逆説的に言いたかったのだと思います。

だから、目先の利益にしがみついて長期的な利益を逸する人間のことを我々は「猿」と侮《あなど》ってよい。それはその人の「自我」がきわめて狭隘《きょうあい》なものだからです。

今日の演題は「共生する作法」ですけれども、「共生の作法」と言うと、自分がどうやって他者と共生していくのか、弱者をどう支援するのか、自分とコミュニケーションし難い相手とどうやってコミュニケーションを立ち上げるのか——ほとんどの人は、そういう自分の能力の問題、あるいは善意、寛容、雅量《がりよう》、想像力など、「自分の問題」として考えると思います。でも、申し訳ないけれど、これは「自分の問題」ではありません。

例えば、「弱者を支援する」という事業ですけれど、これは強者であったり、標準的な人間であったりする「私」が、同じ集団内にいる「弱者」に対して、善意を以て支援の手を差し伸べるという発想をしている限り、長続きしません。弱者に対する支援というのは、集団の維持のために絶対に必要なものであり、とりわけ集団が危機的状況に陥ったときに最優先的に果されなければいけないことなのですけれど、そういう集団の存亡にかかわるような重大事を個人の善意や雅量や想像力や思いやりなどに依存していたのでは、集団は一瞬で吹っ飛んでしまいます。相互支援、相互扶助あるいは他者との共生、弱者の支援はもっと強靭な社会的基盤の上に基礎づけなければいけない。その基盤が整備されていなければ、共同体は保たない。でも、そういう発想をする人は今の日本にはほとんどいない。

今回のように、人権に関する集会にもよく呼ばれます。そこでいろいろな人の話を聞きますけれど、正直言って、何か重いんです。鬱陶しい感じがする。それは話す人たちがみんな「個人としてもっと立派になれ」「もっと個人としての能力を高めろ」というタイプの個人に対する要求を突きつけてくるからです。でも、僕はそれは違うんじゃないかと思う。

平和で経済的に豊かな社会であれば、弱者支援は経済的に余裕のある人が自主的にすればいいのかも知れない。行政が基本的なところは押さえていてくれるんだから、足りないところを個人的善意でカバーすればいい。でも、そんな支援は、自分自身の尻に火がついたら続けられません。自分の足元が崩れ出したら、人のことなんか構っていられない。でも、先程も言いましたが、弱者に対する支援が最も必要なのは集団が危機的状況に陥ったときなんです。社会秩序が解体しそうなとき、船が難破しそうなとき、前線が総崩れになって組織的な抵抗がもうできなくなったとき、そのようなときになお弱者の支援が最優先に果されるような仕組みを作り込んでおかなければ、急場では役に立たない。

じゃあ、どういう仕組みを作るべきなのか。これがさっきの話に戻るのですが、それは「集団が自我の拡大であり、他の集団成員が自分の一部であるように感じられる集団」です。自分の隣にいる人間が、ただ隣にいる人間ではなくて、自分の「同胞」というか、別の形をとった自分自身である。例えば、若い者からみれば「老人」というのは

「いずれそうなるかもしれない自分」です。「幼児」というのは「かつてそうであった自分」です。老人も幼児も他者の支援がなくては生きていけない、栄養もとれないし、移動も出来ない。周りの支援がないと生きていけない。病人や障害者もそうです。それは「そうなったかもしれない自分」です。それを今健康で十分に活動的である「自分」が、「かつてそうであった自分」「将来そうなるであろう自分」「高い確率でそうなるかもしれない自分」を支援する。それは相互支援というよりもむしろ「時間差を伴った自己支援」なのです。ある分岐路で違う道を選んでいたら「こうなっていたかもしれない自分」、自分の可能態に対する支援なのです。こういうふうに考えるためには、別に人に抜きんでた倫理性や愛情深さなんか要らない。そんなものを求めるのはむしろ有害だと僕は思います。自分が他の人たちよりもずっと人格的に高潔で、慈愛の深い、例外的な善人であるという自己評価が強化されればされるほど、その人がそのへんでうろうろしている幼児や老人を見て「ああ、これは私だ」と思う可能性は減ずるからです。皮肉な話ですけれど、個人に向かって、「例外的に善良で、慈愛深い人になりなさい」と要求すればするほど、その要求に応えて自己形成を果せば果すほど、その人の自我の殻は硬いものになる。その人の他者との共感や同期の能力は低下する。「施す自分」と「施される他者」の間、強者と弱者の間の非対称性の壁がどんどん高く、分厚くなってゆく。

相互支援というのは、それとはまったく逆の方向に向かうものです。「立派な人間」

になることをめざすのではなく、こわばった「自我」の枠組みを解体するところからしか始まらない。大事なのは、個人の倫理性や社会的能力を高めるということではありません。そうではなくて、自我の枠組みをはずし、自我の壁の隙間からしみ出して行って、まわりの人たちとどこまでが自分でどこから他者なのか、それが不分明になるような「中途半端」な領域をどこまで拡大できるか、そういう技術的な課題なのです。

一年ほど前にネットで非常に衝撃的なニュースを見ました。アメリカのジョージア州フルトン郡にサンディ・スプリングスという町があります。その町の住民は富裕層が多かった。彼らが「自分たちが払っている税金が他の貧しい人たちの医療や教育、貧しいエリアの行政サービスなどに使われるのはアンフェアである」と言い出した。自分たちが払った税金は、満額を自分たちに対する行政サービスとして還付されるべきだと主張して、住民投票を行い、その結果、フルトン郡から独立してしまったのです。

独立してお金持ちしか住んでいない町ができました。まず行政サービスを徹底的に削減していきました。市職員を大幅にリストラして、警察と消防だけを残して、最低限まで削ってしまった。裁判所はパートタイムの判事を雇った。住民たちは大変満足していた。

一方、サンディ・スプリングスという税収入の多い地域を失ったフルトン郡は、一気に貧困自治体になってしまいます。医療機関や学校や図書館が閉鎖された。郡全体は貧困化によって、ますます行政サービスが劣化していき、住環境も治安も悪化して、雇用も失われた。これがアメリカの「リバタリアニズム」というか「新自由主義」的な発想の行き着く先です。自分たちの税金は自分たちへのサービスだけに充当し、他の市民には使わせない。それによって郡内の貧困者のための行政サービスが切り捨てられ、市民生活が困窮してしまったことに何の疚しさも感じない。むしろ、市民たちはこれを「行政改革の成功例」として総括した。

そして、今、実際にアメリカでは、このサンディ・スプリングスを「成功例」と見なして、「貧乏な自治体から切離された金持ちだけの町をつくる」という事例が三三件続いているそうです。これにはちょっと驚きました。サンディ・スプリングスの話を聞いて、「利己的な人間たちというのは何と醜悪なのだろう」と思うのではなく、「非常に効率的なやり方だ」と考えて、これに追随しようとする人たちがいる。

これはアメリカという国の特殊性かも知れません。かの国は基本的に「自助の精神」を重んじる国です。アメリカ社会における理想的な人格とは「self-made man」です。他人に依存せず、誰からも支援されず、独力で地位も、財産も、威信もすべて築き上げた人間を敬する伝統があるわけです。「開拓者の国」ですから。

ですから、この国では「弱者の支援」というアイディアがほんとうの意味で根づいたことはないのかも知れません。例えば、アメリカ教育史上の大問題は、公教育の導入に多くの市民が反対したことです。公教育の理念自体はコンドルセやルソーなど、一八世紀のフランスでできたものですが、行政的に公教育が導入されたのはアメリカが最初です。アメリカは公教育の先進国なのです。ただ、この公教育制度に対して、つまり「税金を使ってすべての子どもたちに初等中等教育を施す」という仕組みに猛然と反対した市民たちがいた。

彼らは教育の受益者は「教育を受ける本人」であると考えた。子どもたちが学校に通い、そこでしかるべき教育を受けて、有用な知識や情報や技術を身につけて、資格や免許をとり、社会的上昇を果すとするならば、教育の受益者は子どもたち自身だということになる。だとすれば「受益者負担」の原則を適用して、教育経費は受益者たる子どもたち自身が、あるいはその扶養者である親が負担すべきではないのか、そこにわれわれの納めた税金を投じるのはアンフェアである、そう言って反対する人たちが出現してきた。これは反論のむずかしいロジックでした。彼らはたしかに刻苦勉励して税金が払えるような身の上になった。だから、自分の子どもたちにそれなりの教育を与えることができるようになった。けれども、自分ほども努力していないし、才能もない貧乏人たちの子弟のためになぜ教育機会を提供しなければならないのか、その理由がわからない。彼らが教育を受けて、それなりの社会的能力を獲得すれば、自分の子どもたちとポストをめぐって競合することにもなりかねない。なぜ、自分の懐を痛めてまで他人の子どもに自分の子どもを蹴落とすチャンスを提供しなければならないのか。教育の受益者は教育を受ける本人である。それなら、教育を受けたいものはまず働いて、金を貯めて、それを自己投資すべきである。税金を投じてすべての子どもに均しい教育機会を提供することは社会的不正である。そう言ったのです。これは今でもアメリカのリバタリアンが行政や医療について主張していることと同じロジックです。それだけ深くアメリカ社会に根づいた考え方だということです。

それでも公教育が実現したのは、公教育論者たちが納税者たちを「短期的には損だが、長期的にはお得」という利益誘導のロジックを用いて説得したからです。子どもたちが基本的な学校教育を受けて、文字が読めて、四則計算ができ、社会的常識が身につけば、その子どもたちはいずれ有用な労働者になり、みなさんの工場での戦力になる。彼らが定職に就いて安定した収入を得れば、結婚して子どもを作って、彼ら自身がみなさんの工場で作る製品の消費者としての巨大なマーケットを形成する。どう転んでも、子どもたちに教育を施した方が長期的に見れば「金になる」んです。そういうふうに説得した。でも、僕は今でも、こういう経済合理性のロジックで公教育の導入に成功したという歴史的事実そのものがアメリカの根本にある種の「ねじれ」を呼び込んだのではないかと思います。「学校教育」というのは、それで誰かが「金を儲ける」ことができるから有用であるというような理屈で基礎づけてはならないものだからです。

「学校教育」とは何か

学校教育の受益者は教育を受ける子どもたち自身ではありません。誤解の多いことなので、繰り返し強調しますが、学校教育の受益者は本人ではなく、社会全体なのです。われわれが学校教育を行う理由は、一言で言えば、われわれの共同体を維持するためです。集団として生き残るためです。次代の共同体を支えることのできる成熟した市民を育成するためです。自余のことは副次的なことにすぎません。五〇年後、一〇〇年後も、われわれの社会が維持されるためには、「まっとうな大人」を一定数コンスタントに輩出しなければならない。子どもばかりでは社会は保ちません。

ジュール・ヴェルヌの『十五少年漂流記』という小説があります。あらすじはみなさんもご存じだと思いますが、一五人の少年たちがニュージーランドから帆船で漂流して、無人島に漂着して、そこでサバイバルするという話です。子どもたちのうち最年長が一四歳で、最年少が八歳です。彼らが島内を探検して、住むところを見つけ、野菜を栽培したり、狩りをしたりして、食料も何とか確保できるようになった。そうやって衣食住の基本が安定したところで、年長の少年たちが「学校をつくろう」と言うんですね。

「八歳、九歳の子どもたちが遊んでばかりいる。こんなことでは我々の集団を継続できない」というのです。それで年長者が先生になり、小さい子どもたちを相手に授業をするようになる。かろうじて残っていた何冊かの書物と、自分たちの記憶を頼りに授業をしたのですが、驚くべきことはこの「学校」が「学校」としてきちんと機能したということです。教師と生徒の間の年齢差が五歳しかなくても、知識内容に見るべきほどの差がなくても、それでも学校は機能する。僕はここに学校教育の本質が集約的に語られていると思います。

学校教育について「教師の教育力がない」とか「教育学部を出なければ教員にすべきではない」とか「修士号を持っていない学生には教員資格を許すべきではない」などという議論をする人がいます。そういう話を聞くたびに、「『十五少年漂流記』を読んだことがありますか?」と訊きたくなる。彼らの論が正しいなら、一四歳の子どもに九歳の子どもを教育できるはずがない。知識にそれほどの差があったわけでもない。でも、年長の子どもたちには年少の子どもたちにないものが一つだけあった。それが彼らの本質的な違いを形成していた。それは、年長の子どもたちは共同体が存続するためには「学校というものがなくてはすまされない」ということを知っていたけれど、小さい子どもたちはそのことを知らなかったということです。小さい子どもたちは親も教師もいない無人島で、愉快に遊んで暮らせることにすっかり満足していた。でも、年上の子たちは年少者たちを成熟に導かなければ生き延びられないと思った。年長者が気づいたのは、集団が存続するためには最も幼く、最も社会的能力の低い人たちを成熟のプロセスに乗せる必要があるということでした。そうしないと全員がいずれ共倒れになる。未熟な子どもの成熟を支援するというのは、未熟な人間が成熟することによって彼らの個人利益が増大するからではありません。それが集団の存続の条件だからです。だから、どんなことがあっても教育をやめてはいけない。

中東やアフリカでは国内で戦争があるたびに、大量の難民が出て、国境近くに難民キャンプができます。家を失った人たちが難民キャンプに集まり、国連や隣国からの支援を受けてかろうじて暮らしている。この難民キャンプで一体どういう社会活動が行われるか、それを考えてみてください。たぶん一番最初にできるのは「弔いの場」です。キャンプの住人たちに死者が出るたびに、彼らを埋葬しなければならない。まず死者たちの場を作る。これはたぶんどんな社会的活動よりも優先的に行われるはずです。そこで、死者たちの鎮魂のための祈りが献《ささ》げられる。必ず「祈り」が行われます。誰かがその「祈り」を主宰することを要請される。どのような難民キャンプでも、お互いに知らない者同士がそこで初めて出会ったばかりであっても、最初に「祈りの場」が立ち上がります。

それから、難民同士のトラブルを裁定する場ができます。両者の言い分をそれぞれ聞いて、いずれに理があるか判定を下す「裁きの場」です。人々の中でとくに人望のある人、実力のある人が、「裁き人」に推挙されます。裁定に異論があっても、「あの人が言うんだから、聞くしかない」と思われるような人しかこの任に就くことができません。「裁き人」と「祈る人」は古代社会ではしばしば重複していました。長老や族長や賢者がその任に当たった。「祈りの場」と「裁きの場」によって社会秩序の基本のかたちが整います。

そして、当然ながら「医療の場」があります。怪我人や病人は放置しておくわけにはゆきません。必ず集団全体としてそれを支えなければならない。怪我人や病人は社会的能力が低いのだから、足手まといになる。だから、その辺に転がしておいて、野垂れ死にしてもしかたがない、そういうふうに考える人も中にはいるかも知れません。けれども、そうやって怪我人や病人や妊婦や幼児や老人をどんどん切り捨てて、強者だけの集団を作ろうとすれば、遅くとも一世代後には集団としては消滅してしまいます。社会的能力が落ちるたびに一人ずつ見捨てられてゆくわけですから。だから、どんなことがあっても社会的能力が標準以下の人たちのための「癒しの場」がなければならない。

そして、四番目に出来るのが「学校」です。どんな難民キャンプでも、とりあえず衣食住が満たされると、誰かがその辺に黒板のようなものを立てて、子どもたちを集めて、青空の下で「授業をやりましょう」と言い出す。必ず、誰かが言い出します。教員資格があるとかないとか、そういう問題ではない。自分たちの集団の子どもたちの知性的・感性的成熟を年長者は支援しなければいけないということを知っているから、「学びの場」は自然発生的に生まれるのです。誰が指名するわけでもないし、誰が給料を払うわけでもない。「私が教えます」と言って手を挙げた人が教え始める。そこに子どもたちは集まってくる。別に強制されなくても「学びたい」と言って集まってくる。

アウシュヴィッツで子ども時代を過ごしたユダヤ人の少女が戦後回想した中で、強制収容所では「学ぶ」ということが一切許されなかったと書いていました。収容所には学びの場を作ることが許されなかったのです。ナチスの判断はある意味正しいのです。学校教育というのは「集団の存続」のためのものです。強制収容所は「ユダヤ民族の抹殺」をめざす装置ですから、そこにユダヤ人たちのための学校は決してあってはならぬものだったのです。子どもたちは年長者から集団の存続のための知恵を学ぶことを禁じられていた。これは子どもにとっては、他のどんな非人道的な仕打ちにも増して非人道的なものだったとそのユダヤ人女性は書いていました。

僕は「市民的成熟を支援する」ということを一種の公共的な義務という意味で語ってきましたけれど、当然子ども自身の中にも「成長したい」「この社会のフルメンバーとしてみんなに承認されたい」「この社会を支えていくような人間になりたい」、そういう欲求が存在するはずです。もちろん、全員がそうではありません。別に成長したくない、フルメンバーとして承認されることも望んでいない、この社会を支えたいとも思わない。自分が楽しければ、それでいい、そういうふうに考えるものもいます。それは年齢にかかわらず「子ども」です。そういう子どもたちが「子ども」のままに成長して、それなりに偉くなったり、権力を持ったり、社会的威信を備えたりすることはあります。よくありますす。でも、それは仕方がない。仕方がないし、嘆くほどのことじゃない。というのは、集団が存続するためには「一定数のまっとうな大人が必要」なのであって、全部が大人でなければ社会は回って行かないというものではないからです。全員が大人にならないと機能しないような社会集団は、制度設計そのものが間違っている。一握りの「まっとうな大人」が要所要所を押さえていれば、あとは全部「子ども」でも社会は健全に管理運営される。成員の全員が「大人」でないと崩壊するように制度設計されていたら、人間社会は数万年前に滅亡していたでしょう。生物が生き延びるためには、それほど過酷な条件は課されません。一定数の「まっとうな大人」がいれば足りるのです。教育はそこに参加している子どもたちのうちの何人かを「まっとうな大人」に育てるための仕組みです。全員を「大人」にするための仕組みではありません。そのような不可能なことを夢想するのは、「子ども」だけです。「大人」とは人間には何が出来て、何が出来ないかを知っているもののことです。

僕は三十数年間教師をやってきました。その経験から確信を持って言えることは、子どもたちの成熟プロセスには大きなバラつきがあるということです。どういうきっかけで彼らの中にある潜在的な資質が開花するかは誰にも予測できません。早熟の子どももいますし、晩熟の子どももいます。残念ながら、老衰死するまでついに成熟のきっかけをつかむことができなかった「子ども」もいます。それは生得的な能力そのものに質的な差があったというのではなく、成熟プロセスが起動するタイミングの「ずれ」の問題なのだと僕は思っています。

これ一つでどんな子どもも成熟するというような万能のプログラムは存在しません。でも、それは少しも困ったことではありません。そのために教師「たち」がいるわけですから。

「ファカルティ（教師団）」は多様性がないと機能しない

「教師」というのは大学の場合は教授団（faculty）として機能します。「ファカルティ」というのは集合名詞です。さまざまなタイプの教師たちが形成する集団、これが「教師団」なのです。「個人」ではなく「集団」です。「集団」の中にいる一人一人の先生たちは、もちろん専門も違うし教育理念も違う。教育方法も違う。理想としているものも違う。それで構わないのです。それぞれ教育について違う考えを持つ教師たちが集まって、

「ファカルティ」という一つの多細胞生物を形成している。それが教育の主体です。個別の教師は実は教育の主体ではない。身体を形成する臓器や骨格と同じです。単一の臓器だけ取り出しても、それを「人間主体」であると呼ぶことはできない。それと同じです。さまざまな機能を分担する部分が寄り集まって、はじめて一個の人間主体が成立する。教育主体もそういうものです。一人ではどうにもならない。他のたくさんの教師たちとの連携作業を通じてしか、教育という事業は果せない。

僕は教師としてはけっこう「腕がいい方」だという自負はありました。学生たちの潜在可能性の開花を支援する手際は決して悪くなかったと思います。それでも、僕の教師としての生涯通算打率はまず二割台というところでしょう。五人に一人くらいが、僕の授業を聴いて、ある種の感化を受けて、知性的・感性的な成熟の階段を一歩のぼった。それくらいのパーセンテージです。目の前でバリバリと殻が剝離して、それまで幼い子どもだった学生が見る見るうちに知的な成長を遂げてゆくという劇的な光景にも何度か立ち合いました。それは教師として最も幸福な経験の一つだったと思います。でも、そんなことを間近に見たのは、三〇年教師をしていて、数回というくらいです。大人数の授業でも、少人数のゼミでも、僕の話をまっすぐに受け止めてくれるのは一〇人いて、二、三人です。あとの七、八人ははかばかしい反応を示してくれない。そんなものだと思います。だから、一〇人学生がいたらその一〇人全員が知的に成長するような教育プログラムを作って見せろと言われても無理な話なんです。一人の子どもの成熟のきっかけを与える「トリガー」は一人ずつ全部違う。どういうかたちの働きかけが有効なのか、教師には予測不能なのです。自分が言った言葉がきっかけになるかも知れない。机を並べていた友だちの一言がきっかけになるかも知れない。僕の教えている内容と、別の教師の教えている内容の「ずれ」がトリガーになるかも知れない。キャンパスを散歩していて、ふと聞こえてきた賛美歌がきっかけになるかも知れない。そんなの、わからないんです。

実際、僕がいくら働きかけても反応しなかった子どもが、別の先生の、別の言葉にはつよく反応するというケースを何度も見てきました。僕から見て「この先生はちょっと問題じゃないか……」と思えるような教師であっても、その先生がきっかけで知的成熟が始まるということだってあるのです。それを考えると、結局、子どもたちの前には、できるだけ多様な教師を並べておくということが、子どもたちの成熟を支援するという教育本来の事業にとっては最も簡単で、最も有効だということがわかります。

自分自身が一人で全部の教育機能を担える「完全な教師」になろうと望むのはまったく愚かなことです。「良い教師」になろうと望むことさえ、愚かなことです。「良い教師」などというものは単品では存在しないわけで、「良い教師」がありうるとしたら、他の教師たちと滑らかなコラボレーションが果たせるということ、突き詰めて言えば、

「他の教師が決してしないようなことをする、他の教師が決して言わないようなことを言う」という「余人を以ては代え難い」教師であるということ以外にはありません。同意してくれる人は少ないかもしれませんが、僕はそう確信しています。

ですから、学校の本務とは、いかに多様なタイプの教師たちを集めて、彼らを一つの教師団としてまとめ上げるか、その仕事のことです。「ファカルティ」全体としてのパフォーマンスが、一人の教師がそこに参加したことによってどう変化したか、どう向上したか、それまで「できなかったこと」ができるようになったか、それを見る。一人一人の教師の学歴がどうであるとか、業績がどうであるとか、コマ数がいくつかとか、博士論文を何人指導しているとか、科研費をいくら取ってきたかとか、そんなことは教育効果全体から見るなら、極論すれば「どうでもいい」ことなんです。だって、問題なのは教員一人の能力ではなく、「場の機能」だからです。個人としては優秀だが、集団的パフォーマンスにはさっぱり寄与しないという教師は実際にいます。今日お出での方たちの中にも、大学や中学高校の先生がいらっしゃるでしょうから、よくわかるでしょうけれど、その人自身はずいぶん力があるらしいけれども、その人がいるせいで集団全体のパフォーマンスが下がる、という人がいます。だったら、個人の研究業績や成果を数値的に査定して、格付けに従って教育資源を優先的に配分するというようなことは、教育的には意味がないと僕は思います。

それは僕自身の経験です。僕は九〇年代、大学に成果主義を導入するというアイディアの旗振りをしておりました。実際に、大学の現場を見ていると、全然働いていない同僚がいるわけです。何の工夫もない授業をだらだらやっている人がいる。休講ばかりの人もいる。学務にもぜんぜん協力してくれない。その人が働いてくれないので、そのしわ寄せがこっちに来る。つまり、こちらの研究教育時間をその「働かない教員」たちが食っているわけです。それにはずいぶん腹が立ちました。

その頃ちょうど大学に成果主義や評価活動を導入せよという流れがあったものですから、僕は飛びつきました。その頃は実にいろいろなセミナーに出ました。評価についても、品質管理や工程管理についても、僕はよく勉強しました。たぶん、その頃の神戸女学院大学ではいちばん詳しかったと思います。教育工学（という領域があるのです）の専門書も何冊も読みました。なにしろ、ＩＳＯを大学教員の査定に使うというアイディアさえ検討して、専門家に意見を聴きに行ったくらいですから。

そして、自己評価委員長のとき、「教員評価システム」を導入しました。教員一人一人の個人的な能力を査定して、数値的に格付けして、それによって教育資源を傾斜配分する。そういう仕組みです。立派な研究業績をあげ、多くの学生院生を指導し、煩瑣な学務を担っている教員と、ろくに授業も持たず、論文も書かず、学務もさぼる教員とが同じ待遇を受けているのは不合理である、能力業績に応じて合理的に資源を分配しようではないかと、成果主義的な教員査定システムを考案し、それを教授会に提案しました。

もちろん、教授会からは批判の十字砲火を浴びました。でも、そのときは文科省も大学基準協会もそう言っているんだから、これがトレンドなんだと言い張って、むりやり採決に持ち込みました。今日の「グローバリスト」の言い分そのままの「選択と集中」のロジックを駆使したのです。結果的に神戸女学院大学は日本のリベラルアーツ系の私学では初めて、教員個人についての評価システムを導入する学校となりました。

しかし、自分が旗振り役をして鳴りもの入りで導入したこのシステムがまったく失敗であることに気づくまで、たいして時間はかかりませんでした。最大のミスは「評価コスト」を過小評価していたことです。同僚の研究教育学務についての貢献度を数値的に考量するということがどれほど困難な仕事であるか、僕は甘く見ていました。教員たちはそれぞれ専門が違います。ですから、うち程度の規模の大学ですと、専門以外の領域の仕事について判定をしなければならない。僕はそんなのはジャーナルに採択された論文点数とか、出版された著作の点数とかで、簡単に数値化できると思っていました。ところが、ぜんぜんそうじゃなかった。著書の点数を数値化しようとしたときに、文学部の教員から「ウチダ君のように一年に五冊も六冊も本を出すような人間の書いた一冊と、専門の研究者が二〇年かけて書いた一冊では同じ一冊でも価値が違う」と言われたのです。これには絶句しました。著作一冊について何点というのでは納得しない、と。その学会的評価や研究史的重要性もぜんぶカウントして、一冊の点数をつけろと言われたら、もう絶句するしかありません。機械的にカウントできる業績ではなく、中身について定性的に成果を判定しろというのはたしかに正論なんです。その通りなんです。でも、その言い分を受け入れて、それではというので、大学の全教員の論文や著作について、その質的な価値を考量して、点数化しようとしたら、「教員評価専任」の教員を数名か数十名かあるいはもっと採用して、朝から晩まで同僚の業績評価をしてもらうしかない。しかし、これは考えるだけでもナンセンスな仕事です。教員評価の目的は、適正な勤務考課をすることで、限りある教育資源を活用することです。「限りある教育資源の活用」のための作業に、限りある教育資源の相当部分を投じるというのは、喩えて言えば、「一〇〇万円の有効な使い道を議論する会議の弁当代で八〇万円使ってしまった」というのに似たナンセンスなわけです。

たしかに適正な勤務考課ができれば、教育資源の配分はフェアになるでしょう。でも、適正な勤務考課のために教育資源を使い切ってしまえば、何のために勤務考課をすることにしたのか、その意味がなくなってしまう。僕はそのことに気づかないほど自分がナイーブだったことに驚きました。と同時に「そんなこと」も予測しないで、評価制度の導入の喫緊であることを言い立てていた文科省と大学基準協会の人たちの知性に対してもかなり懐疑的になりました。もしかすると、この人たちもあまり頭がよくないのじゃないか……。

それでも、同僚の業績について、本人もまわりも納得できるような比較的公正な判断ができる人がいないわけではない。専門を超えた広い見識があって、人を評価するときに私情をはさまない節度があって、手際よく教員評価ができる人にお願いすればいい。もちろん、探せば学内にそういう方は何人かいました。でも、当然ながら、そういう人たちはそれぞれの専門分野で堂々たる研究業績を上げていて、教育もしっかりやっていて、学務もこなしていて、現に学長とか学部長とか研究科長とかやっているわけです。そういう人たちに、タフな日常業務に加えて、評価の作業もしてくださいとお願いする。そのためにはご自身の研究教育時間を削ってくれという他ない。最もアクティヴィティの高い教員たちをつかまえて、「学術的アクティヴィティを高めるための評価作業のために、あなたの研究教育時間を削ってください」と要求することのナンセンスさに気づいて、僕は愕然としました。

結局、評価制度を導入したことのもたらした成果は、会議の時間が増え、読まなければならないドキュメントが増え、書かなければならない報告書が増えただけでした。もちろん、僕が目の敵にしていたような「働かない教員」に対する恫喝という効果は多少はありました。でも、それがもたらす最大限は「せいぜい給料分働いてもらう」ことに過ぎません。その結果を得るために、それまでもらう給料の数倍のオーバーアチーブをこなしていた教員たちをバーンアウトさせてしまった。差し引き勘定してみたら、大損害です。

　でも、九一年の大学設置基準の大綱化から始まった「大学改革」の流れの中で、僕たちは教養を改組したり、学部学科を新設したり、評価制度を導入したり、シラバスを書かせたり……という作業の中で、同じような「大損害」を生み出し続けて来たのでした。

　特に独立行政法人化という大きなタスクを抱え込んだ国立大学の教員たちの苦しみは想像を絶するものがありました。九〇年代、二〇〇〇年代にこの仕事を押し付けられたのは、三〇代四〇代の、「仕事のできる」若手教員たちでした。彼らの多くはそのような事務作業におしつぶされて、研究者として最も脂の乗る時期を五年、一〇年と空費しました。それが日本の学術のアウトカムにもたらした被害はどれほどのものだったでしょう。それが教育改革がもたらしたメリットよりもはるかに大きいものであったことは確実です。それはデータ的にもわかっています。独立行政法人化の直前から、つまり会議とペーパーワークの「大波」が日本の国立大学を呑み込み始めたときから、日本の学術論文の点数は減少し始め、かつてはアメリカに次いで世界二位だった論文数が、中国に抜かれ、ドイツに抜かれ、イギリスに抜かれ……さらに急坂を転げ落ちるように減少し続けている。この学術的アウトカムの劣化が「大学改革」と無関係であるとは、よほど厚顔な文科官僚でも言い抜けられないでしょう。

僕が評価システム導入のときに見落としていたのは、簡単なことです。それは教育事業というのは、教員個人の業績の算術的な総和ではなく、「ファカルティ」としての集団の活動だということです。僕はそれを忘れていた。ただ、教員たちが個人的に持っている能力や業績を足し算すれば、大学教育が成り立つのだから、研究予算でも給与でも教学職員数でもラボの面積でも、教員個人の「持ち点」に基づいて配分すれば最適な資源分配ができると思っていた。まことに愚かだったと思います。

それから十数年経って分かったことは、教員というものは一人一人を取り出して、その個人的な能力や業績を点数化して、それを足し算しても「ファカルティ」としての価値は計れないということでした。ファカルティはファカルティとして機能している。だから、僕たちがなすべきことは、全体として、ファカルティが一番気分よく、円滑に作動する環境はどうすればできるか、それを考えることだったのです。そんなことを全く考えず、むしろそれとは正反対に、教師たちを「限りある資源を奪い合うライバル」とみなし、彼らを「同僚の口からパンを奪い取る」ような競争のうちに投じれば、研究も教育も活性化するはずだと僕は考えていたのでした。ほんとうに愚かだったと思います。個人的にはみごとな業績を誇っているけれど、その人がいるせいで、集団のパフォーマンスが下がるメンバーもいる。逆に、個人的業績には際立ったものがないけれど、その人がひとりいるおかげで教員たちの連携が密になり、コミュニケーションが円滑になり、職場に笑顔があふれ、教育研究が活性化する……というようなことがあれば、この人はファカルティの一員としてはすばらしい成果を上げていることになる。教育という事業の成果は、教員個人個人について計測するものではなくて、教師たちの集合体、ファカルティを単位にして見なければならない。教師を二〇年やった後に、ようやくそのことに僕は気づきました。

それを痛感したエピソードがあります。神戸女学院大学では卒業生が亡くなったときに財産を遺贈するケースがよくあります。僕が管理職時代に出ていた学校法人の経営会議ではときどき経理部長がこの遺贈の報告をしてくれました。在職中に卒業生の方から時価四億円相当の不動産の遺贈がありました。二〇〇〇万円、三〇〇〇万円の遺贈は毎年のことでした。でも、経理報告を聴きながら、これを単年度の収入として計上することはほんとうに合理的なのかと不安になりました。九〇歳で死んだ卒業生が学校に対する恩義に報じるために贈与してくださったものは、彼女が今から七〇年前、七五年前に受けた教育に対する感謝の表現なわけです。そのときに、彼女が出会って、その薫陶を受けた教師たちに対する感謝の気持ちを、今僕たちが受け取っている。でも、それはよく考えると筋目の違う話です。彼女が一〇代のときに、生涯にわたって感謝の気持ちが継続するほどの教育事業を担ったのは、僕たちがその顔も名前も知らない方々です。いわば、その人たちが植えた果実を、僕たちが今享受している。この事実を合理化するためには、彼女を教えた教師たちと、僕たちは「同じひとつの教育主体」であるという仮説を採用するしかない。時代を超え、個体差を超えて一つの「ファカルティ」を形づくっている、年齢一〇〇歳を超え、構成員総数が一〇〇〇人を超える、ある種の多細胞生物が存在しており、それがこの学舎での教育事業を行っている。それは時代を超えて、同一「人格」を保っている。そういう仮説を立てない限り、九〇歳の卒業生が遺贈してくれた志を僕たちが受け取ることは正当化できません。そのことに気づいて、僕は深く自得するところがありました。

僕はずっと「ファカルティ」とは「同じ学期に、同じキャンパスで、同じ学生たちを相手に、教育活動を連携して行っている仲間たち」というふうに空間的に表象していました。でも、そうではない。実は「ファカルティ」というのは時間軸方向にも伸びていたのです。僕たちがその名前も知らない教職員たちが行った誠実な教育活動の果実を今僕たちが享受しているなら、それと同じように、僕たちが今ここで誠実な教育を行えば、未来においてその果実を受け取ることになるのは三〇年後、五〇年後、あるいは一〇〇年後のこの学校の成員たちなのです。過去の教職員たち、その多くはすでに死者です。未来の教職員たち、その多くはまだ産まれてさえいない。でも、そのすべての人たちと、今ここにいる僕たちは、時間を超えて、ただ一つの「ファカルティ」を形成している。そういう宏大なイメージを抱いたときに、単年度の教員一人一人の業績や成果を比較考量して、格付けして、資源配分することにいったい何の意味があるのか、わからなくなりました。大学の評価の本質を形作っていたのは、単年度の志願者数や偏差値や卒業生の就職率などではありません。建学以来、一〇〇年以上にわたって、教職員たちや卒業生たちが学校に贈ってくれたものすべての総和です。知り合いの林業家に聴いた話では、今年切り取って材木にすることができるのは、八〇年前に植えた杉の木だそうです。僕が家を建てるときに、その林業家が伐採したのは彼の祖父が植えた木でした。それを彼は今時間を超えた祖父からの贈り物として受け取っている。そして、彼が今年植えている木を「果実」として享受するのは、彼の孫やさらにその子どもの世代です。それは林業というのは単年度の収益でその経営の意味を計ることのできないものだということを教えてくれます。

僕たちが営んでいるすべての社会的活動は、つきつめてみれば、個人のものではありません。集団が主体となって行っているものです。そして、その集団は成員として、今ここで同時代に同じ集団を形成しているメンバーだけではなく、もういなくなってしまった人も、まだ加わっていない人も含んでいる。でも、そういうふうに社会制度や組織について考える習慣を僕たちは久しく忘れ去っていたのでした。

アメリカの「セルフメイドマン」幻想

アメリカの理想的人格モデルは「セルフメイドマン」、独力で自分自身を基礎づけた人間だという話をしました。自分が今所有しているものは、全て自分の努力の成果である。だから、自分はそれを占有し、誰にも分ち与えない権利があるし、そうすることが社会的フェアネスの達成なのだ、そういうふうに考える人が多い。成功したアメリカ人の多くは「自分は誰にも依存していないし、誰からも支援されていない」ことを誇りたがる。

でも、そんなのは幻想に過ぎません。アメリカは移民たちが、もとからそこに住んでいたネイティブを虐殺し、彼らが住んでいた土地を奪って作り上げた人工的な国家です。北米大陸に広がっていた膨大な、ほとんど無尽蔵の自然資源を収奪することによってアメリカという国は成立し、栄えてきた。

移民たちがどれほど自然を破壊したか、わかりやすいデータがあります。北米にいたバッファローの頭数です。バッファローは一九世紀初め、当時の統計では北米大陸に六〇〇〇万頭いました。一九世紀末の生存数は七五〇頭でした。六〇〇〇万頭を七五〇頭になるまで殺して、殺して、殺し続けたのです。『ダンス・ウィズ・ウルブズ』(一九九

○年／アメリカ）というケビン・コスナーの映画に、白人のハンターがバッファローを殺す場面が出てきます。バッファローを殺して、毛皮だけを剝ぎ、肉と骨は放っておく。毛皮を剝がれたバッファローの腐乱死体が何千頭、何万頭と、地の果てまで続いている、そういう衝撃的な画面が出てきます。

「セルフメイド」というのはたしかに自分と同種の他者には何も負っていないかも知れません。でも、「セルフメイドマン」が自分を作り上げるときに使った材料は、北米の宏大な「無主《むしゅ》」の自然でした。でも、それは「無主」などではなかった。白人の移民たちが人間だと見なさなかったネイティブ・アメリカンたちの土地でした。彼らの自己形成コストは材料費について言えばゼロでした。だから開発し尽くされたヨーロッパ大陸では決して実現できそうもない「ゼロからの自己形成」が可能になった。そういう特殊な国民の歴史から導かれて出てくるのが、「セルフメイドマン」の幻想です。

先日、原子力についての質問が出ました。「先生、原子力というのは文明の発達の自然過程として出現してきたエネルギーなわけだから、これからどんなことがあっても原子力エネルギーを使い続けなくてはいけないのでしょうか」と訊かれたので、「そんなことないよ」と答えました。そんなことあるわけない。どんな科学技術もある意味では「たまたま」実用化されたものに過ぎないからです。今の石油基盤の産業社会というのも偶然できたものです。

一九〇一年にテキサス州のスピンドルトップで石油が噴き出し、もういくらでも湧き出てくる。ただ同然のエネルギー源ですから、これを精製したガソリンで内燃機関を回して、それを動力にするというアイディアが広まった。二〇世紀はじめにテキサスで石油が噴き出すことがなければ、テキサスがメキシコ領のままであれば、誰もスピンドルトップでボーリング作業をしようと思いつかなければ、あるいはどこかアメリカの違う場所で埋蔵量豊富な石炭が発見されていれば、それから後の二〇世紀の石油に依存した産業モデルそのものが存在しなかったでしょう。ただ同然のエネルギー源がほとんど無尽蔵にあるという偶然からアメリカという国は世界に冠絶する覇権国家になれたのです。遡れば、油井一つです。

スピンドルトップの油井に誰も気づかずにいれば、アメリカはあるいは、水力や風力や潮の満ち引きや太陽光を主要なエネルギー源に使う社会になっていたかも知れません。そうなっていたら、世界の風景は変わっていたでしょう。「文明」というのは別に一直線で決められたレールの上を進むものではありません。逆です。どういう環境に置かれても、そのつど最適解を選択できるという人間知性の可塑性・自由度のことです。ですから「石油の次は原子力」というように「歴史の進歩のルートは決まっている」という発想こそ最も非文明的なものなのです。

原子力エネルギーは一つのすばらしい発見です。でも、それしかエネルギー源がないというふうに決めつける人は、どのような状況下でも最適解を発見することが知性だということを知らない。そういう「非文明」的な人たちには、申し訳ないけれど、原子力のような高度の技術的知性を要求するエネルギーを扱えるはずがない。そのようにお答えしました。

話を戻します。アメリカは手つかずの自然と原住民を収奪して国家の基礎を築き、ただ同然の豊かなエネルギー源を発見したことによって、今日の石油基盤社会の覇権国家になりました。別に国民たちの例外的な能力や努力のみによったのではなく、いくつかの歴史的偶然の連なりによって、今あるような国になった。世界の表面はいくつかの偶然によって変わるものです。けれども、アメリカ人たちは、自分たちの成功の理由を誰の支援も受けずに刻苦勉励した事実に求めました。その国民的幻想である「セルフメイドマン」という特殊アメリカ的なロールモデルが今やグローバルスタンダードとなり、全世界に強要されている。日本にはやはり日本固有の風土があり、日本固有のあるべき人物像があると思うんです。自然と親しみ、その恩恵を豊かに享受できることを感謝し、自然や他者たちによって生かされていることをデフォルトにするような人間の方が、この風土、この社会にはなじみがいいと僕は思っています。でも、それを捨てて、できあいの「グローバル人材」なる鋳型に自分たちをはめ込もうとしている。これがいかに愚かしいことかということを、僕は言葉を尽くして言っているのです。

「グローバル人材」は誰のために必要なのか

「グローバル人材」とはせいぜい言われ出して一〇年ぐらいでしょう。九〇年代まではそんな言葉は使われなかった。学生を採用する側の企業は、大学に対して「学生たちにはぜひ基礎的な教養をつけてほしい」と言っていたのです。きちんとした日本語の読み書きができて、古典を読み、歴史や文学を学び、幅広い教養を身につけた人間を育てていただきたい、と。「専門教育は我々がやりますから、変な色をつけないでいただきたい。大学はリベラル・アーツ教育に専念して下さい」と。そう言っていたんですね。

ところが、九〇年代に入ると話が変わる。採用する企業の側が「もう教養課程なんか要らない。第二外国語も要らない。一年生から専門科目を教えて、即戦力にして卒業させろ」と言い出してきた。つまり、それまで「素材」の育成は大学が担当するが、「戦力」の育成は企業が受け持つという話になっていたのが、「明日からすぐ使える状態で納品しろ」という話に変わった。「即戦力を育成しろ」というのは、言い方は恫喝的ですけれど、本音は「企業内部で人材育成コストを負担したくない」ということです。それまで企業が受け持ってきた人材育成コストを外部化して、大学に押し付けるようになった。つまり、企業にとって使い勝手のよい人材の育成を「学生たちの授業料と税金でやれ」ということです。ふざけた話だと思いませんか。百歩譲って、そういう贅沢を言うのは許しても、もう少しすまなさそうに言うのが筋でしょう。自分が負担すべきコストを他人に押し付けておいて、それを当然の権利請求でもあるかのように威丈高に命令してくるというのは、どういう思い上がりですか。

これを「コストの外部化」と呼ぶのです。日本の株式会社は九〇年代から露骨に「コストの外部化」を始めました。本来であれば、自分たちがコストを自己負担しなければならないことを次々と「外部化」してきた。人材育成はそれまで社内教育して手作りしてきたものを、その分のコストを削減するために大学に外部化した。同じことをすべての社会活動について行った。公害規制の緩和を要求するのは環境保護コストを外部化するためです。高速道路や鉄道の敷設を要求するのは運輸コストを外部化するためです。最低賃金制の撤廃や、残業ゼロの合法化を要求するのは人件費コストを外部化するためです。本来自分が負担すべきものを国や自治体や学校や周辺住民や従業員に押しつけたわけです。

原発事故がその適例です。東電という一民間企業が安全確保のためのコストを削れるだけ削ったせいでシリアスな事故が起きた。それによって周辺住民は住む場所を失い、仕事を失い、拠るべき共同体を失った。それだけではありません。これから先、土壌の除染や廃炉にかかるコストも国民の税金から支払われる。東電という民間企業が収益を上げるために安全確保コストをぎりぎりまで切り詰めたおかげで、日本国民は国土の汚染と健康被害というかたちで損害をこうむり、さらに原発事故処理に投じられる天文学的コストを税金で支払うというかたちで損害をこうむることになった。東電が原発であげた利益は株主たちの個人資産となるけれど、事故がもたらした国家的規模の損失は公共的な資産を取り崩して充塡される。「大きすぎてつぶせない」(too big to fail) のロジックを適用すれば、企業が犯す経営上の失敗は、規模が大きければ大きいほど、企業の責任は小さくなる。これでは企業経営者は倫理的に頽廃《たいはい》するしかない。

でも、これを倫理的に責めるのはたぶん筋違いなのです。株式会社というのは、その発生のときから「そういうもの」だったからです。いかにして自分の収益を増やし、コストは他人に持たせるか、その工夫に成功した経営者が賞賛され、まわりに迷惑をかけないような経営を心がけ、社員たちに快適な雇用条件を保障し、地域経済の発展に尽力し、法人税を納め、起業した街に感謝の念を込めて身銭を切って学校を作ったり、美術館や図書館を建てたり、橋を架けたり、道路を通したりするような経営者は今の上場企業にはいません。いるはずがない。だって、そんなことをしたら、「なぜ株主にまわすべき配当をそんな私的なことに流用したのか。これは背任だ」と株主総会で集中攻撃を浴びて、たちまち馘首されてしまいますから。今の日本の企業では、コストの外部化がうまい経営者、つまり本来会社が負担すべき経費を他人にツケ回す技術に長けた経営者が「すばらしい経営者」ともてはやされる。エゴイスティックであればあるほど賞賛される。そういう仕組みが出来上がっている。

「グローバル人材」というのは企業にとっての「即戦力」のことです。英語ができて、コンピューターが使えて、外国の取引相手とタフな交渉ができて、一日一五時間働けて、安い賃金に文句を言わず、辞令一本で明日から海外の工場や支店に飛んでいける人間のことです。とくに最後の条件です。就活生は面接で必ず聞かれます。「君は明日からバンコクに行けとか、ダマスカスに行けと言われたら行けるか」と聞かれて、「行けません」と答えるような学生は採用されません。「はい」って言わなきゃいけない。学生たちは大学二年生の頃からそう叩き込まれている。

「世界で活躍できる機動性の高い人間として育てるのは教育的にはいいことじゃないか」と思う人もいるかもしれません。でも、僕はこれは学校教育の本質に背馳《はいち》する要求だと思います。われわれが自分の子どもたちを成熟した市民として育てたいというのなら、そのとき理想とすべきは周りの人から「あなたがいなくなっては困る」と言われるような人のはずです。親族や地域社会の中心にいて、みんなから頼られる人、多くの人がその人の支援やアドバイスを当てにしている人、ネットワークのハブとして機能している人、利害が背反するような人々の間を周旋して、みんなが納得できる「落としどころ」を提示できる人、そういうのが成熟した市民の理想です。その条件は一言で言えば、周りの人たちから「あなたがいなくなったらとても困る」と言われることです。“I can not live without you”というのはもっともつよい愛の言葉ですけれど、教育の目的はそのような言葉を告げられるような人間に育てることです。そのために学校教育をしてきたはずなのに、今「グローバル人材」として要求されるのは「いなくなっても誰も困らない人間」です。企業の都合であっちに行ったり、こっちに行ったり、定年まで世界中ぐるぐるまわることができる。そういう機動性の高い人間が求められている。でも、これは言い換えると、「どこにも根をおろすことができない人間」のことです。親族からも、地域からも、誰からも頼りにされない。頼りにしようがない、すぐにいなくなってしまうんですから。誰とも親密な恒常的な関係を築けない。築くことができない。そういう人間がいま学生たちに自己形成のモデルとして提示されている。そういう人間であると宣言しなければ、就職試験に受からないんですから。

若い人たちはそういう心理的な負荷を子どもの頃からずっとかけられている。誰にも迷惑をかけないし、かけられもしない。誰にも頼らない、頼られない。そういう人間が「大人」だと信じ込まされている。ほとんど「洗脳」されている。これはほんとうに気の毒なことだと思います。

特に男子にその影響が色濃く出ています。友だちがいない、ガールフレンドがいない、地域の活動にコミットしない、結婚もしない……そういう若者がどんどん増えている。

でも、彼らはそれでも「辞令一本で明日から海外に行ける」という条件はちゃんと満たしているんです。相互に依存し合っている「濃い」人間関係をつくることへの彼らの恐怖には、それ以外の理由もあるのでしょうけれど、「グローバル人材」の条件に最適化しようというけなげな努力もここには関与しているように僕には見えます。

映画『七人の侍』に学ぶ組織のあり方

どうやって共同体を形成するのか。どうやって他者と相互に助け合い、認め合い、許し合って共生するのか。それを教えることが学校教育のいちばんたいせつな目標の一つだと僕は思っています。

組織論というのは、別の言葉で言えば、共生のための知恵ということになると思いますが、僕は「組織論」を語るときにしばしば黒澤明の『七人の侍』（一九五四年／東宝）という映画を引きます。ご存じの通り、これは七人の武士が農民たちに雇われて、彼らの村を襲う野武士と戦うという話ですが、「強い組織」「効率のいい組織」「求心力の強い組織」がどういうものかということについて実に含蓄の深い知見を含んだ映画だと思います。

島田勘兵衛（志村喬）という浪人がいます。彼がとある百姓家で盗賊を退治した手際に感心した百姓から「野武士を退治するために侍を雇いたいのだが、自分たちには武士の善し悪しが識別できないので、ひとつあなたが中心になって人を集めてくれ」と頼まれます。最初に片山五郎兵衛（稲葉義男）と相知り、続いてかつての部下であった七郎次（加東大介）がやってきて、この三人が中核になって侍のリクルートが始まる。

いちばん興味深いのは林田平八（千秋実）をリクルートする場面です。五郎兵衛がとある茶店に入ると「侍探しているんだってね、うちの裏にも変なのが一人いるよ」と言われる。果たして、店の裏手で薪割りをしている平八がいる。五郎兵衛が「おぬし、流儀は」と聞くと、「薪割り流を少々」と答える。

画面が変わって、五郎兵衛が勘兵衛のところに帰ってきて、「今日はなかなかおもしろい侍を見つけた」と報告します。勘兵衛が「どんな侍かね」と訊くと、「まず腕は中の下」と五郎兵衛が笑って答える。「だが、愉快な男でな、話をしていると気持ちが晴れる。長い戦のときには役に立つ男だ」。これは組織論的にはきわめてすぐれた評言だと僕は思います。

戦闘集団をつくるとき、高い戦闘力を持っている「強い武士」だけを集めた集団がいちばん強いだろうと僕たちはつい思ってしまう。でも、それは違う。平八は単独の戦闘者としてなら「腕は中の下」ですけれど、組織の中に置くと違う働きをする。「話をしていると気持ちが晴れる」このキャラクターはおそらく長期にわたる停滞や、救いのない後退戦において、戦闘集団全体のパフォーマンスを高いレベルに維持する上で有用な人物であることを五郎兵衛は見抜いた。

集団はさまざまな局面に遭遇します。勢いに乗って勝ち続けるというのはそれほどむずかしい仕事ではありません。難しいのは劣勢に回ったとき、厳しい後退戦を戦うときです。そこで被害を最小化するために必要な才能は「勝つ」ために必要な才能とは別物です。でも、その才能のおかげで集団が壊滅的な危機に陥るリスクを回避できるなら、それもまた高い戦闘能力の一つにカウントすべきでしょう。

黒澤明がこの映画を撮っていたのは、戦争が終わってまだ一〇年も経っていない時代です。スタッフもキャストも、男たちはほとんど全員が軍隊経験者でした。だから「戦う」というのがどういうことか、戦闘集団が高いパフォーマンスを発揮できるのはどういう条件が整った場合か、経験的に知っていた。兵士個人の腕力が強いとか、動体視力がよいとか、怖いもの知らずであるとかいうことでは戦闘できない。集団でやる事業ですから、全員の潜在能力が最大化するような仕組みを集団的に作り上げてゆかなければならない。その中に、血走った眼をした男たちばかりの息苦しい生活に風穴を空けて、笑いをもたらすような才能も必須のものだということは、軍隊生活の中で兵士たちが熟知していたことのはずです。

でも、平八のような才能は今の日本の会社ではまず採用されない。「個人的な能力はまず中の下。だけれども、彼がいると、業績が上がらない時期の職場の雰囲気が明るくなるから採用しよう」なんてことを人事担当者は絶対言いません。そういう才能が現実に存在していることは知っているのでしょうけれど（知らないのかな）、それは数値的に考課できないからです。今の人事担当者は数値的に示された個人の能力しか見ません。出た大学の偏差値とか、ＴＯＥＩＣのスコアとか。それで採否を決めるなら「人を見る目」は要らない。でも、「人を見る目」というのは、その人を見ているわけじゃなくて、ほんとうはその人を集団の中に置いたとき、どのような働きをするか、それを想像する力のことなんだと思います。

観ていない人には申し訳ないのですが、映画の話が続きます。『七人の侍』にはもう一人組織論的に興味深い人物が登場します。木村功演じる岡本勝四郎という若侍です。これはまだ少年といってもいいくらいの青侍ですから、腕はぜんぜんダメです。修羅場を踏んだ経験もない。戦闘力としては使い物にならないんですけれど、とにかく勘兵衛を尊敬している。この人を「メンター」にして侍としての成熟を果そうと願っている。でも、この若侍がいるせいで、他の六人の侍の戦闘力があきらかに向上する。というのは、あとの六人には「どんなことがあっても勝四郎を死なせてはならない」という暗黙の了解があるからです。勝四郎は若い。でも、彼には圧倒的なアドバンテージがある。それは若さです。彼にはあとの六人にないもの、「時間」がある。勝四郎が生き残ってくれたら、彼はかつて若者だったときに、自分がそれぞれに個性的な六人の侍たちとどんな英雄的な戦いをしたか、それを必ず語り継いでくれるに違いない。それはわかるんです。老境に達した勝四郎が彼の孫たちに取り囲まれて、遠い眼をしながら、若き日に彼がどのような冒険的な日々を送ったか、そこでどのような英雄的な侍たちと出会い、どのように勇敢に戦ったかを、多少の潤色込みで語ってくれる。六人の侍たちには、いまから半世紀後のその風景がなんとなく想像できる。自分たちはここで野武士と戦って死ぬかも知れない。たぶん死ぬだろう。けれども、自分たちの死は「英雄譚」として語り継がれる可能性がある。勝四郎さえ生き残ってくれたら。この「いつか英雄として物語られる」という想像が成立するかしないかは、侍たちの戦場における戦闘能力に有意に関与すると僕は思います。ここで死んだら、そのまま野ざらしになって、自分の名前も事績も誰も覚えていてはくれないだろうと思って戦うのと、ここで死んでも、私の戦いぶりをその死の間際まで微に入り細を穿って語り継いでくれる人がいると思って戦うのでは、戦闘力の高さが違ってくる。

尾田栄一郎さんが描いている『ONE PIECE』（一九九七年〜／集英社）という国民的なマンガがあります。『少年ジャンプ』に連載されていて、単行本は累計三億部を超えたほどです。このマンガが描いているのも戦闘集団です。ルフィという少年が仲間を集めて戦闘集団を形成し、「海賊王」になろうとして航海を続ける。そういう非常にシンプルな話です。戦闘の目的はある意味どうでもいいのです。マンガの関心が集中するのは、戦闘集団を構築する「リクルート」のドラマと、そこで採用された海賊仲間たちがその後どのような思いがけない異能を発揮するか、その「才能発揮」のドラマがマンガを貫く縦糸です。

『七人の侍』と同じく、尾田さんの関心もまた組織論にあります。編集者に聞いた話では、尾田さんは一五年間、ほとんど仕事場から一歩も出ないで、ひたすら『ONE PIECE』を描いている。そして、好きな映画は『昭和残俠伝』だと聞いて、僕はなるほど、と腑に落ちました。

『昭和残俠伝』というのは、「戦う組織とはどのようなものか」「人はどのような状況においてその戦闘力を最大化するか」という問いをとことんまで、そぎ落とすようにつき詰めていった映画です。その構成はほとんどギリシャ悲劇のように構造化されている。

僕のうちには『昭和残俠伝』が全九巻揃っていますので、高倉健追悼として、一昨日から順番に観ています。昨晩は第二弾『昭和残俠伝　唐獅子牡丹』を観ました。自己利益の追求だけにしか関心のないワルモノたちの「強者連合」と、未亡人、孤児、異邦人、老人といった弱者たちのかたちづくる「小さな集団」が対立している。高倉健演じる花田秀次郎はこの「小さな集団」の支援者として登場します。

『昭和残俠伝』というタイトルですけれども、全九作中、戦後を扱っているのは第一作だけで残り八作は戦前の日本を舞台にしています。戦前版のワルモノは政治家と軍人です。「満州に王道楽土を建設するために」とか「大東亜共栄圏の繁栄のために」とかいう「大義名分」を掲げる連中がワルモノです。彼らが「大義名分」を掲げるのは、すべて私利私欲のためです。ナショナリズムを掲げて市民たちを食い物にするならず者たちが、社会の一隅で身の丈に合った小商いをしている人たちを押しつぶそうとする。それを守って、最後に花田秀次郎が風間重吉（池部良）と共にワルモノたちの巣窟に乗り込んで、斬って斬って斬って斬りまくる……という大変爽快な映画です。

でも、『昭和残侠伝』は深いです。全九作に一貫するメッセージはただひとつ、それは「大義名分」を語る人間を信じるなということです。公益だとか公の秩序とかいうことを言って威張り散らす人間たちを絶対に信じるなということです。これは戦中派の映画作家たちの経験的実感に他ならないと僕は思います。「お国のため」というようなことを言って、他人の生活に土足で踏み込んでくる人間はほとんどの場合、私利私欲を満たすために、あるいは大義名分を背負って他人を恫喝したり、命令したりできる立場もたらす全能感を味わうためにそうしている。そういう「大きな公共」の名において行動する人間が『昭和残侠伝』的世界においては許しがたい敵として造形されている。それに秀次郎が対置するのが「小さな公共」です。

「大きい公共と小さい公共が対立する場合は、つねに小さい公共の側に立て」というのが『昭和残俠伝』の全作品に伏流するメッセージです。それは『ONE PIECE』ともそのまま通じるものだと僕は思います。

戦後七〇年、今なお続く「対米従属」

戦後日本は「対米従属」を通じての「対米自立」という、非常にねじれた国家戦略を採用してきました。敗戦国には戦勝国に対する従属しか選択肢がなかったというのは痛ましいけれど現実です。それしか戦後日本のとれる道はなかった。でも、対米従属に徹したのは、「一時的な従属を通じて、最終的には国家主権を回復する」という見通しに立ってのことでした。実際に対米従属は日本にそれなりの「ごほうび」をもたらした。

敗戦から六年間にわたって徹底的にアメリカに従属し、みじんも反抗の気配を見せなかったことによって、一九五一年のサンフランシスコ講和会議で、世界史に前例をみないほど寛大な講和条約が締結されました。これによって日本は形式的には主権を回復しました。対米従属を通じて主権回復したのです。「小成は大成を妨げる」という古諺にあるように、この成功体験に日本人は居着いてしまった。

その後もさらに対米従属を続けた。アメリカのベトナム戦争は世界中ではげしい批判があったにもかかわらず、日本政府は愚直にベトナム侵略を支持し、米軍の後方基地として経済的な恩恵に浴した。そして、一九七二年に沖縄の施政権が返還された。敗戦による失地が返還されたのです。巨大な成果です。サンフランシスコ講和条約と沖縄返還、この二つの成果によって、戦後日本の「対米従属を通じての対米自立（主権回復と国土回復）」という戦略はそれ以外のすべての可能性を忘れさせるほどの重さを得た。もう、対米従属以外の国家戦略の代案を思いつく人間は一人もいなくなってしまった。とにかくアメリカの言うことをきいて、そのイエスマンに徹していれば「いいこと」がある、と。日本の指導層はその信仰をほとんど血肉化してしまった。

でも、それからもう四二年が経ちました。沖縄返還から四二年、日本は「対米従属」を続けてきました。でも、主権は回復されず、国土も返還されない。沖縄の基地はそのままだし、横田基地もそのままです。四二年間対米従属によってもたらされた「いいこと」が何もない。もちろん、個人的には対米従属によってアメリカに可愛がられ、そのおかげで私財を増やしたとか、出世したとか、社会的威信を得たという人は指導層にいくらでもいるでしょうけれど、国家的スケールで見ると、主権も国土も回復されなかった。

ふつう、これくらい外交戦略の果実が少なければ「この戦略はまずい」と言い出す人が出てきてよい。でも、一人も出てこない。とりあえず、政治家にも、官僚にも、メディア知識人にも、およそ日本の指導層を形成する人々の中には「対米従属を止めて、違う国家戦略に切り替えたらどうか」と提言する人が一人もいない。

二〇一三年の八月に、オリバー・ストーンというアメリカの映画監督が広島で講演しました。そのときに彼はあっさりと「日本はアメリカの衛星国（Satellite state）であり、属国（Client state）である」と話しました。僕はその映像を見て、強い衝撃を受けました。オリバー・ストーンはこう言いました。「日本の映画は素晴らしい。日本の食文化も素晴らしい。文物はどれも素晴らしい。でも、この国には政治がない。この国にはかつて国際社会に向かって、『私たちはこのような理想的な世界を作りたい』という理想を語った政治家が一人もいない。日本は何も代表していない（doesn't stand for anything）」そう言い切ったのです。

アメリカを代表するリベラル派の知識人が、日本は「属国」で「衛星国」で、「国際社会に対して発信すべき政治的メッセージを何も持っていない国である」とごくふつうに、淡々と述べた。別に口角泡を飛ばして主張したわけではありません。まるで「そこには海があります」というように、ただの客観的事実として、誰一人反論する人がいるはずもないかのように述べたことに僕は衝撃を受けたのでした。そうか、それがアメリカから見た日本の実像なのか。アメリカ人は日本のことを主権国家だと思っていない。でも、日本人は日本のことを主権国家だと思っている。その認識の落差に僕は愕然としたのです。事実、日本のメディアはこの発言を一行も報道しませんでした。「オリバー・ストーン監督、広島で講演」という記事は出ました。でも、その内容については何のコメントもしなかった。仮にも広島での核廃絶を願う公開の集会で日本はアメリカの「衛星国」「従属国」だと発言したのです。そう思うならそのまま報道すればいいし、そう思わないなら「ふざけたことを言うな」と反論すればいい。でも、日本のメディアはどちらもしなかった。国家主権にかかわる話が出ると、自動的に耳を塞ぎ、目をつぶるのが習性となった動物のように自然に無視した。

日本がアメリカの「衛星国」「従属国」であるというオリバー・ストーンの指摘は間違っていないと僕は思います。まずそこから話を始めるべきなのです。実際に敗戦後の日本人はその現実を受け容れ、その現実の上に立って、主権回復・国土回復という気の遠くなるように時間のかかる政治課題に取り組んできた。その作業の前提にあったのは「日本はアメリカの従属国である」という現実認識でした。

ところが、いつのまにか日本人はこの現実認識そのものを捨ててしまった。そして、まるで主権国家であるかのようにふるまい始めた。米軍基地が国内にあるのは、まるで日本がそうあることを願っているからであるかのように思い始めた。アメリカがどのような無理無体な要求をしてきても、アメリカの国益を増すことこそが日本の国益を最大化するための最も効果的な方法だから、アメリカは日本の望み通りに自国益を追求しているのだという逆立した推論をする人たちさえいる。さすがにアメリカの国益追求は

「日本がそのように仕向けているのだ」というところまで妄想的な人はそれほどいないでしょうけれども、アメリカが国益追求のために採択する政策と日本が国益追求のために採択する政策は「奇跡的に全部一致している」というふうに信じている人はいます。もしかすると安倍政権支持者の過半はそう信じているのかもしれない。僕の眼には気が狂っているようにしか見えませんが、彼らはたぶん僕の方が気が狂っていると思っているのでしょう。

　主権を回復したいという点について言えば、僕も彼らも思いは同じなのです。違うのは、僕は「まだ日本は主権を回復していない」と思っているのだが、彼らは「もう日本は主権を回復した」と思っている点です。僕は対米従属は対米自立のための迂回だと思っているけれど、彼らは対米従属は日本政府が主権的に選択した国家戦略だと思っている。僕は対米従属戦略は日本にいまや十分なメリットをもたらさなくなったと思っているけれど、彼らは対米従属こそが日本の国益を最大化する道だと思っている。現実認識がこれほど違う。彼らは自分たちのことを「リアリスト」だと思い込んでいて、そう口にしてもいますけれど、僕は自分の方がはるかにリアリスティックだと思っています。

　アメリカのこの政策を支持する。その代わりに、日本の国益を増すようにこの政策については譲歩してくれというような交換的な外交であれば、僕だってその合理性を認めます。でも、今の日米関係は国益と国益のすり合わせではなくなっている。日本が第一の国益として要求すべきは主権の回復と国土の回復なわけですけれど、日本の今の指導層は日本は主権もあるし、基地もアメリカに「こちらの好意で貸してあげている」という話を信じているわけですから、アメリカとすり合わせるものがない。すでに所有しているものを「返してくれ」というのは理不尽ですから。

これはアジア諸国の中でもきわだって異常な行動です。同じように米軍基地を国内に抱えながら、例えば、韓国政府の対応はまったく違います。北朝鮮との休戦状態にある韓国は米韓相互防衛条約を締結し、在韓米軍司令官が戦時作戦統制権を握っています。完全な軍事的同盟国です。でも、韓国では米軍基地はどんどん縮小されている。市民たちが「基地が邪魔だ」と言うので、米軍が撤退しているのです。でも、韓国のこの「反基地闘争」を日本のメディアは全く報道しませんでした。僕は新聞でもテレビでも見たことがない。以前「日本外国特派員協会」というところで講演したときに、司会をしてくれたイギリス人のジャーナリストから質問されました。「韓国における反基地闘争についてどう思う？」という彼の質問に僕は答えられなかった。韓国における反基地運動があるなんて知らなかったからです。彼は非常に驚いていました。「日本のメディアは韓国の反基地運動を報道しないのか？」

そのとき彼から聞いたんですけれど、韓国の反基地闘争はかなり過激なものだったようです。基地周辺の商店やレストランが米軍関係者には商品を売らない、店に入れないというような反基地運動をしたんだそうです。そのせいで、米軍基地に住む軍人たちの家族が嫌気がさして、帰国してしまった。家族がいなくなったので兵たちの士気も低下して、そんなに嫌われているのならということで、基地を撤去した。

実際に韓国の陸軍士官学校でとったアンケートでは、新任の士官たちの「嫌いな国」の第一位はアメリカだったそうです。軍事同盟国でありながら、「いやなものはいや」という点については歯に衣を着せない。これが主権国家というもののありかただろうと僕は思います。

フィリピンにはかつてクラーク、スービックというアメリカの海外最大の基地がありましたが、フィリピンは憲法を改定して「外国軍隊の駐留は認めない」という条文を加えました。そして憲法に基づいて、クラーク、スービック両基地を撤退させました。ところが、その後南シナ海に中国が進出してきて、領土問題が出てくると、「やっぱり米軍にはいてほしい」ということになった。米軍は今はフィリピンに戻ってきています。

在韓米軍も「戦時作戦統制権はもう韓国に返す」と前から言っているのですが、これを韓国政府が拒否している。要するに、アメリカを北朝鮮、中国、ロシアとトラブルが起きたときにはステークホルダーとしていつでも「戦争に巻き込める状態」にしてあるわけです。

両国とも、自分たちに都合のいいときにはアメリカを利用して、邪魔になったら「出ていけ」と言う。まことに身勝手な話です。でも、僕はこれが主権国家の「ふつう」だと思います。同盟国の国益よりも自国の国益を優先する。その前提に立ってはじめて外交交渉というものは始まる。日本だけが異常なんです。アメリカの国益確保を最優先して、それに合わせて自国の国家戦略を設計しているんですから。

かつては違っていた。「対米従属を通じての対米自立」というのは、失った主権の回復という大きな目標があった。日本の国益のために、一時的・迂回的にアメリカに面従腹背していた。そういう「犯意」が戦後の日本の指導者たちにはあった。でも、今の日本の指導層にはもうそんな屈託はありません。ただ、うれしげにアメリカに追随している。そうすれば、反米的な発言をする人間よりもあきらかに効率的に出世するし、金も儲かるし、メディアからも声がかかるし、大学教員のポストも提供されるからです。アメリカの提灯持ちをすると、自分自身の利益が増す。そういう社会の仕組みを七〇年かけて作り上げてしまった。そもそもその仕組みは主権回復のための方便だったのに、その仕組みの中で暮らしているうちに、居心地がよくなってしまった。その「家風」にすっかりなじんでしまった。アメリカに従属していると「いい思い」ができるという成功体験を三代にわたって積み上げた結果、政官財、メディア、学界、どこを見回しても、「そんな連中」ばかりが大きな顔をするようになった。彼らは日本の国益を犠牲にして、自己利益を増しているのですが、そのことに本人たちも気づいていない。自国の資源を外国の支配者に売り渡して、その代償にいくばくかの自己利益を手に入れるもののことを歴史用語では「買弁」と言います。清朝末期に、イギリスをはじめとする帝国主義列強が中国を植民地化しようとしたときに、それに迎合して、その見返りに利権を手に入れようとした中国人のことです。今の日本の指導層はそれによく似ています。日本はたぶん国際社会には「買弁国家」のようなものとして映っている。わが国の国家戦略は「対米従属を通じての対米自立」ではもうなくなって、「対米従属を通じての指導層の自己利益の拡大」にまで矮小化してしまった。

「買弁」的政治家の代表が今の総理大臣です。まったく国益に背馳する政策を安倍首相は次々と打ち出しています。「集団的自衛権の行使」というのは要するに、アメリカの海外の軍事活動に追随していって、アメリカの青年の代わりに日本の青年が血を流し、アメリカが負担している軍費を日本国民の税金から支払うことです。アメリカからすれば自分たちのためにそうしたいと日本の方から申し出てきているのですから、断る筋の話じゃない。でも、その見返りに首相は何を要求したのか。「靖国神社参拝」です。彼はもともと靖国参拝は個人的な宗教行為であって、外国政府にとやかく言われる筋ではないと言い張ってきていました。ということは、つまり、彼個人のプライヴェートな宗教的信条を満たすために、外交的な譲歩をしてみせたということです。個人の宗教的行事を果すために、国民の生命身体と国富を差し出した。その行為のどこが国益なのか。

もちろん聞かれれば「アメリカの国益を最大化することが、日本の国益を最大化することなのだ」と日米同盟基軸論を以て答えることでしょう。けれども、こんな言い分を指導者が口にする国は世界で日本しかありません。一外国の国益を最優先に配慮すること が国の統治の基本方針であるというような世迷い言を口走るような指導者は今はもう世界のどこにもいない。自国の首相が衛星国・従属国の指導者しか口にしないような常套句を口走っていることを「変だ」と思う国民がいない、野党も指摘しない、メディアも批判しない。それが日本が衛星国・従属国であることの何よりの証拠です。

特定秘密保護法もそうでした。あの法律の起案のときの理由は、このような法律がないとアメリカから軍事情報が提供されないからということでした。現状ではアメリカの軍機がダダ洩れになっている。すみやかに法整備をしなければならない。そういう理由でした。そのためには日本国民の基本的人権を抑制することもやむをえない、と。

アメリカからすれば驚くべき提案だったでしょう。アメリカが国是としている「自由と民主主義」を犠牲にしても、アメリカの軍機を守りたいと日本の方から提案してきたわけですから。これだって、アメリカからは断れる筋の話ではありません。「そんなことをして、日本国民は怒らないのか?」と内心怪訝に思ってはいるでしょうけれども、どうも日本国民はアメリカのために自分たちの私権が制限されることを当然だと思って、ぜんぜん怒っていないらしい。「アメリカの国益増大のために日本国民が犠牲を払うことこそが日本の国益を増大することなのだ」という日本以外のどこの世界でも通じないような倒錯的なロジックが日本だけでは罷り通っている。

その特定秘密保護法で日本国民の基本的人権を制約してまでアメリカの軍機を守ったことの代償に安倍さんが要求したのが「北朝鮮への経済制裁の一部解除」でした。経済制裁は北朝鮮を兵糧攻めにしようとするアメリカに命じられた外交政策でしたけれど、安倍政権はそれに逆らった。別に北朝鮮と友好的な関係を取り結びたいからではありません。それと引き替えに拉致被害者を何人か取り戻せるかもしれない。そうすれば支持率が跳ね上がって、次の選挙で自民党が有利になると踏んだからです。そこからわかるのは、買弁政治家たちでもときどきはアメリカの意に反することをする、ということです。それはあきらかに自己利益が増すことが予測できる場合です。日米関係に多少のフリクションが生じるような政策でも、自分の「次の選挙」に有利に働くなら、そちらを優先する。

アメリカ政府はこういう「買弁政権に率いられた従属国日本」をどう評価しているのでしょう。もちろん、利用価値はあります。自分から進んでアメリカの国益増大のために国民資源を差し出してくれるんですから、こんなありがたい同盟国はない。でも、信用できないということはわかっている。アメリカにすり寄ってくるときの動機が「国益のため」ではなく、「自己利益のため」だからです。かつての戦後政治家たちの「対米従属」戦略は国益のための方便だった。いまの「対米従属」戦略はそうではない。自己利益増大のための方便です。だから、個人的にもっと「いい思い」ができる選択肢が提示されたら、買弁たちはためらわずアメリカを捨てるでしょう。別に忠誠心があってすり寄っているわけじゃないんですから。アメリカにすり寄ると自分が得をするから、そうしているだけです。

例えば、ブッシュが「大量破壊兵器」というデマを信じてイラク戦争を始めたとき、日本政府はまっさきに支持を表明しました。ブッシュの判断がリスクの高いものであり、失敗すればアメリカにとって大きな傷手《いたで》になることを知りながら、小泉首相はまっさきに賛成してみせました。アメリカの国益をほんとうに配慮していたら、小泉はむしろブッシュを押しとどめたはずです。少し冷静になって、事実関係を確定してから軍事行動を起こしても遅くはないだろう、と。でも、小泉はそうしなかった。そこに僕は日本の政治指導者のある種の「悪意」を見るのです。小泉首相はアメリカが自滅的な政策を採用した場合でもつねに賛成する用意があった。それははっきり言ってアメリカのことなんか「どうでもいい」と思っているからです。問題はアメリカから自分が「よく思われる」ことだけだからです。そんな同盟国をアメリカ国民が「イーブン・パートナー」として信頼するという見通しに僕は与《くみ》しません。

オリバー・ストーンが率直に告げたように、アメリカ人は日本を「アメリカの属国」

だと思っています。自分のオリジナルな世界戦略を持たず、世界はこうあるべきだというビジョンも持たず、世界に対して「日本を範として後に続け」と呼号できるようないかなる政治的計画も提示できない。そういう国だと思っている。そういう国の指導者たちにどうして信頼感を抱くことができるでしょう。

国民国家の株式会社化

今、日本全体で進行している事態を、僕は「国民国家の株式会社化」と呼んでいます。別に今に始まったことではありません。「自分はＣＥＯが株式会社を経営するように国家を経営したい」と言ったのはジョージ・Ｗ・ブッシュです。彼がそういったのは二〇〇〇年の大統領選挙のときでした。たぶんこれが世界で最初の「国民国家と株式会社の同一視」宣言だと思います。

以後、世界の統治者たちの「ＣＥＯ化」が急速に進行しています。いくつか特徴があります。第一はトップダウンを好むということです。多様な意見に耳を傾けて、じっくり合意形成をするということを好まない。独裁志向と言ってもいい。株式会社ではそれが当然だからです。ＣＥＯに権限も金も情報も全部集中する。下の人間には権限もないし、情報も与えられない。指示は上意下達で、業務命令には逆らうことが許されない。

株式会社に民主主義はありません。そんなことをしても意味がないから。従業員の過半数の賛成が得られないと経営方針が決められない会社なんか存在しません。取締役会の議事録を全社員に公開して、競合他社への産業スパイ活動とか政治家への贈賄とかを逐一報告する会社なんか存在しません。言論の自由も、集会結社の自由も、民主主義も株式会社にはありません。そんなことのために作られた組織じゃないんですから、当然です。

株式会社ではそのような非民主的なふるまいが許されるのは、経営判断の適否はあっという間に「マーケット」が判断してくれるからです。ワンマン社長が星占いで決めようが、社内で一〇年かけて熟議しようが、採択された経営判断の適否はマーケットが即座に判断する。「どんな商品を売るのか」「いくらの価格に設定するのか」「どこに店舗を展開するのか」「どういう客層を狙うのか」、そんなことは事前にどれほどデータを集めても、結果は分からない。マーケットが選好してくれなければ、商品が売れず、客が入らず、収益が減り、株価が下がり、うっかりすると倒産する。たいへん分かりやすい。なぜ株式会社のＣＥＯに権限を集中するのか、なぜ株式会社では独裁制が許容され、むしろ推奨されるのかというと、経営判断が間違っていた場合、すぐに結果が出て、どんな独裁的なＣＥＯもたちまち株主たちによって馘首されるからです。

「マーケットは間違えない」、それが株式会社のルールです。資本主義社会ではすべてのプレイヤーがこの信仰箇条を共有している。CEOに独裁的権力が付与されているのは、そのさらに上位にマーケットがいて、判断の適否を一瞬のうちに裁定することがわかっているからです。単年度か早ければ四半期で判定が下る。理想的には、ある経営判断を下した翌日の株価にすぐ反映するというのが望ましい。翌日よりできればその日のうち、できれば一時間以内に。理想的には入力と出力の時間差がゼロであって欲しい。資本主義のプレイヤーたちはみんなそう思っています。ですから、証券取引所の株の売買がどんどん高速化しているのです。今では一秒の間に何回もの株の売り買いができるようなアルゴリズムが組まれていて、もう株の取引をしているのは人間ではなく、計算式なのです。マーケットというのは単なる「市場」という意味ではありません。それは無時間的に適否を判断する審級という意味です。

大阪の橋下市長も安倍首相も「私の政策に不満だったら、次の選挙で落とせばいい」とよく言います。これは典型的な株式会社のCEOの言い分です。政治にはマーケットがありません。政策の適否が単年度や四半期で判定できるような便利な仕掛けは政治の世界にはありません。政策決定が重要なものであればあるほど、そのアウトカムがわかるまでには時間がかかる。「国家百年の計」という言葉があるのは、自分が採択した政策がほんとうによいものだったかどうかは自分が死ぬまでわからないし、死んだ時点でもまだわからないかもしれないという消息を語っています。だからこそ、重要な政策決定については慎重な上にも慎重を期さなければならない。あらゆる場合をシミュレートして、プランＡが失敗した場合のプランＢ、プランＢが失敗した場合のプランＣ……というように手立てを整えておかなければならない。

　でも、現代の政治家たちはもうそういう頭の使い方ができない。あまりに株式会社的な組織原理とその発想法になじんでしまったので、自分が何か政策決定をした場合に、その適否が「すぐに」数値的に、株価のように、売り上げのように、マーケットシェアのように、表示されることを望む。五年や一〇年先のアウトカムを見ようなんて思わない。今すぐに成否が知りたい。そうなると、政治においてマーケットに代わりうるものとしたら「選挙」しかない。

　ＣＥＯ化した政治家たちの特徴は「次の選挙」を「マーケット」だと見なすことです。そこでの対立候補との得票数差が「マーケットにおけるシェア」と同定される。他社よりも自社のシェアが一％でも大きかったら「勝った」ということになる。選挙で自分が当選すれば、それは「自分の政治判断が支持された」というだけでなく、「政策判断は正しかった」のだということになる。本来であれば、政策の成否はそれが現実化されて、さまざまな歴史的な風雪に耐えた後に事後的に検証されるはずのものです。でも、ＣＥＯ化した政治家たちはそんなに待つ気はない。結果はいますぐ出されなければならない。だから、経済活動におけるマーケットに相当するものが「次の選挙」に同定される。事実、経済活動の場合なら、それでいいのです。ある新商品を売り出した。最初は爆発的に売れたが、五年経ってそれがクズ商品だったということが消費者に知れ渡った。そういう場合でも、そのときには経営者はもう代わっている。クズ商品が市場に大受けしていたときに株が上がって高値で売り抜けた株主も、ボーナスと満額の退職金を手にしたCEOも、その頃はどこかの租税回避地リゾートでゴルフなんかしている。その商品がほんとうは質の高いものだったのかどうかなんか、彼らにしてみたらどうでもいいのです。そのとき売り上げが上がれば、それは一〇〇%の成功であり、成功報酬はその場で支払ってもらって、その件については「それで終わり」なのです。それが株式会社の風儀です。

現に、ブッシュが「統治者の範」として持ち上げたエンロン社のCEOケネス・レイは粉飾決算でエンロンが史上最悪の倒産をしたときも、インサイダー情報を利用して持ち株を高値で売り抜けて個人資産を守りました。彼にとっては会社が適法的に経営されているかどうか、何年保つかどうかなんかどうでもよかったのです。それは道徳的にどうこういう話ではなくて、時間の観念が違うということです。彼らには「今」しかないのです。先のことなんか知らないということです。

「次の選挙で審判が下る」というある種の政治家たちが大好きなフレーズは政治過程が株式会社化したことを意味しています。汚職で辞職した議員が当選すると「みそぎは済んだ」と言うのもまったく同じマインドです。彼らにとっては「次の選挙」がマーケットであり、そこがすべての価値判断の最高審級なのです。当選したということは、「掲げた政策が支持された」ということではなく、「掲げた政策が正しかった」ことだと彼らは解釈する。だから、当選したら、あとはどんな非民主的な手続きをしても政策実現に邁進して構わないと思っている。構わないどころか、そうすべきだと思っている。

政治家たちが教育政策をいじりまわしたがるのはそのせいです。教育政策の適否の判定が出るのは三〇年後、あるいは五〇年後です。三〇年後、五〇年後も日本社会の諸制度がちゃんと機能していて、まっとうな大人が社会の要路にいて、それぞれの市民的義務をきちんとこなしているという状況が出現していれば、そのときに「あのときの教育政策は間違っていなかった」ということが回顧的にわかる。そういうものです。でも、そのときには政策決定にかかわった人間たちはあらかた死んでしまっている。自分が生きている間は政策の適否の歴史的判断が決して下されないようなことを今の政治家たちが好むのは、そのせいです。原発再稼働も、自衛隊の海外派兵も、武器輸出も、米軍基地の拡大も、どれも目先の利益はたしかです。そういう政策を採れば、電力会社やメーカーや兵器産業やゼネコンにはざくざくと金が入ってくる。今期の決算だけを見れば、「大成功」である。三〇年後にこの政策がどれほど国土を穢《けが》し、国富を失い、国民を損なうことになるのかというようなことは、誰も考えていません。誰一人、考えているものがいない。しかし、国民国家の重要政策というのは五〇年、一〇〇年というスパンで検証すべきものです。半世紀後、一世紀後も、この国が生き延びていて、国土が保全され、通貨が安定し、国民が健康で文化的な生活を送っているという事実によってしか、今採択した政策の適否はわからない。それは「次の選挙」の当落や得票数などとは何の関係もない。でも、この理路がたぶん安倍首相にも橋下市長にも理解できない。僕がここで何を言っているのか、たぶんぜんぜん「意味がわからない」と言うと思います。そこまで日本人全体が「サラリーマン化」したということです。

彼らはまさに株式会社のサラリーマン的心性を体現した政治家なのです。だから、サラリーマンたちに人気がある。「民間ではありえない」という橋下市長の決め台詞がありましたね。あれを聞く度に世のサラリーマンたちは溜飲を下げたと思います。だって、それは「あらゆる社会制度は株式会社のように組織されていなければならない。あらゆる人間は株式会社のサラリーマンをモデルに自己造形しなければならない」という宣言だったわけですから。株式会社万歳、サラリーマン万歳と呼号してくれているのですから、うれしくないわけがない。

こんな政治家は少し前までなら出てくるはずがなかった。一九五〇年代なら日本の人口の五〇%以上が農村人口です。農民が自分たちの共同体の設計を考えるときに「マーケット」を第一に考えるはずがなかったからです。

例えば、林業なら今切り出して製材する木は一〇〇年前に植林されたものです。自分が今植林している木が商品化されるのは、同じく一〇〇年後です。今の木材価格が低いから、もう植林も山の管理もペイしないから「止める」という選択肢を林業家は採りません。彼らの仕事の意味や必要性は昨日今日のマーケットにおける需給関係が決定するものではないと彼らが思っているからです。今自分のしている活動の意味を、今ここで判定してくれるマーケットなんかない。おそらく自分の子どもや孫も今の自分と同じような環境の中で、同じような職業的エートスに律されて、同じような労働をしているだろうという定常的な見通しの中でしか、彼らの日々の労働を動機づけるものはない。農林水産業では、今の生産様式や生活文化が半世紀、一世紀後も継続しているだろうという定常系を基本にして人々は暮らしています。「今季のマーケット」における商品価格や需給関係だけを気にして、キャベツが高値だからと聞いて、全部の田畑をキャベツ畑にして、当たれば大儲け、外れれば破産というようなばくちを打つ農民なんかふつうはいません。今季いくら現金収入があるかということよりもずっと長いタームで自分たちの生産様式の継続と維持を考えている。そういう人たちが人口の過半である時代だったら、CEO化した政治家の出てくる余地はなかったと思います。

ですから、政治家のCEO化というのは、産業構造の変化、人口構成の変化の帰結なのです。都市人口が増え、ほとんどの労働者が株式会社の従業員になってしまったという生活様態の変化が政治意識そのものを変えてしまった。蟹が自分の甲羅に合わせて穴を掘るように、現代人は株式会社という組織に合わせて、社会制度のすべては改組されるべきだと無邪気に信じ込むに至った。国民国家も地方自治体も学校も医療機関も、すべてが株式会社のように組織化されるべきだと彼らは信じ切っている。そういう組織しか見たことがないので、それとは違う原理で構成されている組織を見ると「間違っている」と思うのです。

橋下徹市長の主張は「どうして地方自治体は株式会社みたいに組織化されていないのか」ということにほぼ集約されますけれど、それに対しては「地方自治体は営利企業じゃないから」と答えるべきだったのです。でも、みんなまさかそんな問いがあると思ってもいなかったので、びっくりして絶句してしまった。たしかにそう言われてみると、地方自治体は株式会社みたいに組織化されていない。売り上げを上げる努力もしていないし、コストカットに血眼になってもいない、単年度の事業成果をきびしく考課されるということもしていない。その通りです。でも、それは地方自治体が基本的に「弱者救済」のための仕組みだからです。生きて行くのに必要なサービスや財貨を自前で調達できる人に自治体は要りません。社会的に力のある人のオーバーアチーブ分を公共体が集めて、それを弱者に再分配する。自治体はそのための仕組みです。別に金儲けのためにあるわけではないし、他の自治体とコストカット競争をしているわけでもないし、何かの「マーケット」でシェアを競っているわけでもない。自治体の最優先課題は存続することです。とりあえず、それだけです。

株式会社の平均寿命はアメリカで五年、日本で七年です。もう一〇年近く前の統計数値ですから、今では日本も平均寿命五年くらいまで短縮しているでしょう。株式会社というのは、それほど寿命の短い生き物なのです。今から一〇年後にアップルやグーグルやフェイスブックやアマゾンが残っているかどうかなんか、誰にもわからない。今から一〇年後もこれらの会社が生き続けて、イノベーションを続け、利益を上げ続けていることに首を賭けてもいいという人はたぶん一人もいないと思います。これらの会社のどれかが来年倒産しても、どこかに身売りして社名が消滅しても、僕たちは驚きません。だって、株式会社の存在理由は「利益を上げること」であって、「存続すること」ではないからです。クレバーな起業家は会社を興して、新しいビジネスモデルを提示して、株を上場して、キャピタルゲインを手にして引退する。天文学的な個人資産を手に入れたら、後は毎日シャンペン飲んで、パーティ開いて、ゴルフやって死ぬまで遊んで過ごす。まあ、何をしてもいいんですけれど、彼らにしてみたら会社を作ってから売るまでの時間差は短ければ短いほどいい。起業して一年後に売却するというようなビジネスの仕方が最も効率的であるとして賞賛される。会社が存続することなんか、何の自慢にもならない。そういう短命であることをデフォルトにしている組織と国民国家や自治体や学校や病院を同列に扱っていいはずがない。だって、国家や自治体の目的は「存続すること」、それだけなんですから。石に齧り付いても存続すること、それがこういう前近代的な組織の存在理由です。成長のためや利潤を上げるためやコストカットのために存在するわけじゃない。

経済成長と引き換えに、かけがえのないものを手放せるのか

一体これからどうなってしまうのか。経済成長はもうしない。それはわかりきっています。少子高齢化で生産年齢人口がどんどん減っているわけですから、そんな国が経済成長するはずがない。個人金融資産一五〇〇兆円を握っているのは老人たちです。彼らは老後の不安で現金を抱え込んでいるわけですから、消費活動に寄与することはない。日本は確実に成熟社会・定常社会に向かっています。シンガポールのような成長の可能性はありません。

だいたい、経済成長というのは社会的インフラの整備が遅れた国でしか起きないのです。二〇一二年の経済成長率世界一位の国はリビアでした。カダフィが死んで内戦状態のリビアが第一位。二位はシエラレオネです。過去六〇年間政情不安定で、世界で最も平均寿命が短い国が第二位でした。去年の経済成長第一位は内戦中の南スーダン。第二

位はやはりシエラレオネ。パラグアイ、東ティモール、モンゴル、トルクメニスタンというあたりが経済成長率のランキングに登場する上位国です。見ればわかるとおり、経済成長率が高い国というのは、どこも内戦、クーデター、軍事独裁の国なんです。中国もすでに一六位まで下がった。日本なんて一三二位です。

だから、この理屈を呑み込んでいれば、経済成長しようと思えばある意味簡単なんです。一度、社会不安を醸成して、社会的システムをガタガタにすればいい。内戦、テロ、軍事独裁、クーデター、なんでもいい。そうすれば停戦した後に、一気に消費活動も設備投資も活発になる。それまでにふだん無償に近い価格で安定的に手に入った資源が全部商品化されるわけですから。水も安全も、衣食住の基礎的な財も医療も教育も教養も、すべてマーケットで貨幣を差し出して買うしかない。そうすれば経済活動、消費活動は一気に活性化します。敗戦後の焼け跡の闇市のようなものです。

だから、経済成長論者たちが戦争をしたがるのは理屈の上では当然なんです。戦争こそは経済成長の切り札だからです。戦争、麻薬、カジノ、売春、こういうものは金になる。金になるだけでなく、どんどんアンダーグラウンド経済を活性化する。治安も悪くなる。富裕層は都市を逃げ出してゲーテッド・コミュニティを創ろうとする。そうすれば、「防犯」という巨大なマーケットが出現する。治安のよい社会であったらまるで不必要なもの、防護柵とか監視カメラとかガードマンとか防弾ガラス付きのリムジンとか、そういうものへのニーズが発生する。

医療もそうです。国民皆保険制度を崩して、自由診療にすれば、医療資源は富裕層に集中するようになる。貧乏人は医療が受けられない。マーケットに委ねたら、そうなって当然なんです。富裕層は延命のため、健康保持のために湯水のように金を使う。それなら、医療従事者だって公立病院で保険診療して過労でバーンアウトするより、超富裕層の主治医チームに加わって、高額の報酬を受け取った方がいい。医療はいずれビッグビジネスになります。というのは、超富裕層が人生の最後に望むのは、秦の始皇帝の昔から「不老不死」に決まっているからです。彼らはそのためにはどれほどの私財を投じることも厭《いと》わない。一〇〇億ドルの個人資産があれば、アンチエイジングの妙薬に九九億ドルまでは出してもいいと思っている。これはすばらしく効率的なビジネスです。だから、再生医療に人々が群がるのは当然なんです。

経済成長を願うなら、われわれが今豊かに享受している国民資源を「パブリックドメイン」に保全することを止めて、すべて商品化して、市場に投じればいい。それが最も効果的なんです。自然資源も、水も、森も、農林水産業も、医療も、教育も、全部市場に委ねる。そうすれば間違いなく超少子化・高齢化社会でも経済成長は可能です。森林や水源が私有地になり、TPPで自営農が壊滅して、アメリカ型の大規模モノカルチャーになり、医療も教育も全部が商品化して値札がつき、自治体もアメリカのサンディ・

スプリングス市のように富裕層向けに再編されるようになれば、日本だってぐいぐい経済成長します。

日本は成熟社会・定常社会に向けて自然過程を歩んでいます。これを無理強いして経済成長させようとすることは、われわれが公共的に所有し、次世代に無傷で伝えなければならない国民資源に手を付けることなしには果たせません。未来の日本国民たちが、僕たちが今無償で享受しているものをお金を出して買わなければならない状態にすることでしか成長はできません。だから、僕はこの状態を「朝三暮四」だと言ったのです。未来の日本国民たちを僕たちは自分自身だと思っていない。今の自分に「栃の実四つよこせ」、未来の自分には「三つでいい」、そう言っている人たちがこの国の政治経済を指導しているのです。猿が支配している国なんです、日本は。

今の日本の指導層はもう国益のためには動いていません。未来の日本人のことなんかもちろん考えていない。考えていたら、原発の再稼働なんて思いつくはずがない。国益よりも自分たちの個人的な利益や個人的な欲望充足を優先している人たちが国の方針を決定している。そういう人間しか出世できないシステム、そういう人間しか権力を持てない仕組みを戦後七〇年かけて、日本人は完成させてしまった。そのことの恐ろしさにそろそろ気づいていい頃じゃないでしょうか。

七〇年かけて作り上げたシステムですから、一朝一夕には変わりません。もう七〇年かけて作り変えるくらいの覚悟が要ります。でも、希望がないわけじゃない。沖縄が変わりました。沖縄は日本の中で、日本がアメリカの属国であるということを県民全員が平明な事実として知っている、まともな現実を認識している唯一の場所です。そこから政治は変わってゆくだろうと僕は思っています。現実を変革するのはイデオロギーや夢想ではなくて、現実に足がついた思想と運動だけです。日本社会はこれから沖縄を起点に変わってゆくだろうと僕は思っています。長い時間がかかる事業でしょうけれど、さしあたりはそこにしか希望が見出せません。ご清聴ありがとうございました。

あとがき

みなさん、こんにちは。内田樹です。

『最終講義』お買い上げありがとうございます。これは私としては初めての「講演録」です。講演と書きものはやはり何かが違います。「勢いが違う」というのかな。書きものの場合は、話の流れが止まっても、ふと手を止めて、そのままぼんやり外を眺めたり、コーヒーを淹れたりして、間を取ることができます。場合によってはそれまで書いた数十行を全部消して、書き直すこともできる。でも、講演ではその手が使えません。壇上で絶句するわけには参らない。

実際に、話している途中で、一つのエピソードを語り終えたときに、次に何を話すつもりでいたのか思い出せなくなって、「頭が真っ白」になることは今でもよくあります。以前、まだ講演に慣れていなかった頃は、ほんとうに演壇に立ち尽くして、青ざめたことが何度もあります。最近はだいぶ場数を踏んだので、「あら、次に何を話すか忘れてしまいました」と絶句状況そのものを笑いネタにして、とりあえずの危機をやり過ごすこともできるようになりました（不思議なもので、「何を話すか忘れてしまいました」と言ったせいで会場がわっと笑いで沸くと、その瞬間に何を話すつもりだったのか思い出すのです）。

とはいえ、場数を踏もうが、話は必ず止まります。どんなに周到に用意をしていても、必ずどこかで絶句する。「何を話すか忘れました」という奇手も一回の講演には一度しか使えない（二度三度やると、さすがに聴衆も笑ってはくれません）。話の接ぎ穂を見失っても、なんとか空白を埋めなければならない。言い終えたばかりの最後のエピソード、最後のイメージ、場合によっては最後の単語を手がかりに、「間を持たせる」話を一つ繰り出します。

不思議なもので、話している当人が論脈を見失い、全体の構成も何もわからなくなってしまい、空中にぼんやり漂っている最後に口にした単語や思い描いていた映像からの連想で「何か小咄をひとつ」と必死になっているときに口を衝いて出てくる話というのは、話している本人が「ふうん、こんなことをオレは考えていたのか」と驚くような話になる。

いつもなるわけではありませんが、なる確率が高い。

そして、自分でも「オレはこんなことを考えていたのか……」と思うような話は、話している本人がその話題に夢中になってしまうのです。だって、面白いじゃないですか。

自分でも自分が何を話しているのかよくわからないし、どういうところに話が落ち着くのかわからないままに、自分の口だけが意思とは無縁にぺらぺら動くわけですから。

さて、いったい私は何を言おうとしているのであろうか……と思いながら、話をしている。ある種の「自己分裂」が生じているわけです。「話している自分」と、「話している自分の話を聴いている自分」が分裂している。

むかしジャック・デリダという人が『声と現象』という本の中で、「自分が話すのを聴く」というのが思考の原型であって、思考の主体というのは、「話している私」でも「自分の話を聴いている私」でもなく、その二人の私の隙間のようなところにあるのだ、というようなことを書いておりました（おぼろげな記憶ですので、そんなことをデリダは書いていないかも知れません。その場合は、デリダじゃなくてウチダの創見ということにしてお聞き流しください）。

とにかく、「話している自分」と、「話している自分の話を聴いている自分」が分裂するということが起きる（ことがある）。分裂してはいるのですが、そこにある種の対話のようなものが成立している。「……なのであります」と言い切ったあとで、「ちょっと待ってくださいね。いや、そうも言い切れないかも」というような反論の言葉が自分自身の中から湧き出してくる。そういうふうな内的対話のようなものが始まると、講演はすごく楽になるんです。だって、「相方」と二人でやっているわけですから。一人が絶句しても、もう一人が座を取り持ってくれる。一人が何かを言い切ると、一人がまぜっかえす。

でも、人間が思考するとか、あるいは言葉を発するというのは、本質的にはこのような内的対話のことではないかと思うのです。いや、これはとっさの思いつきではなく（いや、とっさの思いつきなんですが）、モーリス・ブランショも言っていることなのであります。

ブランショは『終わりなき対話』に、こんな不思議な文章を書きつけています。

「どうしてただ一人の語り手では、ただ一つの言葉では、決して中間的なものを名指すことができないのだろう？　それを名指すには二人が必要なのだろうか？」

「そうだ。私たちは二人いなければならない。」

「なぜ二人なのだろう？　どうして同じ一つのことを言うためには二人の人間が必要なのだろう？」

「同じ一つのことを言う人間はつねに他者だからだ。」

(Maurice Blanchot, *L'Entretien infini*, Gallimard, 1969, pp.581-2)

「中間的なもの」というのは、ブランショ独特の用語です。フランス語では le meutre

ならない。

と言います。何のことだかよくわかりませんが、たぶん「一意的に定義しがたいもの」とか、「単独の発話者に帰属しないもの」というようなニュアンスで使っているのだろうと思います。その「中間的なもの」を名指すためには最低二人の対話者がいなければならない。

驚くべきことに、村上春樹も同じようなことを書いているのです。柴田元幸さんとの対談から引用します。

村上　僕はいつも、小説というのは三者協議じゃなくちゃいけないと言うんですよ。

柴田　三者？

村上　三者協議。僕は「うなぎ説」というのを持っているんです。僕という書き手がいて、読者がいますね。でもその二人でだけじゃ、小説というのは成立しないんですよ。そこにはうなぎが必要なんですよ。うなぎなるもの。

柴田　はあ。

村上　いや、べつにうなぎじゃなくてもいいんだけどね（笑）。たまたま僕の場合、うなぎなんです。何でもいいんだけど、うなぎが好きだから。だから僕は、自分と読者との関係にうまくうなぎを呼び込んできて、僕とうなぎと読者で、３人で膝をつき合わせて、いろいろと話し合うわけですよ。そうすると、小説というものがうまく立ち上がってくるんです。

（柴田元幸編訳、『ナイン・インタビューズ　柴田元幸と9人の作家たち』、アルク、二〇〇四年、二七八頁）

「中間的なもの」でもいいし、「うなぎ」でもいいですけれど、とにかく何か「第三者的なもの」を呼び込むことがある種の創造的な言語活動を成り立たせるためには必要である、と。お二人ともそう言われている。それは私自身が「とにかく語り続けなければならない」という切羽詰まった状態に追い詰められたときに、必死になって「相方」を呼び出す消息に何となく近いような気がします。

そういうわけで、講演というのは、相方抜きではなかなか成立しがたいものでありま す。「そんなことはない、私は一人で誰にも頼らず講演をしている」とおっしゃる方もいるでしょう。もちろん、それがダメだと言っているわけではありません。それはそれでプロの芸ということで、たいへん結構だと思います。

でも、私個人としては、せっかく見知らぬ場所に行って、はじめて会う人たちの前で話すわけですから、できることなら、「今まで一度もしたことのない話」をしてみたい。そのためには、その場で「即興演奏」をせねばならない。だとすると、「インタープレイ」の相手役なしではすまされない。そして、この相方は私が「こんな話をしよう」と思っていたことを失念して、絶句したときにしか登場してくれないのです。

私が「厭だ厭だ」とごねながら、それでも講演の依頼が来ると、ついふらふらと引き受けてしまうのは、切羽詰まったときに、思いがけない「相方」が登場して、予想もしないアイディアが展開するときの、あのめまいのするような多幸感に嗜癖しているからかも知れません。

本書に収録された講演には、途中で「憑依状態」になって、なんだかわけのわからないアイディアをうわごとのように口走るというパターンが散見されますが、これは相方が降りてきて、その人と対話が始まったというふうにお考えいただければよろしいのではないかと思います。似たようなことはものを書いているときもたぶん起きているのですけれど、「切羽詰まる」ということのありようが待ったなしの講演とは違うので、急に語りのトーンが変わって、ギアが切り替わるというようなことはあまり書きものの上には出てきません。そういうふうに考えると、講演録というのも、なかなかユニークなジャンルの言語活動の記録ではあると思います。

というようなことをご勘案の上、本書をお読みいただけたら楽しいかと思います（もう読んじゃったよという人は、最初から「そのつもり」でもう一度読んでみてください。どこで「相方が降りてくるか」だけに関心を絞って読んでも、けっこう面白いです）。

最後になりましたが、これらの講演の機会を提供してくださり、頭も尻尾もないような私の話を忍耐強く聴いてくださった講演会主催者のみなさまにお礼を申し上げます。これらの講演会においでくださり、暖かい笑い声と拍手を贈って、演者をお支えくださった聴衆のみなさまにも篤く御礼申し上げます。どうもありがとうございました。編集の安藤聡さんには講演録のゲラを三冊分もご用意いただきながら、長々とお待たせしてほんとうにすみません。とりあえずこの一冊でしばらく保たせてください。そして、この本の成立にご協力くださったすべてのみなさんに感謝いたします。いつも、どうもありがとう。

二〇一一年五月

内田 樹

解説　一人でいても複数形――内田樹という「場」の秘密

赤坂真理

読み終わって、一人の人の話と声を聴いたのだとは思えない余韻が、体の中に残っている。残り続けている。

話していたのは内田樹、一人、だという。でも水平的にも時間軸的にも、私はいったいどのくらいの声と話を聴いたのだろう。

私はそれを分析できない、計測できない。それは、頭で考えるのではなく実感としてそこに在り、体で残響を味わっている。まるで私の体が、響きのよい建物になって、過去から未来までの響きを今この瞬間に、味わっている感じ。肉のかたまりと思ってきた体が、実は広大なスペースであって、始まりから未来までの響きを一瞬のうちに保持している。そんなことさえ発見する、この感じ。

なんだろう、この感じ。こんな読書体験は持ったことがない。こんなことが、一冊の本にできるなんて。

そして、こう願っている自分を発見する。

ああ、「この感じ」を表現できる言葉を持ちたいなあと。

すべてを表現できるとは思わない。言葉にしたとたんに嘘になることがあるのも承知している。が、それでも、言葉にしがたいものを言葉にしようとしてみなければ、人間が言葉を持った甲斐なんかはない。そう思う私にとって、内田樹は常に先生だった。一度も授業を受けたことなどなくとも、先生だった。先をゆく背中だった。

そして、そう、本書を読んで私に起こったこと、それこそは「教育」そのものだと思う。教育とは生徒の中に、渇望を起動させることだ。ああなりたい、という。渇望がなければ、何もできない。そしてそれは、起こそうとして起こせない。渡そうとして渡せない、受けようとして受けられない。何も起こらないリスクに耐えながらも、求め続けること、与え続けることの中で、初めて起こりうる。起きないときには起きず、起きるときには起きる。起きたとき、今までのいろいろなことがつながる。それを待つことの中にしか、学びは発生しない。

教育が、すぐに役立つことを授受するべきであるという昨今の風潮が、根本的に間違っているのはそのためだ。すぐに役立つことは、進んでいるようで、常に遅れている。あるニーズに応えたときには、ニーズは別のものへと移っている。この本のすべての話の中に、このメッセージは通奏低音のように流れている。

「学び」や「教え」とは、特定の知識やその量よりも、心身の構えに関する何かであるように思う。未知へと常に開かれながら、未知を既知の枠に収めようとせず、矛盾に白黒つけようとせず、そういう力があればこそ、未知に対応できるという、そんな力。学びは一生に何度でも起こりうる、けれどその都度まっさらな体験としてそれはやってくるだろう。時には全く同じフレーズが、全くちがう学びへの契機となったりする。それは自分を、あたらしいものへと変容させてゆく。

教育に「ついて」の本はたくさんある。だが、たとえ内容を忘れてしまうときが来ても、体験そのものに打たれて、自分の中に強烈な渇望が起動した、という刻印は永遠である。それは、移ろう事象の中で、移ろわない。こんなことを起こしてしまう本というのは、やはり、めったにない。先生はえらい。先生はすごい。

内田樹の本は多く読んできた。「これは自分に宛てられたメッセージだ」と思ったこともあるし、彼のひとつの文章が私の創作の支えとなったこともある。が、本書の読書体験は格別であって、このような体験をしたことはなかった。これは、私が、解説という重圧と責任を持って読んだことを別にすれば、彼が、「場」の力と最大限のコラボレーションをしたからではないかと思う。

内田樹にはもともと、天性の教師とも言うべき、語りかけるような文体がある。だから忘れてしまいそうにもなるのだが、これは講演録である。そして内田樹の、学校の先生としての最後の講演録集である。一種異様なまでの言葉のドライヴ感は、おそらくここからくる。目の前の人たちに対してどうしても言いたいことがあり、どうしても言いたいことを言う以外の時間はもはやない。けれど、切迫しているからこそにっこり笑ってすべてのセンサーを開き、場と最大限に交感した。「そこ」に、降りてくる話がある。それはたぶんご本人にとってさえ、意外な始まり方や接続をしたことがあるにちがいない。書き言葉の場では起きないことが起きたにちがいない。聴き手や読み手にとってはなおのことだ。意外なところからの「話の起こり」にときめき、どこへ行くんだろうとわくわくし、そうくるかと唸らせられながらときに接続してゆく話に運ばれ、常に低く流れるメッセージを意識と意識下で聴きつつ、それがあるとき、テーマ旋律へと流れこむことに驚く。怒濤のアドリブを展開しながら見事に全員がテーマへと帰っていくジャズセッションのような、語り。すべては、内田樹がどうしても言い残してはおけないこと、「教育を市場原理の場にしてはいけない」というところへ帰り、話のどこをとってもそれがある。

そして、そう、一人の話者の話を聴いたはずなのに、セッションを体感した余韻なのだ。

誰が話していたのだろう?

誰と?

この答えは、ぜひ、本書を読むという体験の中に発見してほしい。本文中によく言及されるヴォーリズの建築のように、ある境地に至ったときに初めて触れられるドアノブや、開かれる扉、見える眺望も、読むたびにあるだろう。読むたびに、ちがう倍音が響くだろう。

＊

ある到達点には、始まりのことが、必ず同時にある。最初のことに、到達点がすでに含まれているように。

始まりのこととは、内田樹が、こういう言葉を持ちたいと渇望した、そのきっかけのことだ。

私にとっては、知りたかった作家の秘密がさらっと書いてあったに等しくてびっくりしたのだが、これも「場」に関することだ。第一講の舞台ともなっている、神戸女学院大学の、ある建築物——。

神戸女学院大学は内田樹が二十一年間身を置いた場であり、彼の大きな部分を育んだ場ともいえる。そこで財政再建が喫緊の課題となったとき、某シンクタンクに再建案を依頼した。そこで調査員の一人が、「地価の高いうちにキャンパスを売り払い移転する、維持費がかかるだけの古い建物は無価値でドブにお金を捨てるようなものである（から壊して新しいものにする)」という案を持ち出す。そのとき、内田樹の中で発動したものがある。彼は長い時間かけてそれを育て続けている。

ビジネスマンは何もわかっていない。こいつらに教育を語らせてはいけないんだ、と。でも、そのときの僕は彼らに反論しようとしたけれども、ではこの建物のどこにどんな価値があるのかということを説得力のある言葉で彼らに説明することはできませんでした。そのときの悔しさを今でも覚えています。それから、無言で自分を抱きしめてくれるような、この建物の素晴らしさを、ヴォーリズ建築を知らない人に対しても説明できるような言葉を見つけ出そうと思うようになりました。

風景や建物が、人の孤独や悲しみを、癒やすでもなく「持って」くれることがある。そのとき人は結果的に、傷から癒えたりする。そういうことは、ほんとうにある。長い間あったものを、おいそれと変えてはいけない理由も、ここにある。それは自分の時間を持ってもくれていたし、記憶を持ってもくれていたし、見知らぬ先人に対してもそうであった。そこは先人たちと通いあう通路ともなる。生きている者たちはみな、死んだ者たちに支えられて生きている。それは比喩ではない。何かを変えるときは、死者たちも含めて話し合うような態度が、本当に真摯というものだろう。

そのヴォーリズ建築の秘密を、内田樹が知るのは、阪神淡路大震災後の復旧工事のときだ。それは、そのときヴォーリズ建築と設計者ヴォーリズが、内田樹に、学ぶことをゆるしたのだとも言える。復旧作業の必要に駆られ、ヴォーリズ設計の建物を一部屋一部屋全部回ることになってのこと。物言わぬ建物が、秘密を語りだす。一部屋ごとに設計がちがう、隠し廊下があり、隠し階段があり、隠し扉がある。その薄暗がりが、開けて見える初めての眺望がある。

それ自体が、学びの素晴らしい隠喩なのだ。ある境地に達したときにだけ手をかけられるドアノブがあり、開ける扉があり、それらすべては、知りたい欲求を持って実際そこに足を運び、身を投じ、扉を叩いた者にだけ許される。

内田樹の本を読んできて、「どうしてこれを一言で言えるんだろう?」という驚愕を抱くことが私には多々あった。本書ではたとえば、幼稚園から大学院まで一つのビルに収めようという学校の気持ち悪さ、魅力のなさ。これは多くの人が感じるのだけれど、言葉にできない。言えないと、お金とか経済効率とか、わかりやすい話に負けてしまう。しかし内田樹は、端的な一言にしてみせる。「自分の人生が一望されてしまうという事実がどれほど子どもの心を傷つけるか」。そう!　それ!　生命保険の勧誘員が出してくるライフプランを聞いて人生終わったような気がするあの感じ、それを子どもの頃から確固とかたちとして見せられること、それがどれほど生命力を奪うことか!　それが言いたかった！　こんな言葉を可能にしたのは、ヴォーリズ建築物だったのか！

そして、この作家の秘密の「内容」には、秘密の作用は何もない。私が（読んだ一人一人が）、行くべき場所に行って、出会うべき人に会い、共振し、そこに「身体をねじこんで」みて初めて、世界の秘密はそれ自身を開示してくれる。

この本にはただ、秘密の探り方の秘密が書いてある。

この本自身が、世界の秘密や未知への招待状である。

ああ、「学び」とは、なんと魅惑的だろうか。

そんなことを、自分が響きのよいヴォーリズ建築物になって昔からの残響を味わうように、身体をすまして今も私は聴いている。


（作家）

講演データ

Ⅰ 最終講義
神戸女学院大学　2011年1月22日
(『文學界』2011年4月号に初出掲載)

Ⅱ 日本の人文科学に明日はあるか（あるといいけど）
京都大学大学院文学研究科講演　2011年1月19日

Ⅲ 日本はこれからどうなるのか？ ——〝右肩下がり社会〟の明日
神戸女学院教育文化振興めぐみ会 講演会　2010年6月9日

Ⅳ ミッションスクールのミッション
大谷大学開学記念式典記念講演　2010年10月13日

Ⅴ 教育に等価交換はいらない
守口市教職員組合講演会　2008年1月26日

Ⅵ 日本人はなぜユダヤ人に関心をもつのか
日本ユダヤ学会講演会　2010年5月29日

文庫版付録　共生する作法
部落解放研究第35回兵庫県集会 記念講演　2014年11月22日

編集協力　黒田裕子

単行本『最終講義　生き延びるための六講』
技術評論社刊　2011年7月
文庫化にあたって改題し、増補・加筆しました。

文春文庫

最《さい》終《しゅう》講《こう》義《ぎ》

生《い》き延《の》びるための七講《ななこう》

定価はカバーに表示してあります

2015年6月10日　第1刷

著　者　内《うち》田《だ》　樹《たつる》

発行者　羽鳥好之

発行所　株式会社　文藝春秋

東京都千代田区紀尾井町 3-23　〒102-8008
TEL　03・3265・1211
文藝春秋ホームページ　http://www.bunshun.co.jp

落丁、乱丁本は、お手数ですが小社製作部宛お送り下さい。送料小社負担でお取替致します。

印刷・大日本印刷　製本・加藤製本

Printed in Japan
ISBN978-4-16-790389-3